Lisa Renee
JONES

SOMBRE, DIVIN ET MORTEL – 1

Secrets dévoilés

Traduit de l'anglais (États-Unis)
par Sylvie Del Cotto

J'AI LU

POUR elle

Titre original
SECRETS EXPOSED

Prologue

Dommage de meurtrir une si belle peau.

Son corps nu était allongé sur le lit, ses longues boucles blondes soigneusement disposées autour de ses épaules d'un blanc laiteux. Une marque rouge vif attira son attention sur l'épaule gauche. Frustré, il arrangea délicatement l'une des mèches soyeuses de façon à la cacher. Il souhaitait, ou plutôt il avait besoin qu'elle soit parfaite.

Prenant du recul, il admira son ouvrage. Un sourire redressa lentement les coins de sa bouche. Incapable de résister, il se rapprocha d'elle pour promener un doigt ganté sur sa joue ivoire. Pâle et immobile, elle était comme sa poupée de porcelaine exposée pour le plaisir de ses yeux.

Belle.

Il retrouvait peu à peu son calme, maintenant que son travail était terminé. Cet aboutissement lui procurait une sensation de puissance irréelle, et pourtant si vive qu'il éprouva une pointe d'allégresse. Cette fille, quel pied ! Un vrai défi, une partie de bras de fer de bout en bout. Pas une seule fois elle n'avait imploré sa clémence ni pleurniché, comme si elle avait deviné la conclusion dès le début. Comme si elle savait qu'il n'était pas du genre à donner dans la compassion.

La lutte l'avait revigoré, son excitation redoublant à chaque fois que son doux petit corps s'agitait et se tordait. La prendre avait été si tendre, si parfait, qu'il avait fait traîner l'action en longueur. Lentement il l'avait explorée, la touchant, bougeant en elle, se baignant dans le plaisir extrême et pur de la posséder.

Mais au final, elle ne s'était pas montrée aussi formidable qu'il l'avait cru. Elle l'avait déçu. Parce qu'elle avait laissé tomber. Le dégoût monta en lui, et il écarta brusquement la main de son visage au souvenir de la colère sourde qui l'avait gagné lorsqu'elle s'était figée sous lui. Une colère qui s'était mue en rage, l'obligeant à aller de plus en plus loin, à serrer son petit cou délicat jusqu'à l'asphyxie.

Ensuite, le calme... doux-amer après coup.

Il avait espéré qu'elle serait différente, à tort. Rien que pour ça, il avait prolongé la punition dans le but de la rendre plus douloureuse. De toute façon, ce n'était pas vraiment elle qu'il voulait. Celle qu'un jour, bientôt, il finirait par avoir. Fermant les poings de part et d'autre de son corps, il serra les dents. Ça le mettait en rage qu'elle l'ait quitté, qu'elle soit partie vivre à Washington comme s'il comptait pour du beurre. Il n'avait pas eu d'autre choix, d'autre solution que de lui chercher une remplaçante.

Parce qu'elle était sa lumière et que, sans elle, il plongeait dans les ténèbres.

Ses yeux se fermèrent lentement. *Viens à moi, Lindsey*.

1

Lindsey Paxton devait y aller en douceur avec l'homme qui lui pourrissait la vie.

Quand les portes de l'ascenseur s'ouvrirent au vingt et unième étage, le sien, elle fit un pas dans le couloir. Un long vestibule l'accueillit, lui donnant l'impression troublante de plonger dans une scène d'*Alice au pays des merveilles*. Plus elle avançait, cherchant le bon appartement parmi les lourdes portes en chêne, plus le couloir semblait se resserrer, se raccourcir. Ce n'était pas du tout dans sa nature de céder à la nervosité, et pourtant elle avait l'estomac noué.

Tout au bout du couloir, elle trouva le bon numéro, et s'imposa une longue inspiration pour se détendre. Elle ne s'était pas rendu compte qu'elle appréhendait aussi vivement de faire la connaissance de Mark Reeves, l'ancien associé de son père, avant de se retrouver sur le seuil de sa porte.

Sa petite vie changerait du tout au tout selon qu'elle parviendrait ou non à le convaincre de prendre la direction du cabinet juridique de son père. Il fallait à tout prix qu'il accepte, pour lui éviter d'avoir à le faire elle-même.

Vis-à-vis de Mark, elle se trouvait dans une situation embarrassante, et elle détestait cela. Elle ne pouvait qu'espérer qu'il soit disposé à se montrer raisonnable. Elle appuya d'un geste rapide sur la sonnette. Les secondes s'égrenèrent comme des minutes, dans l'attente d'une réponse. Impatiente, elle pressa la sonnette une nouvelle fois. Quelques secondes s'écoulèrent, toujours sans réponse. Ce serait bien sa veine d'avoir traversé la moitié du pays pour se pointer devant sa porte pile au moment où il était sorti.

Il fallait absolument qu'il soit là.

Alors qu'elle s'apprêtait à frapper, le poing suspendu dans les airs, la porte s'ouvrit brusquement. À son grand désarroi, elle tituba vers l'avant, et sa main, cherchant un appui, atterrit sur un torse très ferme, très viril. Troublée, elle leva les yeux vers un homme qu'elle supposa être Mark Reeves, qui la toisait de haut. Un sourire diabolique se dessina sur ses lèvres pleines tandis qu'il baissait les yeux vers la main de Lindsey. Terriblement gênée, elle la retira de son torse, et recula d'un pas comme si elle venait de recevoir une gifle.

— Je, je suis désolée, s'entendit-elle bredouiller d'une voix qui la surprit.

Mark s'appuya contre le chambranle de la porte, croisa ses pieds bottés, puis les bras sur son torse moulé dans un tee-shirt. Sa tenue toute simple ne nuisait pas du tout à son physique avantageux. Au contraire, elle mettait ses charmes en valeur. Il ressemblait à James Dean, avec son air honteusement arrogant et masculin.

Il était, selon ses critères, une version grandeur nature du Diable dans toute sa beauté.

S'il n'avait pas déserté le cabinet d'avocats de son père, elle serait à Washington, chez elle. Au lieu de ça, elle était là, à Manhattan, et cherchait désespérément un moyen de retourner vivre sa vie.

Mark la jaugea d'un coup d'œil.

— Vous pensiez gagner toute mon attention en gardant le doigt enfoncé sur la sonnette ?

Son élocution était d'une lenteur plaisante, mais sa voix teintée d'amusement. Et son regard, quand il glissa le long de son corps, sans rater aucun détail, était plus perçant que nécessaire.

Elle avait soigneusement choisi son tailleur blanc ajusté, avec sa veste à manches longues. Féminin sans être outrageusement révélateur. Sa jupe arrivait à une petite dizaine de centimètres au-dessus du genou. Elle ne l'avait pas trouvée trop courte en l'enfilant, mais devant son expression elle se mit à en douter. La veste se fermait par une fermeture Éclair centrale qu'elle avait juste assez ouverte pour être jolie. Pourtant, il évalua cette partie comme si elle dévoilait plus de chair qu'elle n'en cachait.

Elle eut la nette impression qu'il cherchait à la déconcerter, et elle n'avait pas l'intention de lui laisser croire qu'il avait réussi. Malgré l'extrême intensité de son regard, elle parvint à formuler une réponse décontractée.

— Je n'ai pas gardé le doigt sur la sonnette. Comme vous ne répondiez pas, j'ai cru qu'elle était cassée.

Il la considéra en plissant les yeux.

— Avez-vous envisagé l'idée que je puisse être absent ?

— En fait, non, répondit-elle avant de le désigner d'un geste vague. D'ailleurs vous êtes là.

Ses cheveux châtain clair, un peu trop longs pour un avocat de sa trempe, lui firent présumer qu'il avait une tendance anticonformiste affirmée. « Normal » et « accommodant » n'étaient pas les mots qui décrivaient le mieux Mark Reeves.

Il esquissa un léger sourire.
— Vous êtes persévérante, je ne peux pas dire le contraire. Je n'avais pas l'intention de répondre.
— Je ne baisse pas facilement les bras, dit-elle avant de prendre une profonde inspiration. Pas quand c'est important. J'ai vraiment besoin de vous parler.
Mark se contenta de l'observer pendant un long moment, comme s'il scrutait chaque détail de son visage et de son corps. Elle se fit violence pour éviter de frétiller. Sous son examen minutieux et soutenu, elle se sentait nue. Il était bien plus attirant qu'elle ne l'avait imaginé. Ce n'était pourtant pas le premier bel homme qu'elle croisait. Mais il avait quelque chose qui captait irrémédiablement son attention.
Au bout d'un long moment, il dit d'un ton suggestif :
— Vos photos ne vous rendent pas justice.
— Quoi ? demanda-t-elle, surprise. Mes photos ? Vous savez qui je suis ?
La lueur d'amusement qui brillait dans ses yeux sembla s'accentuer.
— Vous imaginez que j'ai travaillé pour votre père pendant cinq ans et que je n'ai jamais entendu parler de sa fille, la formidable Lindsey Paxton ?
Lindsey fronça les sourcils. Son ton sarcastique lui hérissait le poil.
— Je n'en avais pas la moindre idée. Lui et moi…
Lindsey s'interrompit en pleine phrase. Elle se réprimanda intérieurement d'avoir envisagé l'idée d'expliquer sa relation avec son père. Elle redressa les épaules.
— Aucune importance, dit-elle d'une voix dure. J'ai besoin de vous parler. Puis-je entrer quelques minutes ?
— Je vais vous éviter cette peine. Vous pouvez dire non de ma part à votre père.

Sa voix déterminée avait pris des intonations glaciales, et son regard se fit plus froid.

Mauvais début. Ses ressentiments envers son père étaient toujours à vif. Il fallait qu'elle franchisse la porte d'entrée si elle voulait avoir une chance de plaider sa cause.

Les hommes arrogants, directifs comme celui-là – Dieu sait si elle avait travaillé avec quantité d'entre eux –, il valait mieux les prendre avec des pincettes. Ce n'était pas encore le moment de lui donner la raison de sa présence. À l'intérieur, chez lui, elle serait en terrain plus sûr pour expliquer pourquoi elle était là.

Pour l'instant, Mark n'avait pas bougé. Soit il n'avait pas l'intention de l'inviter à entrer, soit il voulait l'obliger à réclamer. Elle lui décocha un regard direct signifiant qu'elle ne partirait pas tant qu'elle n'aurait pas dit ce qu'elle avait à dire.

— Monsieur Reeves... reprit-elle d'une voix sèche en marquant une pause pour plus d'effet.

Il en profita pour l'interrompre, avec un regain de douceur :

— Mark, ça ira.

Il sourit. D'un sourire séduisant, fascinant qui ne fit que souligner son étonnant changement d'humeur.

— J'entends trop souvent « Monsieur Reeves » dans les salles d'audience.

Elle pinça les lèvres. Cet homme était bien trop magnétique pour qu'elle se sente à l'abri. D'autant qu'il était l'ennemi, sur tous les plans. Alors pourquoi l'attirait-il ?

— Très bien. (Elle se tut une petite seconde.) Mark, reprit-elle en articulant soigneusement, mon père n'approuverait pas du tout que je sois là. Je suis venue pour des raisons personnelles.

Ils se fixèrent longuement, sans ciller. Une étincelle de curiosité traversa ses yeux sombres, profonds, mais disparut rapidement au profit d'un masque neutre.

— Bien, dans ce cas, j'imagine que je n'ai plus qu'à vous proposer d'entrer. (Sa voix était vaguement moqueuse.) Je ne sais pas pourquoi, mais je trouve distrayante l'idée de connaître la raison de votre visite.

Il eut un sourire espiègle.

Elle se mordit la lèvre inférieure pour retenir la réponse cinglante qui lui vint à l'esprit. Mark franchit le seuil et, avec une galanterie exagérée, l'invita à entrer. Elle saisit son attaché-case posé à ses pieds et pénétra dans son appartement. Puis le suivit et descendit quelques marches menant à un salon en contrebas. Examinant la pièce, elle espéra trouver quelques indices sur la personnalité de Mark.

Des baies sans rideaux, de la hauteur du mur, offraient une vue splendide sur l'impressionnante ligne des gratte-ciel de Manhattan. Lindsey alla jusqu'à l'élégant canapé contemporain en cuir noir disposé face au panorama et s'assit.

L'appartement était un hymne à l'argent et au luxe, et à un mode de vie privilégié. Non pas qu'elle lui reproche ses choix. À une certaine époque, elle avait elle-même opté pour le luxe. Elle avait pris la bonne décision en renonçant à ses droits d'associée du cabinet juridique de son père. Certes, elle avait moins d'argent qu'avant, mais elle y avait gagné en amour-propre.

Elle prisait plus l'estime de soi que les biens matériels.

Mark se dirigea vers le bar noir laqué situé à sa droite.

— Vous voulez boire quelque chose ?

— Non, merci. (Elle ne le regarda pas. Son attention était concentrée sur la ville.) Quelle vue spectaculaire, commenta-t-elle sans réfléchir.

C'était difficile de ne pas être nostalgique d'une ville qui éveillait tous les sens et mettait en émoi. Comment avait-elle pu oublier l'attrait de New York ?

Elle sentait son regard sur elle.

— Merci, dit-il. Ça m'aide à réfléchir.

Lindsey se tourna pour le regarder se servir un whisky. Enfin une bonne occasion de l'observer. Il avait une attitude autoritaire, des mouvements qui respiraient la confiance en soi. Contournant le bar, il se rapprocha d'elle, verre en main. Son jean épousait ses cuisses musclées, tandis que son tee-shirt blanc soulignait sa taille nettement dessinée et ses épaules larges. La barbe de trois jours recouvrant ses mâchoires carrées était dans le même esprit vaguement rebelle que ses cheveux un peu trop longs. Elle ne put s'empêcher de constater à quel point son côté provocant, associé à ses traits réguliers, en faisait aux yeux d'une femme un homme terriblement sexy.

Mark s'assit dans un gros fauteuil en cuir en face d'elle, s'adossant avec décontraction. Il but une gorgée d'alcool puis la transperça du regard.

— Alors, pourquoi êtes-vous ici, Lindsey ?

Elle soupira, espérant que sa voix ne trahisse pas sa vive appréhension.

— Vous êtes au courant que mon père a un cancer, je suppose ?

— Oui, je sais.

La voix de Mark n'exprimait aucune émotion, aucune trace de remords.

— Vous êtes la personne qu'il a préparée à prendre sa suite au cabinet.

Loin d'être une question, c'était un état de fait. Ils savaient l'un comme l'autre que c'était la vérité. Il avait été embauché pour reprendre le poste de Lindsey à son départ.

Il inclina légèrement la tête sur le côté.

— J'étais. J'étais la personne. (Il se tut puis ajouta :) En fait, il a arrêté son choix sur moi après votre départ. Mais vous avez toujours été son premier choix.

Elle se racla la gorge, redressant le dos avec rigidité.

— Je sais ce que ça fait de se disputer avec mon père. Votre brouille est compréhensible.

— C'est gentil de votre part de me comprendre.

Son ton était nettement sarcastique. Lindsey scruta son visage pour tenter de deviner son état d'esprit. Ses traits aristocratiques lui donnaient un air inaccessible. Elle s'adoucit volontairement.

— Je sais que mon père peut être parfois difficile à vivre.

Le simple fait de parler de son père avait tendance à la crisper, mais elle espérait que ça ne se voyait pas.

Il se pencha en avant, les coudes sur les genoux, son verre pendant entre les doigts d'une main.

— Une brouille, c'est peu dire, Lindsey. Edward est un homme très dur.

Son mécanisme de défense se mit en branle. Pourquoi elle se sentait protectrice envers son père, elle l'ignorait.

— Je crois comprendre que vous n'êtes pas facile, vous non plus.

Mark fronça les sourcils.

— Ça veut dire quoi, exactement ?

Elle eut un petit sourire narquois.

— Vous avez une certaine réputation.

Au tribunal, il était connu pour se changer en cobra à la morsure mortelle à la moindre contrariété. Quant à sa vie privée, la rumeur le disait extrêmement secret, rarement disposé à laisser quiconque l'approcher de trop près.

— Aux yeux de votre père, sans doute.

Sa voix était colorée d'un dédain acide.

— Pas ça. J'ai à peine parlé à mon père ces dernières années. Votre réputation s'étend au-delà de lui.

Et ce qu'on disait de lui était juste ; il était sans aucun doute un adversaire de taille qu'elle prendrait plaisir à affronter dans une salle d'audience. Bien sûr, plus jamais elle ne mettrait les pieds dans une salle d'audience, donc ça n'arriverait pas.

Il la regarda longuement. Elle était certaine qu'il connaissait sa réputation : en fait, il en était sûrement fier.

— Elle doit s'étendre sur une longue distance, dit-il. Vous ne vivez pas à Washington ?

— J'étais effectivement à Washington et j'espère y retourner prochainement. J'ai pris un congé exceptionnel à cause de la maladie de mon père.

— Vous travaillez pour le FBI, c'est bien ça ? demanda-t-il en fouillant dans sa mémoire.

— Exact.

— Vous n'avez pas rejoint la police, à un moment donné ? Un service spécial d'enquête criminelle ?

Lindsey ne répondit pas immédiatement. Son regard se perdit sur le sol tandis que des images de crimes atroces sur lesquels elle avait enquêté lui traversaient l'esprit. Elle avait mis un terme à sa carrière d'avocate privée pour échapper aux complications et à la bureaucratie du système juridique. Ce faisant, c'était allé de mal en pis. Son expérience du droit pénal l'avait amenée à opter pour la police judiciaire en premier lieu, et dans une ville comme New York, elle avait été très demandée. Mais lorsqu'elle avait eu l'occasion d'être transférée dans un département de lutte contre le terrorisme, elle avait sauté dessus.

— Lindsey ?

Elle se fit violence pour s'extirper de ses sombres pensées. Reportant son attention sur Mark, elle s'aperçut qu'il la fixait. Quelque chose dans ses yeux lui retourna le ventre. Le courant passait entre eux et lançait des éclairs, si incompréhensible que cela lui paraisse. Les grésillements emplissaient la pièce, se cachaient derrière les paroles qu'ils échangeaient. Ignorant ces sensations, elle reprit :

— Oui, désolée. FBI, à l'époque et aujourd'hui encore. Mais maintenant, je m'occupe de contre-terrorisme. Pas de sang, pas de cadavres, pas de paperasserie.

Elle regretta de ne pas pouvoir effacer ses paroles, mais les mots étaient sortis tout seul. Ses sentiments sur sa carrière ne le regardaient pas.

— Je crois comprendre que vous avez vu beaucoup de crimes violents ?

— Au bureau local, tout le temps. Les services municipaux nous appelaient en renfort. Dans cette ville c'est courant.

Il l'observa un instant, comme s'il avait envie de poser d'autres questions. Au lieu de quoi, il dit :

— Parlez-moi de ma réputation.

Elle haussa un sourcil et lui lança un regard entendu, reconnaissante qu'il ait changé de sujet.

— Vous savez imposer votre volonté.

Elle sourit intérieurement parce que, malgré son ton désapprobateur, elle respectait sa réussite et les méthodes qu'il employait. Il n'était ni véreux ni fourbe, juste un battant impitoyable. Il l'emportait de façon juste et loyale, sans tricher.

Mark afficha un sourire sûr de lui.

— J'aime gagner, si c'est ce que vous voulez dire. Je supporte mal les obstacles.

— Et mon père était un obstacle, déclara-t-elle d'une voix dénuée d'émotion.

Alors même qu'elle prononçait ses mots, elle comprit qu'ils n'avaient aucun sens. Quel obstacle gênant pour Mark son père pouvait-il représenter ? Il pouvait se montrer invivable à ses heures, sourd à toutes nouvelles idées et méthodes. Mark avait pu se lasser de devoir s'adapter à ses particularités.

Lindsey croisa ses longues jambes et vit le regard de Mark couler du bas de sa jupe à ses chaussures, avant de remonter. Il y avait de quoi se sentir insultée... mais au lieu de ça, le poids de son regard la réchauffa. Elle déglutit péniblement. Elle n'avait désiré aucun homme depuis une éternité. Alors pourquoi son corps réagissait-il ainsi ?

— Écoutez, Lindsey, reprit-il sur un ton qui annonçait clairement qu'il était décidé à s'expliquer. Ses priorités sont devenues biaisées. Au début, j'ai cru qu'il était seulement distrait, qu'il allait retrouver un nouveau souffle, mais ce n'était pas le cas. Votre père a perdu le sens des affaires. Je prends mon travail très au sérieux. Il y a des choses dont je m'accommode et d'autres que je ne tolère pas. Les distractions, c'est une chose, et les obstacles en sont une autre. Les distractions offrent parfois une pause nécessaire, tandis que les obstacles empêchent de progresser.

Il se tut, comme s'il était partagé sur la suite, puis il ajouta :

— Votre père est devenu un obstacle.

Elle comprenait où il voulait en venir mais ça ne changeait pas son point de vue.

— Il n'est plus en état d'en être un.

Mark secoua la tête.

— Il reste un obstacle que je ne peux pas surmonter, et vous le savez. Il me causerait des ennuis que je ne désire pas vivre. Ça tombe bien que vous soyez avocate, Lindsey. Il a toujours voulu que vous marchiez dans ses pas et que vous preniez sa succession. Vous pouvez, maintenant.

— Je ne suis plus avocate, déclara-t-elle fermement.

— Je sais que vous êtes toujours inscrite au barreau.

Elle fronça les sourcils en se demandant comment il le savait.

— Par pure commodité, précisa-t-elle.

— Craignez-vous d'avoir perdu votre touche personnelle ? demanda-t-il avec douceur, et des mots trop justes à son goût.

Lindsey sentit ses émotions bouillonner douloureusement. Elle ignora la question.

— Je ne veux pas du cabinet. Vous ne le comprenez donc pas ?

Il lui décocha un regard indifférent.

— On dirait que vous n'avez pas le choix.

Lindsey inspira, expira profondément.

— Monsieur Reeves... commença-t-elle, mais il l'interrompit.

— Mark, corrigea-t-il.

Elle grinça des dents.

— Mark, je souhaite que vous repreniez la direction du cabinet.

Il la considéra un long moment, un moment de tension terrible, le visage impassible.

Lindsey aurait payé cher pour savoir ce qu'il pensait. C'était horriblement agaçant, cette façon qu'il avait de cacher ses pensées, et ce n'était pas faute d'essayer de lire en lui. Pas étonnant qu'il soit si fort au tribunal.

Il secoua la tête.

— C'est tout simplement inenvisageable.

Lindsey ne chercha même pas à cacher son irritation.

— Pourquoi ?

Loin de tergiverser, il répondit immédiatement :

— Je n'ai pas besoin d'une raison. Disons simplement qu'Edward et moi sommes en désaccord sur de nombreux points essentiels.

Elle tenta de modérer son impatience.

— Lesquels ?

Mark vida son verre, puis le posa sur la table.

— Les clients, l'équipe, tout un tas de choses. Nous ne sommes d'accord sur rien.

Elle se raidit, terrassée par le désespoir, un sentiment qu'elle détestait.

— Et si je vous disais qu'il m'a donné les pleins pouvoirs, et que je suis prête à vous les transmettre ?

Lindsey l'observa, dans l'attente d'une réaction, mais il ne lui laissait même pas apercevoir l'ombre de ce qui se cachait sous son masque. Sa réponse fut brève, ne livrant aucun indice sur ce qu'il pensait.

— Pourquoi ?

— Je n'en veux pas, insista-t-elle. J'ai un travail que j'aime dans une autre ville.

Ses yeux la sondèrent et le silence s'installa assez longtemps pour qu'elle se sente mal à l'aise. Puis :

— Toujours chamboulée par l'affaire Hudson, n'est-ce pas, Lindsey ?

Il n'y avait rien de moqueur ni d'accusateur dans sa question, il énonçait un fait.

Le nom d'Hudson suffit à lui donner des frissons. Le verdict de non-culpabilité qu'elle avait gagné avait provoqué la mort d'une autre femme. C'était la dernière fois qu'elle avait mis les pieds dans une salle d'audience en tant qu'avocate. S'il y avait bien une chose que cet homme pouvait faire pour la perturber, c'était évoquer l'affaire qui avait mis un terme à sa carrière, et la renvoyer sur le chemin des cauchemars.

Il l'avait fait d'une voix à la fois douce et familière. Trop familière… et avec des mots trop mesurés. La colère la submergea. Elle n'appréciait pas qu'il ait rejeté hâtivement sa proposition, pas plus qu'elle n'aimait sa façon de la jauger et de mettre le doigt pile sur son point faible.

Elle se leva et marcha vers la baie, regarda la ville, tentant de retrouver son sang-froid, un semblant de contrôle sur elle-même. Elle cherchait la réponse adéquate. Mais elle restait là, perdue dans ses pensées, incapable de formuler une réplique.

— Lindsey ?

— Oui ? répondit-elle sans se retourner.

Elle le sentit, plus qu'elle ne l'entendit, remuer dans son dos, mais elle ne bougea pas. Il se tenait si près qu'elle sentit la chaleur de son souffle quand il parla. Et d'une certaine façon, si étrange que cela puisse paraître, sa présence la réconforta. Ça dépassait l'entendement puisqu'il avait soulevé le sujet qui la bouleversait plus que tout autre. Et en outre, elle le connaissait à peine.

— Ce n'était pas votre faute, dit-il avec sincérité.

Son père lui avait dit la même chose, à de nombreuses reprises.

— Je l'ai fait libérer, et ensuite quelqu'un est mort. Il a recommencé à tuer, par ma faute.

Elle sentit ses mains sur ses épaules. Ce contact la surprit, mais bizarrement, il lui parut naturel. Quand il la fit pivoter face à lui, elle ne manifesta aucune résistance. Elle se tenait parfaitement immobile, redoutant ses propres sentiments. Un besoin violent de se blottir contre lui la consumait.

— Vous avez fait votre boulot.

Des paroles presque protectrices.

— Un boulot dont je ne veux plus, dit-elle entre ses lèvres serrées, tremblantes.

Il se passa une main dans les cheveux avant de tourner les talons pour marcher vers le canapé, et s'arrêta, dos à elle. L'étrange besoin de le rejoindre, de le ramener près d'elle, était poignant. Tout compte fait, c'était un étranger, et l'envie d'être tout près de lui semblait insensée.

Il se tourna vers elle.

— Lindsey, écoutez, j'ai des obligations, des engagements que j'ai pris depuis que j'ai quitté le groupe Paxton.

— Je vous offre plus que ce que vous gagnez actuellement, dit-elle d'une voix chargée d'espoir. Mon père a de l'argent.

Il secoua la tête.

— Je ne veux pas de votre argent. Entre Edward et moi, c'est trop compliqué.

Découragée, elle voulut le raisonner.

— Il n'est plus capable de travailler. Nous ne nous connaissons pas, vous et moi. Je ne suis pas du tout comme mon père.

Il parut réfléchir.

— Je pense en effet que vous êtes différents, mais je ne peux quand même pas revenir.

Serrant ses bras autour d'elle, Lindsey se tourna face à la fenêtre. S'il la regardait dans les yeux, il y trouverait toute la profondeur de son désespoir, tout ce qu'elle préférait éviter de partager avec lui. Elle s'attendait plus ou moins à ce qu'il revienne près d'elle, mais il n'en fit rien. Et si sa désillusion et son désir irrationnel en étaient une preuve, elle était sûrement en train de perdre la tête.

Au bout d'un long silence, elle pensa avoir suffisamment repris le dessus pour affronter le regard de Mark. Il n'avait pas bougé. Elle parla avec une douceur forcée :

— Il y a cette affaire. Williams, c'est son nom. Il croit que le type est innocent. Elle ressemble à l'affaire Hudson. Beaucoup. (Elle se tut, ferma les yeux en serrant les paupières tout en inspirant pour rassembler ses forces. Puis, s'obligeant à les rouvrir, elle reprit :) Je ne peux pas m'en occuper, dit-elle en secouant la tête. Mon père dit qu'il ne fait confiance à personne d'autre qu'à moi sur cette affaire, mais je suis tout simplement incapable de la suivre.

— Vous pouvez toujours la confier à l'un des avocats du cabinet, proposa-t-il.

Ses yeux s'emplirent d'espoir.

— Qui me conseillez-vous ?

Il la regarda longuement, secoua la tête.

— C'était l'un de nos sujets de discorde avec Edward, le choix des associés. Aucun d'eux. Je n'en recommanderais aucun.

Elle dit ce qui lui passa par la tête, à moitié pour elle-même.

— Ça va être médiatisé. Ça pourrait nuire au cabinet si l'affaire était mal gérée.

— Oui, dit-il dans un soupir. Lindsey, vous étiez plutôt douée à l'époque, et vous l'êtes toujours. (Puis il ajouta :) Chez Paxton, il y a quelques avocats corrects, mais pas pour ce genre d'affaires.

— Vous ne comprenez donc pas, je ne veux pas faire ça ! (Puis entre ses dents serrées, elle articula :) Pas cette affaire.

Sans savoir pourquoi, elle se sentit comprise. Il se rapprocha d'elle. Certains points communs dans leur parcours lui permettaient de la comprendre mieux que la plupart des gens. Il s'arrêta devant elle. Tout près. L'attirance, chaude et troublante, dansait entre eux comme un lance-fusées prêt à tirer. Lindsey tenta de maîtriser cet élan insensé provoqué par sa proximité. Pourtant... elle savait qu'il avait envie de l'embrasser et si jamais il essayait, elle n'était pas certaine de pouvoir le repousser.

Où était passée la femme qui avait le refus facile et ne montrait jamais ses émotions ?

Cette jeune femme avait un petit truc en plus qui le mettait en émoi. Une apparence si dure qui cachait des tonnes de souffrance. Ça lui donnait envie de la toucher, de la prendre dans ses bras. Elle le regarda dans les yeux : ses émotions scintillaient sous la forme de larmes retenues.

Il avait la conviction d'avoir accès à ce qu'elle cachait sous la surface. Quelque chose que très peu de personnes avaient eu la chance d'entrevoir.

Il tendit la main pour lui relever le menton, conscient qu'il valait mieux éviter de la toucher, mais incapable de se retenir.

— Je parie que ces yeux verts savent atteindre leur cible dans une salle d'audience.

Il baissa les yeux, s'attarda sur ses lèvres gourmandes, pleines, en demande d'un baiser. Il n'avait pas souvenir qu'une femme ait déjà troublé son sens des affaires. Pourtant il en était là, à envisager d'embrasser Lindsey Paxton, fille de son ancien associé.

Une femme trop intimement liée à un monde dans lequel il n'avait pas l'intention de retourner.

— Ça remonte à loin, dit-elle, le regard pensif, perdu dans des souvenirs qui lui revenaient en mémoire.

Mark saisit d'un geste joueur une boucle blonde, l'enroulant autour de son doigt. Lindsey retint son souffle, comme sous le choc. Mais il ne la croyait pas vraiment choquée. Ils sentaient tous deux cette étrange tension qui vibrait entre eux. Qui suppliait que l'on y succombe.

Il lui sourit tendrement, cherchant à se convaincre de la laisser tranquille.

— Vous êtes extrêmement bornée. Peut-être que vous ressemblez à votre père sur certains points, finalement.

Elle plissa les yeux, et répliqua :

— Si c'est le cas, alors vous lui ressemblez aussi.

Mark ne put retenir un rire.

— Vous êtes plus intéressante que votre père ne le sera jamais.

Elle le prit de court en le suppliant de toute son âme.

— Allez-vous m'aider, Mark ?

Il hésita. Pour un motif insensé, il avait envie de l'aider. Il n'avait ni le temps ni l'envie de se rapprocher de Paxton, mais l'idée de s'impliquer dans une collaboration avec Lindsey ne manquait pas de charme. Il repoussa cependant cette idée irrationnelle.

— J'ai des engagements.

Elle posa la main sur son bras, d'un geste qui trahissait son désarroi.

— Mark, je ne peux pas me charger de cette affaire. Je ne peux pas... Je sais que vous ne me connaissez pas et que rien ne vous oblige à m'aider, mais j'ai vraiment, désespérément besoin de vous.

C'était plus fort que lui. Cette phrase lui plaisait. À combien d'hommes avait-elle dit la même chose ? Aucun, il était prêt à le parier. Elle mettait son côté le plus viril en alerte, lui donnait envie de relever le défi. Il s'efforça de contrôler la chaleur qui brûlait en lui. Mais son doigt se déplaça lentement vers sa joue, comme doué d'une volonté propre. Elle ferma les yeux, et il sut qu'au lieu de le repousser, elle absorbait son contact.

Il se pencha en avant, près de son oreille.

— Vous avez besoin de moi, vraiment ? la taquina-t-il.

Lindsey rouvrit les yeux. Ils se fixèrent un long moment, avec une intensité lourde de sous-entendus. Ça n'avait plus rien à voir avec le travail, et tout à voir avec l'attirance.

— Oui, c'est vrai, murmura-t-elle, j'ai besoin de vous.

Un petit sourire séduisant illumina son visage. Elle baissa les yeux, battant des cils comme pour dissimuler son trouble.

— Je dois admettre que vous me tentez, chuchota-t-il, sans penser à Paxton.

Il avait tellement envie de l'embrasser que ça le rendait fou. Mais il ne pouvait pas faire ça, il en était conscient. C'était la fille d'Edward. Sans compter qu'elle attendait quelque chose de lui qu'il n'était pas en mesure de donner. Avec regret, il ajouta :

— Mais je ne peux pas revenir au cabinet.

Le visage de Lindsey s'empourpra. Elle recula vivement d'un pas, le corps raidi.

— Et puis zut, mon père est sur un lit d'hôpital. Vous n'avez pas de cœur ? demanda-t-elle.

Leur échange hélas se gâtait rapidement. Il était sur le point de l'embrasser et, la minute suivante, elle le maudissait. Malgré tous ses efforts, il ne put masquer son agacement.

— D'après ma réputation, on dirait bien que non.

Ses joues rougirent de colère.

— Vous ne vous sentez aucune responsabilité envers le cabinet, au bout de tant d'années ? demanda-t-elle.

Si seulement elle était raisonnable. Il sentit l'impatience le chatouiller.

— Mes responsabilités ont pris fin quand j'ai quitté le cabinet.

Elle lui lança un regard assassin.

— Allez vous faire voir, Mark Reeves !

— Brailler ne vous mènera nulle part, dit-il, en colère devant ses attentes démesurées, et en rogne contre lui-même qui était méchamment attiré par elle ; il aurait dû dire stop dès la porte d'entrée. Heureusement que vous n'avez jamais eu recours à cette tactique au tribunal.

— Ça m'étonne que vous ayez gagné tellement d'affaires, Mark.

Son ton devenait acerbe, qualité dont il avait souvent entendu parler chez Paxton. Elle détestait perdre une bataille, à ce qu'on disait.

— Il semblerait que vous ayez claqué la porte juste au moment où les choses ont commencé à se gâter, poursuivit-elle.

Mark ne répondit pas tout de suite. Ils s'enfonçaient dans une impasse. Il ne voyait pas l'intérêt de céder à la colère. Deux battants engagés dans un échange verbal impétueux, ça ne pouvait rien donner de bon. Après coup, elle regretterait sans doute de s'être emportée. Il était temps de mettre un terme à sa visite.

— Je ne crois pas être celui qui a claqué la porte.

Prononcés sans élever la voix, ses mots n'exprimaient aucune colère, juste la vérité. Leur impact n'en fut que plus puissant.

Lindsey chancela presque physiquement. Il observa les émotions traverser son visage, et sut qu'il avait fait mouche. Elle serrait si fort les poings que ses ongles se plantaient dans sa paume.

— Je n'ai jamais voulu devenir avocate, pour commencer. Si je l'ai fait, c'est uniquement pour mon père.

Elle était sur la défensive.

Il secoua la tête. Le déni la rongeait. Si quelqu'un avait grand besoin d'affronter le passé, c'était bien Lindsey. Pourquoi avait-il envie de l'aider à y voir clair, il n'en savait rien. Il n'avait aucune responsabilité envers elle. Il venait tout juste de faire sa connaissance, non ?

— Faux, dit-il fermement. Pour quelqu'un qui fait ce métier, vous étiez trop bonne pour vouloir uniquement faire plaisir à votre père.

Elle croisa les bras dans une attitude encore plus défensive.

— Comment pourriez-vous le savoir ? Vous n'étiez pas là, et vous ne me connaissez pas.

Il poussa un long soupir bruyant.

— Faux, une fois de plus. J'ai consulté les dossiers de vos affaires. Je sais à quel point vous êtes douée. Et, que ça vous plaise ou non, je vois le goût du combat dans vos yeux. Vous aimez gagner, et c'est ce qui vous a effrayée. Vous avez eu peur que votre désir de victoire n'ait tué cette fille. Vous avez pris peur, et vous avez tout bonnement claqué la porte.

Ce n'était pas un reproche. Même s'il avait eu envie de se moquer d'elle, il n'aurait pas pu. Il fallait que quelqu'un l'aide à faire la lumière sur cette expérience passée.

Différentes émotions s'imprimèrent sur le visage de Lindsey. Alors que la peine prenait le pas sur les autres, il regretta de ne pouvoir effacer sa dernière phrase. La colère envahit son visage – un autre mécanisme de défense. Elle se renfrogna et expira, cherchant visiblement à retrouver ses esprits.

— Vous êtes un connard, Mark Reeves. Mon père avait raison.

Elle avait parlé doucement, sans crier, mais son mépris était flagrant.

Elle tourna les talons, et se dirigea d'un pas déterminé vers la porte. À mi-chemin, elle s'arrêta. Il haussa un sourcil, comme une question silencieuse.

— Mon attaché-case.

Mark alla le ramasser à côté du canapé et le lui tendit à bout de bras comme pour lui signifier qu'elle n'avait qu'à venir le chercher. Il ne pouvait pas s'empêcher de la taquiner. Au lieu de quitter la pièce sur une note indignée, voilà qu'elle devait à nouveau l'affronter. Les épaules rejetées en arrière, la tête droite, elle revint vers lui d'un pas lourd et tendit la main. Il déplaça la mallette, de façon à la mettre hors de portée. Elle grommela.

— Vous abandonnez facilement, Lindsey. Je suis déçu.

Il avait l'intention de la piquer au vif. Il aimait la flamme qui dansait dans ses yeux.

— Je n'abandonne pas facilement, rétorqua-t-elle avec colère. J'analyse et je choisis les combats qui en valent la peine. D'après mon analyse, celui-ci n'en fait pas partie.

Mark rejeta la tête en arrière en éclatant de rire.

— Ça fait mal. Bien joué, maître.

— Ne m'appelez pas comme ça. Donnez-moi mon attaché-case, ordonna-t-elle.

Il riait si fort qu'elle le surprit en lui arrachant la mallette des mains. À peine l'eut-elle attrapée qu'elle grimpa déjà les marches. Au moment où elle atteignit la porte, il dit :

— Peut-être que la prochaine fois, vous pourrez rester plus longtemps.

Elle ne prit pas la peine de se retourner. Elle préféra sortir et claquer la porte le plus fort possible.

Il adorait sa douceur, sa colère, son cran et, oui, son intelligence. Cette combinaison était séduisante et bien trop attirante.

L'idée de ne plus jamais la revoir l'attrista. Dans d'autres circonstances, il aurait aimé explorer le courant explosif qui passait entre eux.

Mais il fallait accepter cet état de fait. C'était la fille d'Edward. Affaire classée. Le problème était qu'il ne désirait pas la classer. Il jura à voix basse, passant l'index sur sa barbe naissante. Lindsey avait su se montrer persuasive en implorant son secours, trop convaincante même. Mark se souvenait d'avoir épluché le dossier Hudson à son arrivée chez Paxton.

Lindsey avait accompli un travail exceptionnel dans cette affaire, et pourtant, le résultat la faisait apparemment souffrir.

Elle avait l'impression d'être l'assassin.

Il s'était engagé auprès de plusieurs clients en tant que consultant juridique. Mais en réalité, il n'était pas aussi occupé qu'il l'avait laissé entendre. Conseiller prenait beaucoup moins de temps que manager sur le terrain. Incapable de résister – elle avait piqué sa curiosité –, il se rendit dans son bureau, alluma la lumière et démarra l'ordinateur.

Une petite recherche sur Hudson, et sur la nouvelle affaire, Williams, ne ferait de mal à personne.

Se rafraîchissant la mémoire, il parcourut quelques documents concernant Hudson. Il avait clamé son innocence pendant plusieurs années, sans jamais cesser de répéter qu'on l'avait piégé. Même à présent, alors qu'il purgeait une condamnation à perpétuité – après avoir échappé de justesse à la peine de mort –, il s'accrochait à sa version.

Lindsey l'avait défendu alors qu'il était accusé de quatre viols ; pour chacun, il avait été acquitté. Les agressions correspondaient toutes au même profil. Bizarrement, les femmes ressemblaient toutes à Lindsey : blonde, menue, cheveux longs. Il lui parut évident que ça l'avait secouée. Une affaire criminelle médiatisée était systématiquement source de stress. Si l'on y ajoutait ce petit détail, ça devenait purement et simplement intense.

Lisant ses notes, Mark commença à se remémorer les détails. Deux petites semaines après que Hudson eut été relâché, une autre femme, présentant le même profil que les victimes des viols précédents, avait été agressée. Mais cette fois, elle avait été tuée.

Hudson avait été accusé du meurtre, puis reconnu coupable, mais Lindsey avait refusé de le défendre.

Mark leva les yeux de l'écran de l'ordinateur, pressant ses paupières pour apaiser ses yeux fatigués. Il se souvenait vaguement d'avoir entendu Edward évoquer les circonstances du départ hâtif de Lindsey, l'abandon de la profession d'avocate. Elle s'en voulait. D'après ce qu'il avait perçu de leur relation tendue, elle tenait aussi son père pour coupable.

Mark parcourut les quelques articles qu'il trouva sur Williams. Il lut pendant quelques minutes, puis repoussa son fauteuil de bureau, en proie à un indicible effroi. Quelque chose ne tournait pas rond. Cette affaire était presque identique à celle d'Hudson. Même les victimes étaient semblables.

Elles ressemblaient toutes à Lindsey.

2

Il avait eu faim de son retour pendant une éternité.

Et voilà qu'elle était revenue. Juste au moment où il croyait devoir aller la chercher, elle était venue à lui.

Son plan avait fonctionné. En recréant l'histoire, il l'avait ramenée à la maison. Une occasion de réparer ses erreurs passées. Une chance de l'arrêter. Parce qu'il savait qu'elle le voulait autant qu'il la voulait.

Personne d'autre n'avait eu l'intelligence de voir clair dans son petit jeu de cache-cache. Sauf Lindsey. Elle savait que Hudson était innocent, et elle avait la même conviction avec Williams.

De temps en temps, il lui en voulait de lui avoir causé du chagrin. Il préférait ne pas y penser. Sa façon de l'abandonner lui avait mis le cœur en miettes. Mais il s'était juré d'ignorer la violence de son accablement. Parce que maintenant elle était à la maison avec lui, à sa place.

Horrible, comme son attention lui avait manqué. Lindsey était son âme sœur. La femme qui savait comment le trouver, comment le combler.

Pour l'instant, l'observer, la voir à l'œuvre, lui suffisait. Mais bientôt ils seraient ensemble.

Alors l'obscurité dans laquelle il baignait se changerait en lumière.

Lindsey descendit du taxi et posa le pied sur le sol bétonné du parking du centre anti-cancer. Voir son père la rendait toujours nerveuse. Elle ne lui avait rendu visite qu'une seule fois depuis son retour, avançant des raisons d'ordre professionnel pour justifier son absence, quand elle lui téléphonait chaque soir. Mais après avoir passé la matinée à examiner les dossiers de l'affaire, elle avait repéré une tendance troublante dans la gestion du cabinet.

Son père avait accepté des clients qui n'étaient pas en mesure de payer leurs notes d'honoraires. De la part d'un homme qui avait toujours été motivé par l'argent, c'était incompréhensible.

Tout en traversant le complexe hospitalier, Lindsey se demanda si elle devait lui parler de sa rencontre avec Mark, et décida de la passer sous silence. Proposer que Mark la remplace lui apparut comme une mauvaise idée. Mais un jour ou l'autre, bientôt, ils allaient devoir aborder la question.

Lindsey trouva son père assis dans la cour, à l'ombre d'un grand orme. Quand il la vit, un sourire las se dessina sur son visage.

— Salut, Lindsey. Quelle surprise. Je suis très heureux que tu sois venue me voir.

Elle se pencha pour l'embrasser sur la joue. C'était ahurissant de le voir faire comme si ces trois années de silence n'avaient jamais eu lieu. Elle se força à un demi-sourire. Cet endroit lui rappelait l'accident de voiture de sa mère, et son décès. Les prières au pied de son lit pour qu'elle se rétablisse.

— Comment te sens-tu, papa ?

En attendant sa réponse, elle l'examina plus attentivement. Les traitements contre le cancer commençaient à le marquer. Il était très amaigri et ses cheveux clairsemés, qui lui avaient paru grisonnants lors de sa dernière visite, formaient désormais une sorte de calotte argentée. Elle refusait de penser à sa disparition. Elle déglutit péniblement pour ravaler son chagrin et sa peur. Peut-être qu'ils s'entendaient mal, mais affronter sa mort n'allait pas être facile. En fait, l'état de leur relation ne ferait que compliquer la chose.

Elle avait besoin de faire la paix avec lui. Elle la ferait. Bientôt.

Il lui prit la main.

— Je me sens mieux maintenant que tu es là.

Comme il n'était pas homme à exprimer son affection, son geste la prit de court. Sa poitrine se serra. D'où venait ce changement d'attitude ? Mon Dieu, allait-il mourir prochainement et cherchait-il à le lui dire ? S'appliquant à rester calme, elle préféra parler de choses et d'autres, de crainte d'entendre une réponse à la question qui bourdonnait dans sa tête.

— Tu n'as pas trop chaud dehors ? Tu veux que je pousse ton fauteuil à l'intérieur ?

Il lui tapota la main.

— Non, j'ai demandé à l'infirmière de m'emmener dehors pour prendre le soleil. (Il montra du doigt une femme qui se tenait à quelques mètres de lui, et prit un air renfrogné.) Elle me surveille comme si j'étais un gosse.

Lindsey faillit rire. C'était bien l'Edward Paxton qu'elle connaissait. Son mauvais caractère l'aida à se détendre.

— Elle fait juste son boulot, papa.

Il sourit d'un air sarcastique à l'infirmière puis son regard revint sur Lindsey.

— Je sais, trésor. J'aimerais seulement qu'elle soit moins agaçante quand elle fait son boulot. (Il se tut une minute.) Enfin bref, c'est si bon de t'avoir de nouveau à la maison.

Lindsey faillit répondre puis referma la bouche. Le moment était mal choisi pour annoncer qu'elle n'était plus chez elle ici.

— Comment se passe le traitement ?

Il donna une réponse bougonne.

— J'ai l'estomac lourd comme si j'avais avalé des cailloux, je suis presque chauve et coincé dans ce maudit hôpital. D'après toi, comment ça se passe ?

Il se mit à tousser si fort qu'il dut courber le dos, donnant l'impression de vomir.

Lindsey lança un regard désemparé à l'infirmière. Elle se précipita vers eux. Son père remarqua qu'elle approchait et la montra du doigt.

— Non, je vais très bien.

Il toussa encore, et lui décocha un regard noir. L'infirmière le dévisagea avec gentillesse puis retourna s'asseoir. Lindsey avait l'impression qu'elle s'était éloignée seulement parce que sa toux se calmait.

Il s'installa mieux dans son fauteuil.

— Comment ça se passe au cabinet, Lindsey ?

— Oh, très bien, je crois, dit-elle puisqu'elle n'était pas prête à affronter la dispute qui s'ensuivrait si elle disait le contraire – pas après sa quinte de toux. Mme Moore n'a pas changé d'un poil. Je l'aime toujours autant.

Il sourit tendrement à l'évocation de son assistante de toujours, surprenant Lindsey une fois de plus par les émotions qui faisaient pétiller ses yeux habituellement froids.

— Oui, elle aussi t'aime beaucoup. Elle demande souvent de tes nouvelles. Comment se portent les autres au bureau ?

Lindsey appuya son postérieur contre le tronc d'un arbre.

— Très bien, dit-elle en haussant les épaules. Pour autant que je sache. Tu sais, je n'ai pas vraiment eu le temps de faire le tour des bureaux.

Il hocha la tête et se remit à tousser.

— Oui, j'imagine.

Elle s'éclaircit la voix.

— Papa, j'ai quelques questions à te poser.

Il plissa les yeux.

— Demande-moi ce que tu veux, répondit-il d'une voix prudente, qui contredisait ses propos.

— Explique-moi pourquoi tu penses que Williams est innocent.

Il parut se détendre, ses épaules s'affaissant légèrement comme s'il s'était contraint à une certaine raideur dans l'attente de sa première question.

— Avant tout, les preuves sont circonstancielles. À mon avis, nos merveilleuses forces de l'ordre subissaient une forte pression publique et ont eu besoin d'arrêter un coupable. Il est autant une victime que les filles qui ont été assassinées. (Il remarqua l'air assombri de Lindsey et ajouta) : Bon, pas victime au même niveau, puisqu'il est vivant et pas elles.

Lindsey hocha la tête et s'écarta de l'arbre pour se laisser choir sur l'herbe, et s'asseoir en tailleur. Elle se félicita d'être en pantalon. L'air pensif, elle enfonça ses doigts dans l'herbe sous elle.

— Mais il n'y a pas eu d'autre victime depuis son arrestation, exact ?

Il fit la grimace.

— Lindsey, pas ça. Tu sais que ça ne veut rien dire, j'espère ? N'importe qui d'un tant soit peu intelligent prendrait son arrestation comme un moyen infaillible de laisser passer l'orage. Je soupçonne le véritable meurtrier d'avoir recommencé dans un autre État ou de se planquer en rigolant.

— Le ? Tu es sûr que c'est un homme ?

— D'après le profil établi par la police, oui. (Il poursuivit en comptant les éléments sur ses doigts :) Homme blanc, dans les vingt-cinq ans, probablement de la classe moyenne, un col blanc. Les rapports d'autopsie confirment ce profil.

Lindsey enregistra l'information, troublée par les étranges ressemblances avec l'affaire Hudson. Elle prit une inspiration avant de continuer. Si son père remarqua quelque chose, il ne dit rien.

— À part ça, tu as trouvé une preuve fiable de son innocence ?

— Pas grand-chose pour l'instant, même si ça m'ennuie de l'admettre. Je suis tombé malade juste après avoir accepté cette affaire.

Il se remit à tousser.

Lindsey supportait mal sa toux caverneuse. Se penchant en avant, elle lui tapota le dos.

— Papa, ça va ?

— Oui, ça va, ça va. Arrête de te faire de la bile pour moi. Bon, revenons-en à Williams. Je n'aurais pas accepté de le défendre si je n'avais pas eu le sentiment qu'il était innocent. As-tu étudié le dossier ?

Lindsey s'accroupit, poussée par un besoin nerveux de changer de position, puis se cala sur ses talons.

— Pas en détail, dit-elle en réfléchissant rapidement à une excuse pour lui cacher le fait qu'elle évitait de travailler sur l'affaire. Je n'ai pas eu le temps. Je me demandais juste ce que tu en pensais, c'est tout.

Il fronça les sourcils et la réprimanda vivement.

— Tu ne crois pas qu'il faudrait que tu t'attelles à la défense de cet homme ?

Lindsey serra les dents. Il ne manquait pas de culot à sous-entendre qu'elle lambinait, alors qu'elle ne voulait même pas de ce boulot. Agacée, elle bafouilla la question suivante. Parler sans peser ses mots n'était pas son genre. Mais en même temps, elle n'était pas vraiment elle-même en cet instant, et elle le savait.

— Pourquoi as-tu mis un terme à ta collaboration avec Mark Reeves ?

Le regard de son père s'assombrit.

— Je n'ai pas envie de parler de cet homme. Pas maintenant. Jamais.

Bravo pour le tact, se dit-elle. Il était sur la défensive, maintenant.

— Ne serait-il beaucoup plus qualifié que moi pour te remplacer ? Je n'exerce plus le droit depuis des années.

Il lui décocha un regard qui aurait fait grimacer beaucoup de gens. Pour Lindsey, ce n'était qu'une manière comme une autre de chercher à l'intimider, et ça ne l'affectait plus.

— Je refuse d'avoir cette conversation avec toi. J'ai rayé Mark Reeves de la carte. Question suivante.

Elle répondit aussitôt. Elle n'était plus la petite fille qui disait oui à tout.

— D'abord j'aimerais en finir avec ce sujet. Pourquoi ne pas demander à Mark Reeves de revenir ?

— C'est pour ça que tu es venue, pour soulever un sujet qu'il vaut mieux considérer comme clos ? demanda-t-il.

— Tu as investi beaucoup de temps pour former Mark Reeves, dit-elle en ignorant sa question.

Il ricana.

— Du temps perdu.

Lindsey posa sur lui un regard intense.

— C'est quelqu'un de bien. J'ai besoin de comprendre ce qui s'est passé.

Il rejeta sa remarque d'un geste de la main.

— Qu'en sais-tu ? Tu ne le connais même pas.

Elle soupira. Ça n'allait pas être beau, mais autant en profiter pour faire le tour des sujets qui fâchent une bonne fois pour toutes.

— Je l'ai rencontré, papa, et je sens qui est bon et qui est mauvais. C'est quelqu'un de bien. Sans compter que sa réputation le dit honnête et travailleur.

Il écarquilla les yeux.

— Comment ça, tu l'as rencontré ?

Elle ferma brièvement les yeux, faisant appel à toute sa patience avant de poursuivre.

— La façon dont j'ai fait sa connaissance ne change rien. (Elle le regarda durement.) Aide-moi à comprendre pourquoi je suis là à faire ce que lui devrait faire.

Il était pâle, et sa respiration s'accélérait.

— Lindsey, ça suffit. Notre relation s'est conclue sur une note amère… la fin. Puisque tu es si forte pour évaluer le caractère des gens, arrête de t'en vouloir pour Hudson, et fais ce que tu es censée faire. Dirige ce fichu cabinet.

Elle tressaillit. Même venant de lui, c'était un coup bas. Prêt à tout pour imposer sa volonté.

— Je ne reprendrai pas le cabinet, alors je te suggère de reconsidérer ta position au sujet de Mark.

Il croisa les bras.

— C'est ici chez toi. Tu es une fille de Manhattan.

Elle secoua la tête et se redressa.

— Chez moi, c'est à Washington.

Il pointa un doigt accusateur dans sa direction, les oreilles rouges de colère.

— Tu as des responsabilités ici, et tu dois organiser ta vie en fonction d'elles.

L'infirmière surgit à ses côtés. Lindsey n'avait même pas remarqué qu'elle s'était rapprochée d'eux.

— Monsieur Paxton, c'est mauvais pour vous de vous mettre dans cet état. Je crains de devoir interrompre cette visite. Vous avez besoin de vous reposer.

Préférant éviter d'entendre son père réprimander l'infirmière, Lindsey prit la parole avant lui.

— Très bien, je m'en vais.

Elle posa la main sur son épaule, s'en voulant tellement de l'avoir tourmenté qu'elle en avait l'estomac noué.

— Repose-toi. Je prendrai de tes nouvelles demain.

Par téléphone, se dit-elle en s'éloignant sans lui laisser le temps d'ajouter autre chose. Elle ne pouvait plus compter sur son sang-froid. De la distance. Elle avait besoin de mettre de la distance entre eux pour échapper à la sensation d'étouffement qui l'oppressait.

3

Son coude heurta la tasse, et le café se renversa sur ses genoux.

Lindsey bondit quand le liquide chaud l'éclaboussa et imbiba sa robe.

— Super ! Vraiment génial. (Elle saisit un mouchoir en papier dans le tiroir du haut de son bureau.) Logique, bougonna-t-elle. Mauvaise journée, la guigne, tout va de travers.

Elle tamponna le liquide qui tachait la soie puis posa les coudes sur son bureau avec lassitude, le visage entre les mains. Elle avait besoin d'une pause. La nuit avait été longue, ses pensées et ses émotions à vif, suite à la dispute avec son père, l'avaient empêchée de dormir. Soupirant lourdement, elle arracha d'autres mouchoirs du tiroir et se leva. Elle tira sur sa robe pour décoller le tissu humide de sa peau.

— Besoin d'un coup de main ?

Une voix grave, virile, qui semblait jaillir de nulle part. Lindsey bondit une fois de plus, la main plaquée sur sa poitrine.

Levant la tête, elle découvrit Mark Reeves dans l'encadrement de la porte. Elle écarquilla les yeux devant cette apparition. Sexy, puissant, et beaucoup trop attirant pour qu'elle se sente tranquille. Il donnait l'impression d'emplir la pièce. Ses terminaisons nerveuses fourmillèrent sous l'afflux de chaleur. Cet homme la troublait même sans rien faire.

Elle avait oublié les plaisirs du sexe – jusqu'à cet instant. Mark semait des pensées fertiles et pas si pures que ça dans son esprit. Sa proximité suffisait à éveiller chaque centimètre de son être, et tout ce qui lui avait manqué durant ces dernières années. Elle n'était pas immunisée contre les besoins charnels. Seulement, il manquait la stimulation.

Jusqu'à maintenant.

Il portait un costume sur mesure bleu avec une cravate d'un bleu plus clair. Dans certains cas, l'habit donne de l'allure à un homme. Dans ce cas précis, c'était l'homme qui mettait le vêtement en valeur. Cet air de sortir tout droit d'un magazine de mode lui venait naturellement. Sauf qu'il était en chair et en os dans son bureau. On aurait dit un morceau de chocolat de confiseur, parfaitement enrobé, et elle en était certaine, encore plus appétissant une fois déballé.

— Je crois comprendre que j'ai passé l'inspection ? dit-il en calant une épaule contre le chambranle.

L'amusement qu'elle perçut dans sa voix attira son regard vers son visage. Ses joues rosirent. Fichue. La poisse. Mordillant sa lèvre inférieure, elle chercha une réponse adéquate. Qu'avait-il de si particulier pour qu'elle perde ses moyens devant lui ? S'efforçant de parler d'une voix plus ou moins normale, elle ouvrit la bouche mais manqua malheureusement de clarté.

— Désolée, vous êtes tellement, tellement...

Elle se tut, se demandant pourquoi elle avait perdu un vocabulaire qu'elle avait consciencieusement enrichi pendant ses longues études. Où était passée l'avocate assurée capable de glacer la reine des neiges dans une salle d'audience ?

Mark haussa un sourcil inquisiteur, les yeux brillant d'un air de défi.

Elle se racla la gorge.

— Différent, termina-t-elle. Je ne voulais pas…

Elle s'interrompit à nouveau. *Pas quoi ? Rêver de vous voir nu ? Admirer votre corps irrésistible ? Quoi, Lindsey ?*

Il rit doucement.

— Ça ne m'a pas dérangé.

L'appréhension de Mark, à l'idée de franchir de nouveau les portes du cabinet Paxton, s'envola dès l'instant où il revit Lindsey.

Elle avait besoin de lui.

Pour une raison insensée, ça comptait beaucoup pour lui. Quelque chose en elle le convoquait à ses côtés. Il avait vu ses tourments dans ses yeux en l'observant depuis la porte. Avant même qu'elle ait pris conscience de sa présence.

Ses yeux parcoururent son corps pour l'examiner lentement. Sa robe noire faisait ressortir par contraste sa douce peau blanche. Même les cernes noirs sous ses yeux n'atténuaient pas son teint lisse. Sa robe était simple, mais une femme telle que Lindsey n'avait pas besoin de frous-frous. Le tissu soyeux épousait délicatement sa taille fine, accentuait ses courbes voluptueuses.

Elle était splendide, purement et simplement. Mais le plus attirant venait de l'intérieur. Il reporta son regard sur son visage. Elle rougissait. Combien de femmes, qui avaient vu tout ce qu'elle avait vu, pouvaient encore rougir ? Une femme à multiples facettes, se dit-il, et il aimerait terriblement dévoiler chacune d'elles.

— Que faites-vous ici ?

Elle détourna le regard aussitôt après avoir posé la question, feignant de tamponner sa robe déjà épongée.

Il la rendait nerveuse.

— Vous m'avez invité, vous vous souvenez ?

Il traversa la moitié de la pièce d'un pas nonchalant, l'observant, réfléchissant à la meilleure manière de l'aborder. Elle était sur ses gardes, prête à l'attaque.

— Vous avez refusé mon offre, dit-elle sèchement.

Essuyant sa robe une dernière fois, elle jeta ses mouchoirs à la poubelle.

— J'ai changé d'avis, dit-il en s'asseyant sur le bras d'un fauteuil disposé juste en face de son bureau, de façon à se placer au niveau de ses yeux.

Intriguée, Lindsey le dévisagea.

— Pourquoi ?

Il gloussa doucement.

— Vous aimez aller droit au but, on dirait ?

Elle se contenta de le fixer de ses magnifiques yeux verts. Elle lui plaisait, c'est sûr. Il s'étonna :

— Je croyais que c'était ce que vous vouliez ?

Les soupçons assombrirent son regard.

— C'était, concéda-t-elle à contrecœur. Mais vous avez été très clair, vous m'avez dit que vous ne souhaitiez pas revenir, point final. Vous ne m'avez pas l'air d'être du genre à changer d'avis sans une raison valable.

— J'imagine que ça signifie que j'ai une raison valable.

Elle posa une main à plat sur son bureau, le scrutant intensément.

— Laquelle ?

Elle le tuait. Dans le bon sens du terme. Elle l'avait pratiquement supplié de l'aider, et maintenant elle tenait à savoir pourquoi il lui proposait son secours.

— C'est important ?

Il y eut un bref silence tandis qu'elle réfléchissait à la question.

— Oui, je crois que ça pourrait l'être.

Il était tout bonnement là pour elle. Elle n'était pas plus prête à l'entendre qu'il n'était disposé à l'admettre.

— J'ai mes raisons. Vous avez ce que vous vouliez. Je suis là, non ?

Lindsey l'attirait, mais les raisons de sa présence allaient bien au-delà. Les ombres du passé et la peur qu'il avait vues, qu'il voyait encore, dans ses yeux le hantaient depuis plusieurs jours. Elle n'apprécierait pas, il en était certain.

Elle plissa les yeux.

— Oui, vous êtes là, non ? (Sa voix trahissait son embarras.) Vous étiez catégorique, pas question de remettre les pieds chez Paxton. Expliquez-moi ce qui vous a poussé à changer d'avis.

Mark s'appliqua à afficher un air neutre. Lindsey n'aimait pas avoir besoin d'aide. Sauf qu'elle avait besoin de lui. Il ignorait comment il le savait, mais il le savait. Et aussi qu'elle refuserait son soutien s'il lui donnait l'impression qu'il la croyait faible.

Invoquer une fausse raison lui parut dangereux. Une stratégie se forma dans sa tête.

— Bon, si vous tenez à le savoir, je soigne ma réputation. Après réflexion, j'ai décidé que le lien qui existe entre moi et le cabinet pourrait nuire à ma carrière de conseiller si je n'intervenais pas pour prendre les choses en main.

Il se félicita intérieurement d'avoir trouvé un prétexte aussi fameux. Elle le jaugea du regard.

— Donc vous êtes ici pour préserver votre réputation ?

— C'est ça.

— Alors vous allez reprendre votre place au cabinet ?

Elle semblait sceptique. Il hocha brièvement la tête.

— Sous certaines conditions.

Elle prit place derrière son imposant bureau, comme pour mettre une barrière entre eux, et le considéra d'un air entendu.

— Je me disais bien qu'il y avait un hic.

Elle croisa les bras en se calant contre le dossier. En attente. Intrigué, il finit par rompre le silence :

— Vraiment ?

Un éclair de frustration traversa le regard de Lindsey.

— Mark, s'il vous plaît, ne jouez pas au plus malin avec moi. Je ne suis pas d'humeur joueuse en ce moment.

Le regard de Mark s'adoucit. Il adorait l'entendre prononcer son prénom. Tout son côté viril se languissait de la prendre dans ses bras pour lui susurrer que tout allait bien se passer. Mais ce n'était pas ce qu'il lui fallait impérativement. Elle avait besoin qu'il l'aide à remettre le cabinet Paxton sur pied, et à remettre de l'ordre dans sa vie.

— Voilà ce que je suis disposé à vous offrir. Mon retour.

Il lui laissa le temps de saisir pleinement le sens de ses paroles avant d'ajouter :

— Mais pour six mois maximum.

Lindsey s'apprêtait à protester mais il l'arrêta d'un geste. Une fois sûr qu'elle l'écoutait, il continua :

— Je vais vous chapeauter de façon que vous puissiez reprendre la direction du cabinet. Beaucoup de choses ont changé depuis votre départ. Nous allons le reconstruire ensemble ; et le plus important, je vais vous prêter main-forte sur l'affaire Williams.

Elle redressa le dos, les mains au bord du fauteuil, de la colère dans la voix.

— Je ne veux pas être chapeautée pour un travail dont je ne veux même pas, bafouilla-t-elle avec précipitation, visiblement exaspérée.

Il la regarda, impassible. Il s'était attendu à cette réaction.

— Écoutez, Lindsey, si au terme de ces six mois vous décidez de partir, ce sera votre choix. De cette manière, vous connaîtrez tout ce qu'il est nécessaire de connaître pour passer le flambeau. Et n'oubliez pas, d'ici là, Williams appartiendra au passé.

— Non, dit-elle sans concession.

Il rechignait à l'idée de devoir lui mettre les points sur les i, mais elle ne lui laissait pas d'autre option. Au fond de lui, il savait qu'il l'aidait bien mieux qu'elle ne le comprenait pour l'instant.

— Je ne reviendrai pas définitivement, et je ne reviendrai pas du tout si vous n'êtes pas là. Vous n'avez pas d'autres solutions.

— J'en suis incapable, affirma-t-elle avec une note accablée. J'ai un travail qui m'attend à Washington.

Il répondit d'une voix ferme et neutre :

— Vous êtes obligée, Lindsey.

Elle se releva en serrant les poings, bras tendus, et le toisa du regard avant de demander sur un ton désespéré :

— Pourquoi vous me faites ça ?

C'était difficile de la forcer, sachant qu'en cet instant elle le maudissait. Mais il savait que c'était pour son bien.

— Vous m'avez demandé de vous aider. Je vous propose d'accepter.

— M'aider ? répéta-t-elle. C'est ce que vous appelez m'aider ? (Elle lui lança un regard mauvais.) J'ai un emploi qui m'attend. Je vous ai demandé de reprendre vos anciennes responsabilités, sans moi. Ça, dit-elle en balayant la pièce d'un geste, c'est à vous, pas à moi. Reprenez-le.

Il garda son air impénétrable. Elle parlait comme si le cabinet était un objet concret qu'il suffisait de donner et de prendre. C'était tellement plus compliqué que ça...

— Je ne peux pas faire ça, dit-il avec douceur.

Elle posa les deux mains à plat sur le bureau, et sa voix retentit comme une promesse sourde chargée de colère.

— Je ne resterai pas. Vous pouvez garder ce fichu cabinet. Aucun intérêt à me chapeauter puisque je ne compte pas rester ici. Préparez quelqu'un d'autre à prendre la suite. (Sa voix s'adoucit.) S'il vous plaît.

Ils se regardèrent dans les yeux un moment. Un long silence tendu qu'il rompit à nouveau :

— Vous savez aussi bien que moi qu'Edward ne permettrait pas que je dirige le cabinet sans vous.

— Je réussirai à le convaincre.

— J'ai une info pour vous, Lindsey. Je lâche mon travail de conseiller juridique pour faire ça. Ma présence ici ne sera pas sans conséquences. Je ne suis pas votre ennemi. (Il se tut un instant avant d'ajouter :) Je suis un ami.

Elle fit la moue.

— Ouais, c'est ça. Ami ? (Elle croisa les bras et détourna le regard.) Je ne crois pas.

Mark se leva et se rapprocha d'elle tandis qu'elle reculait jusqu'à la crédence. Il s'arrêta juste devant elle, de façon à lui barrer le passage. Elle leva les yeux vers lui, l'air surpris. Elle ne bougea pas. Il ne bougea pas. Ils étaient si près l'un de l'autre que leurs jambes se touchaient presque.

Il pouvait même sentir son parfum. Sentir le tourment qui la rongeait. Et aussi les ondes qui passaient entre eux… Bon sang, c'était dur de la pousser dans ses retranchements alors qu'au fond de lui il avait envie de la réconforter. Mais il n'avait pas le choix.

— Marché conclu, Lindsey ? demanda-t-il posément.

Elle ferma les yeux.

— Ai-je une autre solution ?

Il lui saisit délicatement le menton, et son geste lui fit ouvrir les yeux.

— Vous avez une autre solution. Je peux encore quitter ce bureau et ne plus jamais vous revoir.

Il se tut le temps qu'elle absorbe ses propos. D'une certaine manière, il souhaitait l'entendre lui demander de partir pour de bon. Il était en terrain inconnu. Le simple fait d'être là, incapable de refréner le besoin de lui venir en aide, suffisait à lui donner envie de s'enfuir. Mais d'un autre côté, il savait qu'il était incapable de s'en aller avant d'avoir fait le tour de la question.

— La décision vous appartient, Lindsey. Je reste, ou je m'en vais ?

Elle avala sa salive.

— Je peux prendre le temps de réfléchir ?

Il sourit malgré lui.

— D'après vous ?

Elle soupira.

— C'est bien ce que je me disais. (Elle détourna le regard un bref instant puis releva la tête vers lui.) Restez.

Il sourit et lui lâcha le menton.

— Très bien. (Il consulta sa montre.) Malheureusement, j'ai rendez-vous avec un client.

Il soupira et la regarda de nouveau. Il posa la main sur la joue de Lindsey, ses doigts caressant sa peau lisse. Elle retenait son souffle, et ce détail le combla. Ainsi, ses mains ne la laissaient pas indifférente.

Luttant contre le désir de pousser le bouchon le plus loin possible, il s'obligea à reculer d'un pas, tourna les talons et se dirigea vers la sortie. Mais avant de franchir la porte, il se retourna vers elle.

— Organisez une réunion avec les associés mercredi à dix-sept heures trente. (Son but était d'établir un plan qui lui permette de se rapprocher d'elle, de la contraindre à s'atteler au passé et à l'avenir.) J'aimerais vous voir à 17 heures aujourd'hui pour déterminer de quelle façon nous allons nous partager le travail.

Elle encaissait mal qu'il lui donne des ordres. Il ravala un sourire en la voyant opiner du chef, confirmation laconique de leur accord.

— Une dernière chose, ajouta-t-il. Avant tout, je veux que vous preniez les rênes de l'affaire Williams. (Elle allait protester, mais il leva la main pour l'arrêter.) Ce n'est pas négociable, Lindsey.

Sur ces mots, il sortit en la laissant plantée là, les yeux fixés sur lui, maudissant certainement jusqu'à sa venue au monde.

En silence, ils s'assirent côte à côte à la table de réunion, dans le bureau de Mark. Il semblait avoir naturellement repris possession de son ancien lieu de travail.

Lindsey le regarda déboutonner le col de sa chemise et desserrer son nœud de cravate comme s'il ne pouvait pas la supporter une seconde de plus. Elle gémit intérieurement, et pinça sa lèvre inférieure entre ses dents. Cet homme était tout simplement beau. Et intelligent. C'était une combinaison cruelle qui semblait anéantir son désir de le haïr.

L'observant, elle nota ses mâchoires crispées, recouvertes d'une discrète barbe naissante. Ses cheveux étaient ébouriffés comme s'il s'était frotté la tête, peut-être de frustration. D'une certaine manière, cela ne faisait que souligner son charme. Ce détail l'amena aussitôt à s'interroger sur ce qu'il avait trouvé au cours de sa première journée de retour au cabinet Paxton.

— Alors, commença-t-elle en insistant sur ce mot. Avez-vous eu le temps de procéder à quelques analyses aujourd'hui ?

Il s'adossa à sa chaise, poussa un long soupir, et, à sa mine, elle comprit qu'il n'avait pas envie de lui faire part de ses conclusions. Il hésita, puis dit :

— Les registres comptables sont pitoyables, et je ne sais toujours pas ce qu'Edward croyait prouver en choisissant certaines affaires.

Elle secoua la tête et avala sa salive.

— Quel est le problème au juste ?

Elle redoutait presque la réponse. Les muscles de sa mâchoire tressaillirent.

— Au cours des dernières années, Edward s'est mis à accepter de défendre des gens qui n'avaient aucun revenu. Au lieu de s'arranger, ça n'a fait qu'empirer, depuis mon départ.

Le regard de Lindsey se perdit au-dessus de son épaule et elle pensa à voix haute.

— J'ai remarqué cette singularité dans certaines affaires. (Puis, reportant son attention sur Mark :) J'espérais que vous pourriez m'éclairer. Mon père a toujours couru après l'argent.

— Il a changé de philosophie l'an passé. Il travaillait bénévolement, en résumé.

La frustration qu'elle perçut dans sa voix la mit à fleur de peau. Il retroussa ses manches. Comme s'il se préparait à se mettre sérieusement à l'œuvre.

— Laissons de côté les problèmes de comptabilité pour l'instant. Pour l'heure, nous devons nous concentrer sur l'affaire Williams. Il se trouve que c'est l'un des rares clients qui soit en mesure de payer les notes d'honoraires.

Elle eut l'air perplexe.

— C'est vrai, et c'est étrange quand on songe aux autres dossiers qui sont plutôt des cas sociaux.

Il abonda dans son sens.

— Exact. Un professeur de l'université de New York qui est issu d'une famille fortunée.

— Je ne vois pas le rapport avec les autres dossiers. (Elle fronça les sourcils.) Si je comprenais quelle logique a guidé ses choix, je me sentirais mieux.

Mark fut sur le point de répondre – elle le voyait dans ses yeux – mais il se ravisa, comme s'il gardait la réponse pour lui-même. Intriguée, elle se demanda ce qu'il lui cachait.

— J'ai relu le dossier aujourd'hui et rien n'a été fait, dit-il. Nous sommes obligés de demander un report d'audience.

Rien qu'en survolant le dossier, elle était arrivée à la même conclusion.

— J'ai déjà fait préparer les documents.

Il la regarda en s'éclaircissant la voix.

— J'ai changé d'avis. Je vous veux comme second avocat.

— Ouah, dit-elle, coupée dans son élan. D'où vient ce brusque revirement ? (Elle ressentit une pointe d'indignation.) Maintenant vous me croyez incapable d'intervenir comme première avocate ?

Il eut l'air surpris.

— Je pensais que ça vous ferait plaisir.

Elle repoussa ses paroles d'un geste.

— Là n'est pas la question. (Elle fit tambouriner son crayon sur le bloc-notes posé devant elle, trahissant son agitation grandissante.) Vous ne me dites pas tout, et ça ne me plaît pas. Pas du tout. Vous avez peur que je ne m'effondre pendant le procès ou que je ne fasse un truc ridicule de ce genre-là ? (Elle ne lui laissa pas le temps de répondre.) Ça n'arrivera pas, vous savez.

Incrédule, il secoua la tête.

— Je n'ai jamais imaginé que vous puissiez vous effondrer pendant le procès. Enfin, petite demoiselle, que faut-il faire pour vous satisfaire ?

Lindsey fit la grimace, contrariée qu'on puisse douter de sa compétence. Non, elle n'avait pas le désir de retourner au tribunal, mais elle avait encore moins envie d'échouer.

— Écoutez, après avoir lancé votre petite bombe, et vous être enfui pour éviter de m'affronter, je précise, j'ai passé tout l'après-midi à me préparer à faire face à cette fichue affaire. Alors ne revenons pas en arrière.

Il rit comme s'il avait du mal à en croire ses oreilles.

— Pour commencer, je ne me suis pas enfui. J'avais un rendez-vous.

Elle ricana et croisa les bras.

— C'est ça.

— Pour parler franc, dit-il avec plus d'intensité dans la voix, plongeant ses yeux dans les siens, j'ai confiance en vos capacités au tribunal et en dehors. (Il lui laissa le temps de s'imprégner de ses paroles.) Probablement plus que vous n'avez confiance en vous-même.

— Vous avez une très mauvaise façon de le montrer.

Mark ouvrit le dossier posé devant lui. Il étala cinq photos sur la table et recula sur son siège, en l'observant.

— Regardez ces femmes. Qu'ont-elles en commun ?

La triste réalité qui lui sauta aux yeux lui serra la gorge. Elle avait vu des tas d'images de scènes de crimes, mais celles-ci la renvoyaient à des souvenirs qu'elle préférait éviter.

— Elles sont mortes, déclara-t-elle platement, reportant son regard sur lui.

Elle en avait vu suffisamment.

— Quoi d'autre ? insista Mark.

Elle déglutit péniblement, se força à baisser les yeux sur les photos.

— Elles correspondent toutes au même profil, bien entendu.

— Quel profil, Lindsey ?

— J'ai vu le dossier, dit-elle d'une voix cinglante, en le considérant durement. Je sais que ce sont les femmes que Williams est accusé d'avoir assassinées.

— Elles correspondent aussi à un autre profil, vous ne croyez pas ?

Il la mettait au défi. Attendait de voir sa réaction.

Elle lui jeta un regard, puis revint aux photos, le ventre noué en comprenant où il voulait en venir. Sa réponse résonna comme un sombre murmure.

— Elles correspondent au profil des victimes de Hudson.

Elle lâcha son crayon et frotta ses mains moites sur ses cuisses. Il plissa les yeux.

— Nous connaissons tous les deux l'autre fait évident ?

C'était une question, mais pas tout à fait. Ils connaissaient l'un comme l'autre la réponse.

Il souhaitait qu'elle l'admette à haute voix, et elle en était consciente. Pourquoi, c'était la question. Elle se raidit, sensible à la tension ambiante ; et à la frustration, et même à une vague colère. Elle n'avait pas envie de faire face à ça mais il la mettait au pied du mur.

— Vous croyez que je ne sais pas qu'elles me ressemblent toutes ?

Il se pencha en avant.

— Alors vous savez pourquoi je préfère être premier avocat sur cette affaire.

Elle réagit brusquement, le regard brûlant sous l'effet de l'emportement.

— Arrêtez de tout faire pour me protéger. Je suis tout à fait capable de m'occuper de cette maudite affaire.

Lindsey était pour le moins imprévisible.

Ce matin encore, elle avait refusé de diriger la défense de Williams. Elle avait failli l'étrangler quand il lui avait annoncé qu'elle serait première avocate. Il l'avait vu dans ses yeux. Qui aurait pu prédire qu'elle l'accuserait quelques heures plus tard d'être trop protecteur ?

— Vous pouvez hurler, jeter des objets à travers la pièce, faire tout ce qui vous passe par la tête, mais je ne vous laisserai pas – j'insiste – je ne vous laisserai sûrement pas le rôle de première avocate. (Il la défia silencieusement de protester. Elle en avait envie, pourtant. Au bout d'un long silence tendu, il demanda :) Avez-vous vraiment étudié le dossier ?

La question la prit au dépourvu. En vérité, ils le savaient tous les deux, elle n'avait pas trouvé le courage de l'examiner de bout en bout.

— J'ai commencé à le lire...

Elle laissa sa phrase en suspens.

— Mais vous ne l'avez pas lu entièrement. (Il laissa son affirmation faire son effet.) Je serai le premier avocat. Vous pourrez rester en retrait dans la salle d'audience, et vous charger des implications du passé avec moins de pression. C'est la meilleure solution.

— Ce matin encore...

Il l'interrompit.

— Je n'avais pas vu les photos de ces femmes.

Il s'empara des photos, prêt à les lui cacher. La ressemblance avec Lindsey était franchement effrayante.

— Maintenant je les ai vues. Vous passez second avocat.

On frappa à la porte. Mme Moore, l'assistante de son père, avança la tête par la porte entrouverte.

— Les sandwiches ont été livrés, dit-elle avec sa gaieté habituelle.

— Entrez, Maggie, l'invita Mark, un sourire enfantin illuminant son visage.

Mark éprouvait de l'affection pour Maggie. Elle était un peu comme une grand-mère pour tous les employés – une femme d'un certain âge, gentille et qui avait tendance à prendre soin d'eux. Elle méritait de prendre sa retraite mais s'y refusait. Elle aimait s'occuper. Et restait même impassible face aux emportements d'Edward.

Maggie sourit à Mark et entra.

— J'ai pris votre préféré, Mark, dit-elle en souriant. Et je n'ai pas oublié : sans mayonnaise, avec un supplément de moutarde. (Elle brandit un sachet de cookies.) Et j'ai demandé des cookies aux flocons d'avoine et aux raisins secs. Je sais que vous les adorez.

— Merci, Maggie, dit-il. Vous êtes toujours aux petits soins avec moi.

Elle était l'un des seuls points positifs chez Paxton.

Maggie porta son attention sur Lindsey.

— Je me suis souvenue de ce que vous aimez, vous aussi. Pain au froment, avec crudités et œufs.

Lindsey battit des paupières.

— Je n'en reviens pas. Ça fait des siècles.

Maggie tapota le dos de Lindsey et lui fit un clin d'œil.

— Il vaut mieux que j'aie une bonne mémoire pour répondre à toutes les demandes de votre père, trésor.

Et puis, comment aurais-je pu oublier ma petite Lindsey ? Je vous vois encore courir dans tous les sens avec vos Barbie comme si c'était hier.

Lindsey rit.

— Oui, enfin, ça fait quelques années quand même. J'étais tout le temps dans votre bureau à vous empêcher de travailler, pas vrai ?

Maggie s'affaira autour de la table, distribuant les serviettes.

— Oui, dit-elle dans un soupir. Ça me rend nostalgique. Vous deux, dit-elle en agitant son doigt entre Mark et Lindsey, vous travaillez beaucoup trop, mais je ne dirai rien étant donné qu'aucun de vous ne m'écouterait.

Elle soupira, le cœur lourd de regrets, alors que Mark et Lindsey échangeaient un regard amusé.

— Vous avez à boire. Alors je vous laisse, à moins que vous n'ayez besoin d'autre chose ?

Mark gloussa.

— Je crois que nous ne manquons de rien grâce à vous. Merci encore, Maggie. Passez une bonne soirée.

— Très bien, ne restez pas trop tard. Je vous dis à demain matin.

En chemin vers la sortie, Maggie se retourna.

— Ça me fait plaisir que vous soyez de retour tous les deux.

Lindsey sourit.

— Merci, Maggie, dit-elle d'une voix émue. Bonne soirée.

Maggie fit au revoir de la main et quitta la pièce, fredonnant en refermant la porte. Lindsey fixa Mark prêt à mordre dans son sandwich. Il se figea et le posa sur l'emballage.

— Quoi ? demanda-t-il, perplexe.

Elle indiqua la porte d'un mouvement de la tête.

— C'était quoi ?

— C'était quoi, quoi ? demanda-t-il en levant les mains d'un geste interrogateur.

— Maggie ? demanda-t-elle avec stupéfaction. Papa ne l'a jamais appelée par son prénom.

Il grogna.

— Je ne suis pas Edward. Je n'ai jamais été comme lui et je ne le serai jamais.

— Vous êtes plutôt sympa avec elle, fit-elle remarquer en déballant son sandwich.

— Et ça vous étonne ?

Elle eut l'air embarrassé.

— Désolée. Ce n'était pas très juste de ma part. Si j'en crois votre réputation, vous aimez gagner mais rien ne dit que vous êtes méchant.

— J'imagine que vous ne pas savez pas grand-chose sur moi, dit-il en ne blaguant qu'à moitié.

D'une certaine manière, ça l'ennuyait de voir qu'elle l'avait cru capable de manquer de gentillesse envers Maggie.

Pendant quelques minutes, ils mangèrent en silence. Lindsey prenait des notes tandis que Mark parcourait le dossier.

— C'est vraiment incroyable qu'elle se souvienne de ce que je commandais à manger, après tout ce temps, fit remarquer Lindsey.

Il sourit en coin.

— Ça ressemble bien à Maggie.

— Oui, sûrement. S'il y a quelque chose du cabinet qui me manque, c'est elle, et elle seule.

Plantant les coudes sur la table, il l'observa un long moment.

— Je suis prêt à parier qu'il y a plus de choses que vous ne l'imaginez.

Elle lui lança un coup d'œil.

— J'en doute. (Changeant de sujet, elle dit :) Nous parlions de l'affaire Williams. Aucune recherche approfondie n'a été menée sur lui à ce jour. C'est aussi votre impression ?

Mark opina en avalant la dernière bouchée de son sandwich et froissa l'emballage. Il fit pivoter sa chaise et lança la boule de papier dans la poubelle. Elle tomba en plein dedans.

— Gagné, dit-il joyeusement.

Levant les yeux au ciel, Lindsey rit.

— Champion de basket des poubelles. Vous avez beaucoup d'autres talents cachés ?

Il sourit, et saisit l'occasion.

— Je suis doué dans beaucoup de domaines. (Il se pencha vers elle, et le courant passa aussitôt entre eux.) Restez un peu avec moi et vous n'en reviendrez pas de tout ce que vous allez découvrir.

Elle semblait s'interroger sur la bonne réaction à avoir. Ils restèrent assis, leur attirance imprégnant la pièce, les yeux dans les yeux, jusqu'à ce qu'elle détourne la tête.

— Je projette d'aller enquêter sur le terrain demain. Nous n'avons pas le temps de demander à quelqu'un d'autre de s'en charger. Je partirai à l'assaut des rues au petit matin.

— Nous partirons à l'assaut des rues, précisa-t-il, ramenant le regard de Lindsey sur lui. Vous n'irez pas frapper aux portes sans moi. Nous enquêtons sur un assassinat, vous vous souvenez ?

— Je n'ai pas besoin d'un garde du corps, dit-elle avec irritation. C'est mon métier de protéger les autres.

Il leva un doigt.

— Ça vous arrive souvent de partir seule sur le terrain quand vous enquêtez sur un crime violent ?

Elle s'agita sur sa chaise.

— Eh bien...

— Exactement. Je viendrai vous chercher de bonne heure. Notez votre adresse sur un bout de papier. C'est ça ou j'engage un copain pour bosser sur le terrain.

— Nous n'avons pas le temps de préparer quelqu'un d'ici à demain.

Mark répondit d'une voix assurée.

— Royce Walker n'a pas besoin de temps pour passer à l'action.

— Royce Walker, l'agent de liaison de la sécurité nationale ?

Mark sourit de toutes ses dents.

— Eh oui, le seul et unique.

— Je continue de croire que je peux faire du meilleur boulot en moins de temps.

Il haussa les épaules.

— Alors vous allez devoir vous faire à l'idée que je vous suive partout.

Lindsey fit la grimace mais inscrivit son adresse et son numéro de téléphone.

— Si jamais vous vous perdez, appelez-moi.

Il la regarda comme si elle se moquait de lui.

— Je ne vais pas me perdre.

— Bien évidemment. Pas le genre de Mark Reeves, ironisa-t-elle.

Mark l'ignora.

— À neuf heures.

Elle hocha la tête.

— Laissez tomber le costume, dit-elle en montrant du doigt sa tenue.

Mark se leva et commença à enlever sa veste.

— Arrêtez ! cria Lindsey. Que faites-vous ?

— Vous m'avez dit de laisser tomber le costume, dit-il, l'air faussement ahuri.

— Vous avez très bien compris ce que je voulais dire, se défendit-elle. Pour travailler sur le terrain, ne venez pas en costume.

Il fronça les sourcils.

— Vous êtes sûre ? Je serais ravi de l'enlever sur-le-champ.

Une lueur amusée faisait pétiller ses yeux. Elle se racla la gorge en signe de désapprobation. Il se frotta la joue.

— Qu'est-ce que ça veut dire ?

Elle fit la moue.

— Rien du tout. (Elle se tut une seconde.) Pas grand-chose. Juste que ça m'étonne que vous ayez le sens de l'humour, c'est tout.

Interdit, il n'apprécia pas sa remarque. Il se rassit.

— Que je récapitule. Votre commentaire n'est pas très flatteur. Vous voulez bien me dire comment vous me voyez précisément ?

Elle examina ses yeux bruns séduisants, en se demandant quels éléments de sa première impression elle devait lui révéler.

— Vous savez qu'on vous appelle « le cobra » au tribunal. Je me disais qu'ils avaient raison.

— Je vois. (Il articula péniblement :) Le cobra.

Il s'empara du dossier Williams et se mit à le feuilleter, l'air ouvertement mécontent. Il avait mis sa vie de côté pour aider une femme qui le prenait pour un maudit serpent.

Lindsey fronça les sourcils.

— Mark ?

— Oui ? dit-il sans lever les yeux des documents.

Elle posa la main sur son bras. Une vague de chaleur l'inonda. Il leva les yeux vers elle. Il était en train de perdre la boule. Aucune femme ne lui avait jamais fait autant d'effet. Il regarda ses lèvres. L'idée de l'embrasser lui traversa l'esprit.

— Je vous taquinais, à propos du cobra, à cause de cette réputation qui vous précède, c'est tout. J'admire votre carrière. J'ai dit à mon père qu'il se méprenait à votre sujet.

Il se demanda ce qu'il devait faire de cette nouvelle information. Elle avait parlé de lui à Edward.

— J'ai refusé votre proposition. Pour quelle raison me défendriez-vous ?

Elle lui sourit tristement.

— Croyez-le ou non, mais exception faite du fiasco du procès Hudson, je suis plutôt forte pour juger les gens. Que vous ayez rejeté mon offre ne fait pas de vous quelqu'un de mauvais. C'est l'une des différences entre mon père et moi. Il est incapable de faire deux poids deux mesures. De plus, ajouta-t-elle, s'il y a un cobra dans le milieu, j'aime autant qu'il soit dans mon camp.

Elle lui donna un petit coup de poing joueur, ajoutant sur un ton plus sérieux, sans lui laisser le temps de réagir :

— Je vous suis reconnaissante d'être revenu, même si votre retour ne se fait pas exactement dans les circonstances que j'avais espérées.

— Alors, dit Mark d'une voix taquine, à quel point m'êtes-vous reconnaissante ?

Elle lui lança une œillade.

— Comment ça ?

— À quel point appréciez-vous ma présence ?

Il sourit de toutes ses dents. Elle leva les yeux au ciel.

— Vous faites semblant d'être vilain, Mark Reeves. Je le sais.

Il rit.

— Je suis tellement fort quand je suis vilain, bébé.

— Vous délirez, dit-elle, l'air choqué.

Une lueur enflammée étincela dans ses prunelles.

— Euh, c'est vrai. Je crois que vous devriez faire quelque chose pour m'arrêter.

Elle secoua la tête.

— Ça, dit-elle d'une voix sèche, ce serait dangereux.

— Je croyais que vous aimiez vivre dangereusement, avec le FBI et tout ça.

Elle le regarda de travers.

— Vous voulez bien redevenir sérieux ? dit-elle, changeant brusquement de sujet. S'il vous plaît. Bon, j'aimerais savoir dans quel état est la comptabilité.

Il aurait préféré la ramener sur un terrain plus ludique, mais c'était trop tard. Après s'être accordé un bref moment de regret, il répondit :

— Je vais faire mon boulot, tout ira bien.

— C'est si grave que ça ? demanda-t-elle avec appréhension.

Il soupira.

— Ça pourrait être pire.

— Oh, c'est très grave alors, résuma-t-elle d'une voix dénuée d'expression.

— Ne vous inquiétez pas, tout va rentrer dans l'ordre.

Tout irait bien. Il avait l'intention d'y veiller personnellement.

L'agacement se lut dans les yeux de Lindsey.

— Mark, ne me protégez pas. Je ne supporte pas qu'on me couve. Dites-moi à quel point c'est grave.

— Je ne vous protège pas. Je n'ai pas encore terminé mon analyse, c'est tout, se défendit-il.

Elle plissa les yeux.

— Mais vous me protégez quand même. Vous l'avez dit vous-même.

Il rit. Impossible de la tromper.

— Sûrement. Passons un marché, d'accord ?

— Encore un ? demanda-t-elle avec étonnement.

Il tenta de l'amadouer.

— Je ne fais jamais de promesse que je ne peux pas tenir, alors trouvons un compromis.

Elle ne flancha pas.

— Ça ne me dit rien qui vaille.

— Repartons de zéro, dit-il en se forçant à la patience. Dans mon milieu, un compromis vaut mieux que l'absence de compromis. Dois-je poursuivre ?

Il croisa les bras et attendit sa réponse.

Elle grimaça.

— Très bien.

— Sur toutes les questions relatives au cabinet, je vous transmettrai les faits de façon brute et froide. Toutefois, je ne peux pas vous promettre de ne pas chercher à vous protéger quand il est question de viols et de meurtres. J'en suis tout simplement incapable.

— Compris. Je suis trop fatiguée pour discuter. (Sa voix était crispée.) Avez-vous le dossier Hudson ?

— Oui. Pourquoi ?

— Juste pour l'étudier ce soir, dit-elle calmement.

Il l'observa attentivement.

— Les points communs vous perturbent ?

— Les marques sur les bras des filles.

Lindsey s'empara du dossier et en ressortit les clichés. Elle lui tendit les images une par une, en montrant les bras des filles à chaque fois.

— Les traces sur leur peau, les ressemblances physiques… (Elle se tut, absorbée dans ses pensées.) Je ne sais pas. Il y a truc qui me dérange.

Ça le dérangeait lui aussi. La ressemblance de Lindsey avec toutes les victimes lui tapait même sur les nerfs.

— Oui, je dois admettre qu'il y a quelque chose qui cloche. J'ai fait des recherches quand vous êtes partie de chez moi, l'autre jour. Il y a trop de similitudes entre les deux affaires pour que ce soit anodin.

Lindsey parut brusquement inquiète.

— Oui, je sais. Je crois que nous devrions interroger Williams avant toute chose, demain.

— Bonne idée, confirma Mark.

Elle lui lança un regard.

— J'ai organisé la réunion avec les associés. Ils ont tous des questions à poser, mais je leur ai cloué le bec. Je me suis dit que vous aviez votre façon de les aborder.

Mark s'adossa confortablement au dossier de sa chaise, les mains sur les accoudoirs.

— En effet, j'en ai une.

Exténuée, autant physiquement que mentalement, Lindsey entra dans son deux-pièces et déposa ses affaires sur le guéridon de l'entrée d'un geste las. Elle se dirigeait vers le salon lorsqu'un brusque sentiment de malaise l'arrêta net. Elle revint sur ses pas pour verrouiller la porte. Se hissant sur la pointe des pieds, elle jeta un coup d'œil par le judas.

Rien.

Un frisson irrépressible la parcourut de la tête aux pieds. Cette satanée affaire la faisait tourner en bourrique. Elle se détourna de la porte, déterminée à dominer sa nervosité. Quand elle aperçut son reflet dans le miroir de l'entrée, elle se pencha vers son image, s'examina. Soupira bruyamment. D'accord, c'était assez glauque de ressembler autant aux victimes. Avec Hudson, elle était tellement obnubilée par son innocence qu'elle n'y avait jamais vraiment pensé. Elle aurait dû, bien entendu, puisque son innocence impliquait que le vrai responsable était toujours en liberté. Mais d'un côté, il y avait eu viol, et de l'autre, meurtre. Ça changeait la donne.

Dans quel pétrin t'es-tu mise, Lindsey ?

Elle secoua la tête et tourna le dos au miroir, refusant de passer une seule seconde de plus à se comporter comme un chaton terrifié. Après avoir troqué sa tenue professionnelle pour un bas de survêtement et un tee-shirt, elle s'assit sur son lit, son attaché-case devant elle.

Elle passa plusieurs heures à éplucher les dossiers Hudson et Williams, en quête de similitudes. À l'époque, elle était si profondément persuadée de l'innocence d'Hudson qu'en replongeant dans ces documents, son intime conviction se raviva. Glissant les doigts dans ses cheveux, elle grogna de frustration.

Comment pouvait-il être innocent ? La simple hypothèse qu'il puisse l'être était insensée.

Déterminée à traiter le cas Williams sans rien omettre, elle se lança dans l'étude de son dossier. Jusque-là, il y avait quatre femmes décédées, toutes étudiantes à l'université où Williams enseignait. La preuve était circonstancielle. Elle fronça les sourcils. Williams pouvait être un bouc émissaire, comme son père l'avait suggéré.

Ou il pouvait être un criminel à sang-froid.

Le dénominateur commun, c'est qu'il avait donné des cours à chacune d'elles, à un moment donné. Dans deux des cas, les filles avaient été assassinées un soir où il avait rendez-vous avec elles. Tout pointait vers sa culpabilité. Et pourtant il n'y avait aucun indice matériel.

Reprenant le dossier Hudson, elle l'ouvrit à côté de celui de Williams. La situation d'Hudson était comparable en plusieurs points. Il tenait un restaurant près du campus de l'université de New York, lieu prisé en fin de soirée. Les victimes y étaient toutes venues le soir de leur agression. Et pourtant personne n'avait pu identifier Hudson. L'agresseur portait un masque. Mais la police devait inculper quelqu'un, et il était le point commun à toutes les victimes, qui plus est dépourvu d'alibi.

Lindsey mordillait si nerveusement son crayon qu'elle faillit le casser en deux.

— La barbe, je suis trop stressée, marmonna-t-elle en lançant son crayon sur le lit avant d'entourer de ses bras ses genoux repliés.

Rangeant les documents dans sa mallette, elle décida d'essayer de dormir. Après tout, il était deux heures du matin. Un flot de pensées incontrôlables et dérangeantes lui traversait la tête. Elle se demanda si Mark était réveillé. Elle avait terriblement envie de l'appeler. C'était fou. Pourquoi téléphonerait-elle à Mark ?

4

Lindsey s'assit brusquement dans son lit, portant la main à sa poitrine.

Un bruit strident emplissait la chambre, perçant son esprit engourdi par le sommeil. Son rythme cardiaque était bien trop rapide, et son tee-shirt moite. Elle jeta un coup d'œil vers la table de chevet, expira longuement.

L'alarme.

Elle tendit la main pour éteindre son réveil alors que des images se formaient dans sa tête. Tout en arrangeant sa chevelure du bout des doigts, elle sentit la frustration gronder en elle. Même dans son sommeil, elle luttait contre le passé. Elle avait fait un cauchemar. Un homme la poursuivait. Elle cherchait à distinguer son visage, en vain. Courir... Elle s'enfuyait loin de lui.

Dans l'espoir de rejoindre Mark.

Mark ? Que faisait Mark dans l'histoire ? Étrange. Elle se concentra pour ramener les images à la surface, mais sa mémoire la trahit. Son esprit était flou précisément là où elle le souhaitait vif. Mais le sentiment de peur, d'être en danger, était aussi clair que le jour qui se levait. Elle repoussa les couvertures et consulta l'heure, déterminée à se débarrasser de ses idées noires.

Café. Elle avait besoin de caféine. C'était son remède de première urgence dans la plupart des situations. Quand ça ne marchait pas, elle passait au produit infaillible : le chocolat. Une fois le café mis à infuser dans la cafetière à piston, elle prit une douche rapide et s'habilla. Elle souhaitait contacter son ancien coéquipier du FBI avant l'arrivée de Mark.

Vêtue d'un jean délavé, d'un pull ajusté beige et de bottes dans le même ton, elle alla au salon, sa tasse de café à la main. Appuyée contre un petit bureau en noyer verni, elle composa un numéro de téléphone.

Juste avant qu'il réponde, un trouble la saisit. Elle s'était comportée en amie pitoyable et elle le savait.

— Steve à l'appareil.

Au son de sa voix, sa gêne redoubla.

— Steve, dit-elle un peu trop doucement. C'est Lindsey.

Elle devina son sourire.

— Tiens, ma coéquipière préférée. Ou devrais-je dire « salut à toi, l'étrangère » ?

Malgré le reproche, il n'en était pas moins accueillant. Cela ne fit qu'aggraver son sentiment de culpabilité.

— J'aurais dû t'appeler avant.

— Oui, tu aurais dû. Ne compte pas sur moi pour dire le contraire. Mais je suis content que tu me téléphones.

— Je suis à New York.

— Tu rigoles ? Tu es de passage ou tu es revenue vivre ici ?

Parler de ça lui était pénible. Autrefois, Steve était l'une des rares personnes à qui elle parlait de sa vie privée. Ça aurait dû l'aider. Mais ce n'était pas le cas.

— Mon père a un cancer. Je tiens le cabinet le temps qu'il se rétablisse.

Elle se tut. Et si son état ne s'améliorait pas ? Dans le silence qui s'ensuivit, elle comprit que Steve se faisait la même réflexion.

— Ou le temps que quelqu'un d'autre prenne sa succession, ajouta-t-elle.

— Je l'ignorais, dit-il d'une voix sincèrement émue. Je suis désolé. J'aurais aimé que tu me le dises plus tôt. Je sais que c'est dur pour toi pour de nombreuses raisons.

Sa nature compréhensive accrut son sentiment de culpabilité.

— Je suis désolée, Steve.

Elle l'était réellement. C'était un bon ami, et elle lui avait tourné le dos en changeant de ville. Elle n'avait pas besoin d'expliquer pourquoi elle s'excusait. Ils le savaient aussi bien l'un que l'autre.

Il garda le silence un moment.

— Si quelqu'un comprend pourquoi tu avais besoin d'aller vivre ailleurs, c'est bien moi.

— Mais ce n'est pas pour autant que j'avais besoin de couper les ponts. Je...

— Tu n'as rien à expliquer, termina-t-il à sa place. Ça me fait plaisir que tu me donnes des nouvelles aujourd'hui.

Elle soupira.

— Je ne recommencerai pas. Entendre ta voix, c'est aussi bon qu'une bouffée d'air frais. J'en avais besoin.

— Tant mieux, dit-il. Je vais te prendre au mot. Si on déjeunait ensemble aujourd'hui ? Commençons par rattraper le temps perdu.

— Si seulement je pouvais. Malheureusement, je suis sur une affaire. Et j'ai un problème.

— Je t'écoute.

Elle sourit au combiné. Il s'attendait à ce qu'elle sollicite son aide. C'était un tic de coéquipier. Un lien qui ne se défaisait jamais.

— Williams, c'est le nom du type.

— Ça ne me dit rien.

— Accusé d'avoir assassiné plusieurs femmes. Le profil, eh bien, le profil correspond…

— Correspond à quoi ?

On sonna à sa porte, une interruption bienvenue. Parler des points communs entre les deux affaires se révélait plus difficile que prévu.

— Il faut que j'aille ouvrir la porte. Un instant.

Pendant qu'il patientait, elle posa le combiné et se hâta d'aller ouvrir. Elle invita Mark à entrer, consciente que sa présence la mettait d'emblée en émoi. Un rapide coup d'œil lui suffit pour constater qu'il était comme lors de leur première rencontre, avec ses airs de James Dean, décontracté et trop craquant pour qu'elle reste de marbre.

Trop pour elle.

Elle s'éloigna pour éviter à Steve d'attendre trop longtemps.

— Je suis au téléphone, dit-elle à Mark par-dessus son épaule. Il y a du café dans la cuisine, si vous en voulez.

Elle reprit le téléphone.

— Me revoilà.

Se retournant, elle vit Mark dans l'entrée du salon, qui survolait la pièce du regard. Une épaule calée contre le mur, il examinait les lieux avec attention. Elle croisa son regard inquisiteur. Y resta rivée. Sans le vouloir. Sans réfléchir. Quand leurs regards s'accrochaient, elle avait tendance à oublier tout le reste.

Steve avait dit quelque chose. *Zut.*

— Excuse-moi. Tu m'as demandé quoi ?

— Ton affaire, qu'y a-t-il ?

— Tu vas dire que je suis folle.

À cette phrase, Mark plissa les yeux. Elle lui tourna le dos.

— Elle ressemble pas mal à l'affaire Hudson.

Il y eut un silence.

— À quel point ?

— Beaucoup.

— Personne d'autre ne peut s'en occuper ? demanda-t-il, inquiet.

— Ça va aller, Steve. Le problème est que c'est Lewis, le salopard macho en personne, qui a été choisi pour assister les autorités locales.

— Lewis ? reprit-il en éclatant de rire. Tu n'obtiendras pas d'informations de sa part, c'est sûr. Je t'avais dit d'être sympa avec lui.

— J'ai essayé.

— Le traiter de salopard rougeaud et pervers, c'est sympa ?

Elle poussa un soupir.

— Il l'a bien cherché, Steve, et tu le sais. Il traitait toutes les femmes du service comme des objets décoratifs, pas comme des pros. Et dois-je te rappeler qu'il a joué un sale tour à Rebecca – quand même un sacré bon agent – et qu'elle a failli être virée à cause de lui ?

— Je sais, mais il t'arrive parfois de dire trop franchement ce que tu penses.

— Mais je ne dis que la vérité, se défendit-elle.

— Oui, dit-il avec un sourire dans la voix. C'est vrai. Je vais voir ce que je trouve et je te rappelle.

— Merci, Steve.

Elle lui donna son numéro et prit congé.

Se retournant, elle croisa le regard de Mark et y resta accrochée. Leur échange était pour le moins magnétique. Si bien qu'il était vain de chercher à l'ignorer. Leur attirance était trop fascinante, trop puissante. Elle avait passé une bonne heure dans son lit, la veille au soir, à penser à ce truc qu'il y avait entre eux.

Y céder ou pas, c'était la question qui lui donnait du fil à retordre. Finalement, elle avait décidé d'agir… seulement selon ses conditions.

— Vous ne voulez pas de café ? demanda-t-elle en indiquant la cuisine d'un mouvement de tête.

Il n'en avait rien à faire, de son fichu café. Tout ce qu'il voulait, c'était savoir avec qui elle parlait au téléphone. Il la suivit, admirant le doux balancement de ses hanches arrondies. Dans son jean étroit, elle incarnait la tentation à l'état pur. Il l'avait déjà trouvée sublime en tailleur. Dans une tenue décontractée, elle avait encore meilleure allure. Peut-être plus accessible.

Cette femme l'enflammait comme personne. Jamais il n'avait désiré une femme autant qu'elle.

Mark ne mélangeait jamais travail et plaisir. Sauf que, dans le cas de Lindsey, il avait remis les pieds chez Paxton pour elle. Selon lui, cela justifiait qu'il lui tourne autour. Et il avait l'intention de voir jusqu'où leur attirance les conduirait.

Il entra dans la cuisine, en proie à un vif sentiment, aussi désagréable qu'indéniable, de jalousie.

— Un ami ? demanda-t-il, incapable de retenir la question qui lui brûlait les lèvres.

Elle eut l'air perplexe.

— De quoi ?

— Au téléphone.

— Ah, dit-elle. Mon ancien partenaire.

Elle posa sa tasse sur le plan de travail et en sortit une autre du placard avant d'ajouter :

— Avant que je parte vivre à Washington. (Elle remplit les deux tasses de café, et reporta son attention sur Mark.) Du lait ou du sucre ?

— Noir, c'est parfait. Merci. (Il entra plus avant dans la cuisine pour prendre sa tasse.) Partenaire de travail ou petit ami ?

— Quoi ? demanda-t-elle en affichant un air confus, apparemment sincère. (Il préférait croire qu'elle l'était.) Petit ami ? Vous parlez de Steve ? (Elle rit.) Mon ancien coéquipier, mon petit ami ? (Elle prit sa tasse, visiblement plus amusée qu'agacée par ses questions.) Il est marié. En fait, sa femme est une amie proche. Steve va essayer de nous dénicher des infos normalement réservées à la police.

— C'est bien. (Mark se détendit légèrement.) À ce stade, n'importe quoi pourrait nous aider.

Il s'accouda au comptoir, et posa sa tasse, surpris qu'elle l'imite. Ils se retrouvèrent face à face, et échangèrent un regard chargé d'électricité. Son parfum se mêlait à celui du café fumant, diffusant une brume sensuelle.

Une compréhension tacite les unit, tel un besoin mutuel qui dépassait les mots. La question était : oseraient-ils franchir la ligne qui séparait le travail du plaisir ? Du côté de Mark, il avait d'ores et déjà opté pour l'affirmative. Il espérait qu'elle aussi les autoriserait à explorer ce qui était, de façon flagrante et puissante, une attirance réciproque.

Il la vit chercher une issue de secours. Quelque chose – un éclair apeuré – traversa ses yeux irrésistibles. Et quand elle prit la parole, il comprit qu'elle comptait réorienter leur état d'esprit.

— Je vais le rappeler pour lui demander d'élargir les recherches à l'échelle nationale, si jamais d'autres crimes correspondant à notre profil ont été commis depuis que Hudson a été incarcéré.

— Hudson ? demanda-t-il en fronçant les sourcils d'un air interrogateur.

Elle haussa les épaules.

— Les deux profils correspondent – celui de Williams et celui d'Hudson. Qui sait, en l'état actuel des choses ? J'ai même envisagé l'idée qu'ils soient tous les deux innocents et que le vrai criminel soit toujours en liberté.

Il avait craint qu'elle ne se penche sur le passé au lieu de se concentrer sur le présent. C'est effectivement ce qu'elle avait fait.

— Vous croyez que Hudson est innocent ?

Quand elle baissa les yeux, il comprit qu'elle bataillait contre ses émotions.

— Je ne fais qu'assurer mes arrières.

— Lindsey ?

Elle releva la tête pour le regarder. Les nuances de vert de ses iris lui coupèrent le souffle. Ou peut-être était-ce seulement l'éveil sensuel qu'il ressentait chaque fois que leurs regards se croisaient. Il l'admira pendant qu'elle s'efforçait de retrouver son sang-froid et de surmonter son trouble.

Cette fois, c'est lui qui changea de sujet.

— Vous avez bonne mine aujourd'hui.

La surprise illumina son regard mais, et cela l'emplit de joie, pas le mécontentement. Puis, à son grand étonnement, elle coula un regard le long de son corps avant de se reporter sur son visage. Son attitude franche avait certainement pour but de lui envoyer un message. Elle envisageait de…

— Je crois que vous avez réussi l'inspection, le taquina-t-elle.

Il haussa un sourcil, l'air rieur.

— Vous croyez ?

— Ça fera l'affaire, dit-elle avant de se diriger vers la porte en passant devant lui.

Il fit un pas de côté pour lui bloquer le passage.

— Je devrais peut-être vous montrer que je fais plus que l'affaire ? murmura-t-il.

— Avez-vous toujours besoin de faire vos preuves ?

Elle le mettait au défi… Il posa sur elle un regard brûlant. Impossible de cacher ses émotions. Non pas qu'il en ait l'intention. Il désirait Lindsey et il tenait à le lui faire savoir. Et oui, il avait des visées. Mais il entendait désormais les exposer aussi clairement que son désir.

— Avec vous, on dirait que oui.

Elle baissa les yeux, battit des cils, leur ombre en forme de croissants noirs tranchant sur sa peau ivoire. Comme si elle réfléchissait, luttait peut-être contre sa réponse. Elle leva les yeux vers lui, plus sombres. Plus brûlants.

— Pourquoi, Mark ? Pourquoi voulez-vous me prouver quoi que ce soit ?

Il ne cilla pas, pas plus qu'il n'hésita à répondre. Il avait longuement réfléchi à cette question, justement.

— Je dois admettre que je ne me l'explique pas. Je ne suis pas du genre à tourner autour du pot. Vous me faites de l'effet, Lindsey. C'est pour vous que je suis revenu chez Paxton, seulement pour vous.

Elle écarquilla les yeux.

— Et pour votre réputation, bien sûr.

Il ne jouait plus. Il n'aimait pas les petits jeux, il préférait que tout soit clair entre eux. Honnête.

— J'aurais pu régler cette histoire de réputation sans revenir, et nous le savons tous les deux.

Un long silence s'installa, pendant lequel ils restèrent face à face, les yeux dans les yeux, si près l'un de l'autre qu'ils se touchaient presque. Il crevait tellement d'envie de l'embrasser que la suite lui semblait aussi vitale que sa prochaine respiration. Il se rapprocha d'elle d'un pas incertain, la tête légèrement inclinée vers elle. Les lèvres de Lindsey se mirent à trembler et il sentait presque le goût du baiser qu'il attendait impatiemment.

Mais alors elle se raidit, et il comprit qu'elle s'était persuadée qu'elle avait trop peur. La suite logique était le rejet. Elle se racla délicatement la gorge.

— Il faut qu'on y aille, Mark.

Il se passa la main dans les cheveux, tentant de repousser un accès de colère.

— Vous et moi, nous savons ce qui se passe entre nous, mais si vous avez besoin de temps, je vous en donne.

Sur ces mots, il s'écarta de son chemin.

Mais au lieu de passer, elle resta interdite, clouée sur place, le fixant du regard sans réagir. Quand elle esquissa un premier pas, il attendit qu'elle soit à sa hauteur pour la prendre par le bras. Il rapprocha son visage tout près du sien, le regard rivé sur elle.

— Je ne sais pas ce qui se passe dans votre tête, mais je ne suis pas la cause de vos cernes. Je suis là, dans le présent. Je ne reviens pas du passé, et vous aurez beau me repousser de toutes vos forces, je ne m'enfuirai pas.

Il plongea les yeux dans les siens, pour lui faire éprouver toute sa sincérité. Il la voulait et il ferait tout ce qui était en son pouvoir pour gagner sa confiance. Au bout de plusieurs secondes d'échange intense, il la lâcha.

Et elle détala comme un chat effrayé.

5

La pièce dépourvue de décoration, à l'odeur de moisi, les enveloppait comme une coquille vide.

Une table métallique et quatre chaises étaient placées au centre, entre les murs nus. Lindsey tapotait impatiemment son crayon sur la table, produisant un bruit mat chaque fois qu'il heurtait le métal.

Mark se saisit du crayon.

— Vous devriez vous asseoir. Ça vous calmerait les nerfs.

Lindsey lui jeta un regard hostile.

— Mes nerfs vont très bien. Je ne supporte pas de perdre mon temps, c'est tout. J'aimerais bien qu'ils se magnent les fesses. Nous n'avons pas toute la journée devant nous.

Mark lui lança un coup d'œil, voulut répondre mais ses mots s'envolèrent dès que la grande porte en acier s'ouvrit. Un gardien à la forte carrure, édenté, tenait Roger Williams par le bras. Il grommela en lui indiquant une chaise, et fit peser son regard froid sur lui, le temps qu'il prenne place. Puis il retourna dans le couloir sans avoir prononcé un mot, laissant Lindsey et Mark seuls avec leur client. Roger Williams était un homme fluet, d'un mètre soixante-dix maximum, aux joues creuses et aux yeux verts emplis de lassitude. Lindsey le scruta comme pour trouver une réponse sur son visage.

Coupable ou innocent ?

Elle avait croisé le regard de nombreux malfaiteurs, et même plongé les yeux dans ceux des pires criminels que la terre ait jamais portés. Il y avait de la douceur dans les yeux de Roger Williams. Et de la peur. Pas de culpabilité. Bien sûr, elle avait affirmé la même chose au sujet d'Hudson. Irritée par cette idée, elle ignora ses doutes envers ses propres capacités. Puisqu'elle allait défendre cet homme, elle devait rester concentrée sur son affaire, sans penser à rien d'autre.

— Qui êtes-vous ? leur demanda Roger, les doigts croisés sur la table.

Sa nervosité produisait une charge électrique dans la salle. Elle imprégnait ses mots, lui donnait la bougeotte.

— Je suis Mark Reeves, et voici Lindsey Paxton, se présenta Mark. Nous allons vous représenter.

— Oui, ajouta Lindsey. Nous sommes vos nouveaux avocats.

Le visage de Roger s'assombrit sous l'effet de la confusion.

— Où est M. Paxton ?

— M. Paxton, mon père, est tombé malade, expliqua Lindsey. M. Reeves et moi prenons la relève.

— Veuillez excuser ma franchise, mais j'ai confiance en M. Paxton. Qu'est-ce qui me garantit que je peux vous faire confiance, à vous deux ?

La question étonna Lindsey, elle contrastait avec l'apparente humilité de Williams.

— Je comprends votre inquiétude.

Mark sortit une feuille de son dossier, qu'il fit glisser en travers de la table.

— Je vous ai apporté ce curriculum vitae, monsieur Williams. Vous y trouverez les références de Mlle Paxton ainsi que les miennes.

Roger prit la feuille et en commença la lecture. Mark poursuivit :

— Nous aurions beaucoup de questions à vous poser. Si vous acceptez qu'on vous représente, nous aimerions nous y mettre dès aujourd'hui.

Lindsey n'appréciait pas de ne pas avoir été consultée sur le contenu de la feuille, et nota mentalement d'en parler avec Mark.

— Vous m'avez l'air d'être plus que qualifiés, dit Roger en levant les yeux. Je ne veux pas donner l'impression de faire le difficile. C'est une terrible expérience, être accusé d'actes aussi horribles.

— De meurtre, dit Mark. Vous êtes accusé de meurtre. Je crois qu'il est important que nous parlions franchement de ce à quoi nous nous attaquons.

Lindsey lança un regard réprobateur à Mark. Elle ne doutait pas que Roger sache de quoi il était accusé, et il n'avait pas besoin qu'on le lui fourre sous le nez.

— Ça vous ennuie si on s'assoit ? demanda-t-elle en montrant la chaise d'un geste.

Roger hocha la tête, et Lindsey et Mark prirent place, côte à côte, en face de lui, et sortirent de quoi écrire.

— La première chose à faire, c'est d'établir clairement les faits et d'entendre votre version de l'histoire. Pardonnez-moi cette question, mais j'ai vraiment besoin de la poser. Avez-vous tué ces filles ?

Il écarquilla les yeux.

— Non ! s'exclama-t-il avec véhémence, ses mains claquant sur la table. Je n'ai tué personne, mademoiselle Paxton.

— Alors pourquoi vous croient-ils coupable ? demanda Mark en se penchant vers lui, une note provocatrice dans la voix.

Roger s'affaissa sur sa chaise, ses forces semblant s'évanouir.

— J'imagine qu'ils ont besoin d'un coupable.

Il expira bruyamment, puis posa ses avant-bras croisés sur la table et se pencha vers eux.

— Écoutez, j'aimerais pouvoir me dire que mes avocats ont foi en mon innocence. M. Paxton me croyait. Que dois-je faire pour vous prouver que je suis innocent ?

Son désespoir était tangible.

Mark posa son stylo sur la table.

— Je peux vous assurer que nous connaissons le point de vue de M. Paxton sur votre affaire. (Mark se tut, frotta le bas de sa joue.) Bon, je vais être honnête avec vous parce que vous traversez des moments très pénibles, que ce n'est pas terminé et que vous devez être prêt pour la suite. Les jurés voudront vous croire coupable. (Roger voulut intervenir mais Mark l'arrêta d'un geste.) Écoutez-moi pour l'instant. (Roger recula le buste contre le dossier et opina de mauvais gré.) Les jurés tiendront à ce que justice soit faite pour ces filles. Les parents et les amis en larmes qui seront présents au tribunal ne feront qu'aggraver les choses. Nous (il tendit le doigt entre Lindsey et lui), nous sommes des êtres humains, tout comme les jurés. La seule différence est que nous avons un travail à faire. Et notre travail consiste à vous fournir la meilleure défense possible. Au final, que vous soyez coupable ou innocent, nous protégeons le système qui protège le peuple de notre pays du mieux que nous le pouvons. Nous sommes de bons avocats et nous n'aimons perdre ni l'un ni l'autre.

Roger se mit à secouer la tête, la détresse inscrite jusqu'au fond de ses yeux.

— Vous me croyez coupable.

Lindsey inclina le buste vers lui pour le regarder plus directement.

— Nous n'avons pas d'opinion à ce stade. Aucune. Mais en réalité, ce que nous pensons ne compte pas. C'est ce que les jurés pensent qui compte. Notre travail consiste à tout faire pour qu'ils votent non coupable.

— Mais si vous croyez en mon innocence, ça change votre façon de me représenter. Vous niez ce fait ?

Lindsey avala sa salive. Il avait raison, mais aucun avocat ne l'admettait jamais face à un client. Mark vola à son secours en répondant à sa place.

— Pour tout vous dire, je le nie. Vous aurez la meilleure défense possible, quelle que soit notre opinion.

— C'est exact, dit calmement Lindsey.

C'était la pure vérité. Lindsey et Mark étaient doués, meilleurs que la plupart des avocats ne rêvaient de l'être. Des années sans exercer n'avaient pas entamé la confiance de Mark en ses capacités à obtenir des résultats. Comme Roger ne répondait pas, il ouvrit son calepin et en sortit une feuille qu'il fit glisser devant lui.

— C'est une liste de questions. J'aimerais que vous preniez votre temps pour y répondre en détail. Aujourd'hui si possible.

Roger s'en empara et l'étudia. Lindsey y jeta un coup d'œil discret. Elle ne savait pas que Mark avait préparé un questionnaire, mais ça l'impressionnait malgré elle. Néanmoins, elle aurait aimé en être informée au préalable.

— Il y a beaucoup de questions, nota Roger.

Mark hocha la tête.

— Oui, un grand nombre. Tout ce à quoi j'ai pensé, jusqu'à présent, que l'avocat de la partie adverse va cibler ou demander d'une manière ou d'une autre, sous une forme ou une autre. Il y a des questions essentielles que nous devons commencer à évoquer et à discuter. Une fois que nous aurons passé tout le questionnaire en revue, nous aurons probablement d'autres points à approfondir.

Lindsey se racla la gorge.

— Cela étant dit, commençons par les questions clés. (Elle consulta ses notes.) Connaissiez-vous les victimes ?

Elle connaissait la réponse mais c'était bien de l'entendre de sa bouche, de la façon dont il le dirait au procureur.

— C'étaient des étudiantes qui suivaient mes cours, répondit Roger.

Une lueur peinée traversa ses yeux.

— Deux d'entre elles sont mortes un soir où vous leur avez donné un cours de soutien, fit remarquer Mark.

— Je sais mais je ne les ai pas tuées. Quelqu'un a dû nous observer. Je leur ai donné au moins deux cours de soutien à chacune, mais pas le même semestre. (Son regard alla de Lindsey à Mark.) Je vous le jure, j'ai l'impression que quelqu'un m'a tendu un piège.

Sa réponse n'était pas favorable à sa défense, et Mark la rejeta en posant la question suivante.

— Soupçonnez-vous quelqu'un en particulier ? Un étudiant qui les connaissait toutes, un autre enseignant ?

— J'ai énormément d'élèves, dit-il d'une voix accablée. C'est une gigantesque université. Je ne connais même pas le nom de tous mes étudiants. Les plus brillants sont les seuls que je connaisse bien.

Mark garda le même air dénué d'expression.

— Comment pourrions-nous nous procurer la liste de tous ceux à qui vous faites cours ?

— Je dois rentrer les grandes lignes de mes cours dans la base de données de l'université, mais je conserve également des archives chez moi. C'est ma sœur qui garde ma maison, alors si vous avez besoin de la liste, elle pourra vous la transmettre.

Lindsey avait désespérément envie de trouver une accroche, une petite information qui l'aide à le défendre.

— Nous avons besoin d'un autre dénominateur commun que vous. Un endroit où les filles aimaient se retrouver, une personne avec qui elles traînaient, quelque chose, n'importe quoi…

Il secoua la tête en parlant.

— Il y a quelques endroits très fréquentés par les étudiants du campus, mais comme je l'ai dit, NYU est une gigantesque université avec un nombre d'étudiants impressionnant, dit-il avec désespoir, avant d'ajouter : Et une multitude de lieux de rencontre.

Mark s'adossa à sa chaise.

— Et la dernière victime, Elizabeth Moore ? On vous a vu entrer chez elle le soir où elle a été assassinée.

Roger se passa la main dans les cheveux.

— Elle essayait de surmonter son chagrin suite à la disparition de sa mère qui est morte d'un cancer. J'étais comme une figure paternelle pour elle, je pense. Elle avait du mal à obtenir de bonnes notes, du mal avec la vie en général. (Il fronça les sourcils, comme s'il revivait le passé.) Elle a fondu en larmes pendant mon cours particulier ce soir-là, alors j'ai proposé de la raccompagner chez elle, à pied.

Pour être honnête, j'avais peur qu'elle soit au bord de la catastrophe.

Lindsey intervint.

— Qu'entendez-vous par « catastrophe » ?

— Elle sortait beaucoup, buvait trop. Je le savais parce qu'elle est souvent en retard au cours de soutien, et il lui est arrivé de s'endormir pendant les cours magistraux, ce genre de choses. Je lui ai demandé des comptes pendant une leçon de tutorat en lui disant qu'elle faisait tout pour que je ne puisse pas convaincre l'université de la garder. (Il secoua la tête.) Cette fille fonçait droit vers les ennuis.

— Savez-vous où elle aimait sortir s'amuser ? demanda Lindsey.

Il fit la grimace.

— Je crains de ne pas le savoir. Ce n'est pas mon rôle de parler de leur vie privée avec mes étudiants. (Son regard passa de Mark à Lindsey comme s'il cherchait à lire dans leurs pensées.) Dit comme ça, c'est mauvais pour moi, hein ?

Lindsey répondit d'une voix calme, neutre.

— Les preuves sont surtout circonstancielles d'après ce que nous savons. (Elle leva un doigt.) Toutefois, dit-elle sur un ton appuyé, ça nous aiderait d'avoir un autre angle sur les meurtres, un autre suspect peut-être. C'est là-dessus que nous allons nous pencher pendant les jours qui viennent.

— Monsieur Williams, dit Mark, avant de marquer une pause. Roger… il faut que vous sachiez que des gens ont été condamnés sur la base de moins de preuves que ça. Bien que Lindsey ait totalement raison, les preuves sont assez circonstancielles, la réalité reste la même : les jurés réclament que justice soit faite. Vous êtes le dénominateur commun, et si nous n'avons rien d'autre sur quoi nous fixer, nous aurons du mal à semer le doute dans leur esprit.

Mark avait froidement présenté la vérité nue. Même si Lindsey avait fait acquitter Hudson dans des circonstances similaires, rien dans son dossier n'était aussi incriminant que la visite de Williams chez Elizabeth Moore.

— Avez-vous des ennemis, Roger ? demanda Mark.

— Non, aucun, affirma-t-il catégoriquement. Je n'embête personne.

Mark afficha un air sceptique, ce qui se ressentit dans sa voix.

— Aucun ? Allons, tout le monde a des ennemis.

— Vraiment, insista Roger. Je suis quelqu'un de discret.

Lindsey le vit soudain comme un ermite.

— Avez-vous déjà vécu dans un autre État d'Amérique ?

— Non, pourquoi ? demanda-t-il avec étonnement.

— Juste pour savoir, répondit-elle. Y a-t-il autre chose que nous devrions savoir, à votre avis ?

— Non, dit-il d'une voix démoralisée. J'aimerais pouvoir vous dire le contraire.

Mark se leva, et Lindsey l'imita. La tête de Roger se releva brusquement pour suivre leurs mouvements, mais il resta assis.

— Nous vous tiendrons informé, lui assura Lindsey. Nous avons demandé un report d'audience pour avoir le temps d'enquêter. Nous avons bon espoir de l'obtenir, étant donné les circonstances, mais nous vous tiendrons au courant.

Mark ajouta :

— Terminez ce questionnaire.

Contournant la table, Mark frappa à la porte tout en appuyant sur la sonnette. Lindsey s'interrogea. Ce geste à double emploi était signe d'impatience, mais à bien l'observer, l'attitude de Mark n'exprimait que du calme.

Quelque chose l'avait brusquement contrarié. Elle se demanda…

Mark détestait les salles d'interrogatoire.

Marchant avec Lindsey à son côté, il se réjouit d'en avoir fini avec Roger Williams.

Ouvrant la portière côté passager de sa BMW noire, il plaça la main dans le creux des reins de Lindsey pour la guider dans la voiture, tout en évitant de fixer ses jambes très longues, dont il pourrait facilement devenir accro. Une distraction bienvenue, après leur conversation de plus en plus crispée avec Roger. Il ferma la portière et contourna la voiture, l'esprit accaparé par Lindsey.

Il avait méchamment envie d'abattre les murs derrière lesquels elle se retranchait pour rencontrer la vraie femme en elle. Nul doute que ça ferait des étincelles entre eux.

Travailler à ses côtés attisait perpétuellement son désir. Quelque chose dans sa façon de se tenir… son assurance était sexy en diable. Et il n'avait raté aucune occasion de la toucher, de lui rappeler leur attirance réciproque. À peine était-il installé au volant qu'elle se tourna pour lui faire face.

— Qu'en pensez-vous ? demanda-t-elle, les yeux écarquillés par l'impatience de connaître son sentiment.

Il se massa les tempes en soupirant, se détournant volontairement d'elle. Il devait à tout prix se concentrer sur Roger Williams, plutôt que sur le projet de déshabiller Lindsey.

— Je pense, répondit-il, que j'ai mal à la tête.

— C'est à cause de ça que vous aviez tellement hâte de faire ouvrir la porte ?

Surpris, Mark tourna vivement la tête vers elle.
— Comment le savez-vous ?
Lindsey sourit.
— Ne me sous-estimez jamais, Mark Reeves. Êtes-vous claustrophobe ?
Il plissa les yeux. Personne n'avait jamais deviné sa phobie. Il parvenait toujours à la dissimuler. Que Lindsey l'ait percé à jour ne la rendait que plus attirante à ses yeux.
— Depuis l'âge de cinq ans, quand je me suis retrouvé enfermé dans une cave pendant plusieurs heures. Ces salles d'interrogatoire me ramènent toujours à ça, j'ai l'impression. Je sais pertinemment que ça ne se voyait pas. Comment l'avez-vous deviné ?
Elle haussa les épaules.
— J'avais un ami au lycée qui était claustrophobe. Quand vous avez frappé à la porte et sonné à l'Interphone en même temps, ça m'a mis la puce à l'oreille.
Le sourire de Mark s'étira lentement. Il ne pouvait que saluer sa perspicacité. Pas étonnant qu'elle ait été si brillante au tribunal. Il régla l'air conditionné au maximum puis reporta son attention sur Lindsey.
— Vous savez ce que je pense, maître ?
Elle le regarda d'un air interrogateur.
— Vous n'avez rien perdu de votre talent, dit-il avant d'effleurer une mèche de ses longs cheveux blonds.
— Qu'en savez-vous ? demanda-t-elle. Vous ne m'avez jamais vue à l'œuvre…
Les yeux de Mark brillaient d'une dangereuse lueur de défi.
— J'aimerais bien vous voir à l'œuvre, murmura-t-il sans la quitter des yeux.
Il la vit déglutir, trahissant sa nervosité. Mais dans ses yeux, il perçut également une flamme exaltée. Brusquement, elle tourna la tête.

— Est-il innocent, Mark ?

Sa façon de passer du coq à l'âne l'amusa, et il gloussa pour lui faire comprendre qu'il la suivait.

— Qu'en pensez-vous ?

Elle reporta son regard pénétrant sur lui, l'air pensif.

— Je ne sais pas. J'ai du mal à me fier à mon instinct, désormais.

— Vous croyez qu'il est innocent, affirma-t-il d'une voix neutre.

Il connaissait déjà la réponse. Elle haussa les épaules.

— Mon instinct me dit qu'il est innocent, mais ça vaut ce que ça vaut. (Elle se concentra sur lui.) Que vous dit le vôtre ?

Il pinça les lèvres.

— Je ne suis jamais mon instinct. Si l'on s'en tient aux faits, nous n'avons pas suffisamment d'éléments en main pour tirer des conclusions argumentées. (Il tourna le buste vers le volant, puis lui jeta un coup d'œil.) Il nous faut cette liste d'étudiants.

Lindsey attrapa son attaché-case sur la banquette arrière et en sortit un petit dossier. Quand elle s'était finalement couchée la veille au soir, elle n'avait pas réussi à trouver le sommeil. Au bout d'une heure à fixer le plafond, elle s'était levée pour faire quelque chose de productif.

— J'ai imprimé les cartes et les directions sur Internet, hier soir... Tous les endroits où nous devrions aller, à mon avis. (Elle chercha un document dans le dossier.) Voilà, dit-elle en extrayant un plan de la pile. L'adresse du domicile et une carte routière.

Elle tendit la feuille à Mark. Il hocha la tête.

— Vous ne faites pas les choses à moitié, on dirait ? fit-il dans un sourire.

Lindsey inclina la tête sur le côté et l'observa, un petit sourire aux lèvres.

— Ça vous surprend ? lança-t-elle sur un ton vaguement aguicheur.

Il sourit, envahi par une vague de satisfaction.

— Oh, non, pas du tout.

Son sourire s'agrandit.

— Dans ce cas, commençons par le domicile de notre client.

Ils arrivèrent devant la maison de ville qui ne se trouvait qu'à quelques pâtés de maisons du campus de NYU, dans un quartier tranquille. Le domicile de Roger Williams était en rez-de-chaussée, doublé d'un petit patio à l'entrée. Lindsey surveillait la rue pendant que Mark écartait les branches de lierre pour appuyer sur la sonnette. Comme personne ne répondait, elle rejoignit Mark et, sans attendre, l'actionna de nouveau.

Il la regarda de biais.

— Je ne suis pas le seul à manquer de patience.

Elle haussa les épaules.

— J'avoue, dit-elle en jouant avec la poignée de la porte, pour en conclure qu'elle était fermée à clé. Flûte, grommela-t-elle.

Mark lui lança un regard noir.

— Ça s'appelle entrer par effraction, la gronda-t-il.

Elle haussa les épaules une nouvelle fois. Son expérience au FBI lui avait appris à faire de temps en temps des entorses au règlement. La plupart des agents, même s'ils ne l'admettaient pas, faisaient de même, en veillant toujours à ce que ça passe inaperçu.

— Vous n'avez qu'à m'arrêter mais… (elle se tut et plissa le nez), ne vous trompez pas sur les chefs d'accusation. C'était une tentative d'effraction. Et…

(elle leva un doigt) si elle n'avait pas été verrouillée, je n'aurais pas pu entrer par effraction.

Elle inspecta les environs puis revint à Mark.

— Surveillez le trottoir une minute, et prévenez-moi si vous voyez quelqu'un approcher.

Elle se dirigea vers une fenêtre, protégée des regards par les buissons. Mark l'attrapa par le bras.

— Que fichez-vous ? demanda-t-il sévèrement.

Elle lui lança un regard noir et dégagea sèchement son bras.

— Je vais chercher la fameuse liste. (Elle indiqua la rue.) Regardez si personne ne vient.

— Lindsey, non, dit-il rudement.

Elle leva les yeux au ciel, et s'éloigna avant qu'il puisse la retenir. Les hommes... Steve n'appréciait pas certaines de ses tactiques mais il avait fini par accepter sa personnalité. Hors de question qu'elle laisse un criminel s'en tirer parce qu'elle avait manqué d'audace. Elle avait laissé Hudson s'échapper, et cette erreur resterait unique.

Si elle avait des ennuis pour avoir pris quelque liberté, tant pis. C'était mieux que de voir un assassin remis en liberté. Elle était déterminée à mener cette affaire à bien. Pour rien au monde elle ne la laisserait prendre le même tour qu'avec Hudson. S'arrêtant devant la fenêtre, les mains sur les hanches, elle regarda Mark, pressentant qu'il allait en faire tout un foin.

— Mark, faites-moi confiance. Je sais ce que je fais.

Alors qu'elle se tournait vers la fenêtre, elle l'entendit grommeler des mots inaudibles. Sûrement des reproches, mais elle n'avait pas le choix. Elle dégagea la moustiquaire de la fenêtre puis fit jouer le bas du montant. Elle sourit en constatant que le cran de sécurité n'était pas en place. D'un geste sec, elle souleva la vitre et se hissa à l'intérieur.

Une fois dans l'appartement, elle se pencha par la fenêtre, chercha Mark du regard. Il était toujours occupé à faire le guet, le corps tendu.

— Psst, chuchota-t-elle. Mark.

Il tourna la tête et s'avança vers elle, l'air furieux. Elle indiqua la moustiquaire.

— Remettez-la en place, je vais vous faire entrer par-devant.

Elle ferma la fenêtre sans lui laisser le temps de refuser, et se dirigea vers la porte.

Elle déboucha dans un petit salon désuet équipé d'une cheminée en pierre, rempli de meubles et de chaises à haut dossier en bois, et de tonnes de livres sur des étagères. Elle fit la grimace. Cet appartement ne ressemblait pas à celui d'un tueur psychopathe, à son avis. Mais à quoi était censé ressembler le domicile d'un psychopathe ?

Traversant la pièce avec la souplesse et la vivacité d'un chat, elle se retrouva rapidement dans l'entrée, et déverrouilla la lourde porte en bois. Elle l'ouvrit et s'étonna de ne pas tomber sur Mark. Jetant un œil au-dehors, elle le vit aux prises avec la moustiquaire de la fenêtre. Elle leva les yeux au ciel.

— Que faites-vous ? murmura-t-elle avec agacement. Laissez-la comme ça ! (Il laissa tomber la moustiquaire par terre et vint la rejoindre.) Vous avez envie d'éveiller les soupçons, ou quoi ?

— Si vous n'aviez pas tordu ce fichu machin, je l'aurais déjà remis en place, gronda-t-il à voix basse, tout en la suivant à l'intérieur avant de refermer la porte derrière lui. Vous dépassez les bornes, dit-il entre ses dents serrées.

Lindsey lui tourna le dos et longea le couloir à la recherche du bureau. Elle sentit les yeux de Mark dans son dos quand elle disparut dans une pièce, et perçut presque à distance sa frustration. Elle était déjà assise devant un petit bureau, et allumait un ordinateur quand il surgit dans la pièce. Un gros chat persan blanc apparut et se frotta contre sa jambe.

— Oh, zut, grogna-t-elle. (Elle regarda Mark.) Je suis allergique aux chats, expliqua-t-elle en repoussant l'animal de la jambe, au moment où explosa son premier éternuement, aussitôt suivi de deux autres.

Elle renifla, ses yeux commençaient déjà à la piquer.

— La poisse, je vais passer la soirée à éternuer.

Mark se retint de tout commentaire. Il se contentait de la fixer. Son expression disait clairement qu'il la trouvait casse-pieds. Elle s'en moquait.

— Je ne trouve pas que ce soit une bonne idée, dit-il en la regardant parcourir les fichiers informatiques.

Elle lui lança un bref regard avant de reporter son attention sur l'écran.

— Nous essayons d'aider notre client, raisonna-t-elle. Il nous a dit de chercher cette information dans son ordinateur. (Puis, à elle-même :) Voyons voir, comment a-t-il pu appeler ce fichier…

Sa voix s'éteignit pendant qu'elle parcourait rapidement les noms des fichiers.

— Voilà, dit-elle en appuyant sur « Entrée ». Je crois que je l'ai trouvé.

Elle regarda Mark avec l'air de dire « je le savais bien », ce qui ne fit qu'accentuer son air réprobateur.

Après avoir appuyé sur quelques touches, Lindsey lança l'impression du document. Mark soupira dans son dos, et entreprit de fouiller le bureau. Lindsey sourit intérieurement. Elle se tourna vers lui.

— Vous avez trouvé quelque chose ?

Malgré ses efforts, sa voix exprimait son amusement. Se redressant, il lui décocha un regard.

— Non, rien. (Il se frotta la joue.) En fait, ce type semble mener une vie sans histoires.

Lindsey se leva pour aller récupérer les feuilles imprimées.

— Dix noms. Seulement deux garçons. Nous avons les noms, les adresses et les numéros de téléphone. Mission accomplie.

Mark hocha la tête et voulut lui prendre la main.

— Parfait. Filons d'ici.

Lindsey évita sa main, et fit la moue.

— On devrait continuer à fouiller.

Avant que Mark ait pu protester, elle disparut dans le couloir. Elle trouva ce qui devait être la chambre principale, et se glissa à l'intérieur, allumant la lumière en entrant.

Balayant la pièce du regard, elle la trouva tout à fait normale, avec les meubles habituels et rien d'exceptionnel. Un lit, une commode, une lampe, des photos d'Ansel Adams. À première vue, rien ne sautait aux yeux. Elle marcha vers la commode, avec l'idée d'en vérifier le contenu.

La voix de Mark attira son regard vers le seuil.

— Que cherchez-vous ?

Elle avait du mal à croire qu'il lui pose cette question.

— Même si vous n'étiez pas avocat au pénal, cette question serait déplacée. (Elle posa ses poings sur ses hanches.) La chambre et le placard, c'est toujours là qu'on trouve les trucs bizarres. (Elle laissa retomber ses bras.) Si toutefois il y en a ici. (Elle pointa un doigt vers la penderie.) Ça me semble être assez masculin pour que vous puissiez commencer vos recherches par là, d'après ce que j'en sais.

Il émit un grognement offensé mais il se dirigea vers la penderie sans protester. Lindsey se dit qu'il avait surtout envie d'en finir. Elle fouilla les tiroirs un par un. Quand Mark eut terminé l'inspection de la penderie, il se tourna vers elle.

— Rien.

Lindsey soupira.

— Pareil de mon côté.

— Très bien, alors allons-y, dit-il fermement.

Elle voulut lui lancer un regard désapprobateur mais il se perdit dans un nouvel éternuement.

— Ce maudit chat doit dormir dans cette chambre.

Mark avait l'air sombre.

— Partons d'ici.

Lindsey savait qu'elle avait suffisamment tiré sur la ficelle. Il était temps de se plier à sa volonté. De plus, son nez la démangeait horriblement.

— D'accord, partons.

Ils étaient dans le couloir quand retentit le bruit du verrou de l'entrée.

— Sa sœur, murmura Lindsey.

Ils balayèrent la pièce du regard à la recherche de la meilleure issue. Mark l'attrapa par la main.

— Vite, la cuisine, chuchota-t-il en la tirant à sa suite. Il y a peut-être une porte sur l'arrière.

Ils se figèrent au milieu de la cuisine.

— Eh non, constata Lindsey. Pas de sortie de secours.

Mark ouvrit une petite porte qui donnait sur un minuscule garde-manger proprement ordonné, à peine assez vaste pour une personne. Il tira Lindsey par le bras, l'entraînant dans le réduit avec lui, avant de refermer la porte. Ils étaient debout, l'un en face de l'autre, les cuisses pressées les unes contre les autres. Mark se plaqua contre le mur, déplaçant Lindsey dans le mouvement et, par tous les diables, chaque centimètre de son corps fut bientôt en contact avec le sien.

Il baissa les yeux vers elle et, malgré le faible éclairage, elle vit son désir pour elle tout aussi clairement que dans sa cuisine, en début de journée. Elle s'interdit de réagir physiquement, tout en se raidissant, alors que l'hésitation prenait le pas sur l'envie. La peur qu'il ne soit aussi dominateur que les hommes qu'elle avait connus par le passé. La peur d'être à sa merci si elle cédait à l'attirance.

Mais il était impossible d'ignorer ce moment.

Posant les mains à plat sur son dos, la rapprochant au plus près, il moula leurs corps l'un contre l'autre. Et elle ne fit rien pour l'en empêcher, approuvant par son silence. Son cœur battait la chamade, si fort qu'elle se demanda s'il l'entendait ou, étant donné leur proximité, s'il le sentait.

Elle posa la main sur son torse, doigts écartés. Ils se fixaient, partageant en cet instant une compréhension mutuelle, un besoin. Ils savaient tous les deux ce que l'autre voulait.

— Salut, gros chat, comment tu vas ?

Lindsey se contracta en entendant la voix féminine, sans détacher son regard de Mark. La voix était forte. Proche.

— Je t'ai apporté ta nourriture préférée. Roger te manque, je parie ?

Mark fit doucement remonter ses mains dans son dos, les glissa autour de sa taille puis remonta sur les côtés, passant tout près de ses seins. Lindsey faillit pousser un petit cri sous l'effet de ce contact aussi soudain qu'intime. Mark lui sourit, un air de défi dans le regard. Assurément, il savait qu'il avait déjà gagné. Elle était prête à succomber.

C'était de la folie pure, mais dans ce placard, alors qu'ils étaient sur le point d'être surpris après être entrés par effraction, chacun de ses gestes la touchait si intensément qu'elle en avait le souffle coupé.

Ses yeux débordaient d'arrière-pensées, et Lindsey sentait son corps réagir, crier un « oui ! » assourdissant.

La seule chose qui l'empêchait de perdre son sang-froid et de sauter sur Mark était la voix qui résonnait de l'autre côté de la porte.

— Mange, petit chat ! Je ne peux pas dormir ici cette nuit. Je dois aller voir ton papa.

La femme parlait au chat avec une petite voix, comme si elle s'adressait à un bébé. Lindsey leva les yeux au ciel puis elle entendit des sanglots. Elle pleurait. Le cœur de Lindsey se serra dans sa poitrine. Elle perçut le chagrin de la sœur de Roger comme si c'était le sien.

Soudain, elle sentit un éternuement lui chatouiller les narines. Envahie par la panique, elle lutta pour se contrôler. Aussi soudainement que l'éternuement lui avait picoté le nez, les lèvres de Mark se plaquèrent sur les siennes. Affamées, elles trouvèrent sa bouche et elle les accueillit, son envie d'éternuer disparaissant d'un coup, remplacée par un désir fougueux, tout aussi impérieux.

Ce long baiser tendre avait le goût du désir et de la tentation. Sa saveur était parfaite, il était meilleur que n'importe quel baiser dont elle se souvienne, si bien qu'elle avait envie qu'il ne cesse jamais. Ciel, elle désirait aller beaucoup plus loin qu'un échange de baisers.

Pendant un instant, elle oublia qu'ils se trouvaient dans la maison d'un inconnu, oublia l'enquête, et même Paxton. Le baiser de Mark lui faisait l'effet d'une drogue, lui faisait perdre tous ses moyens. Sa puissance sexuelle la dévorait. Tous les murs que son esprit avait bâtis pour la protéger, son corps les écarta. Entre eux, l'alchimie était aussi forte qu'une décharge électrique. Abandonnée entre ses bras, elle sentait chaque centimètre de son corps ferme. Au bruit d'un claquement de porte, leurs lèvres se séparèrent dans un sursaut. Pendant quelques secondes, ils restèrent les yeux dans les yeux, la respiration accélérée.

— Elle est partie, murmura Lindsey sans se dégager de son étreinte.

Sa réponse fut lente à venir.

— Oui, je crois bien.

— Euh, nous devrions sortir de là.

Elle bredouillait. Toutefois, elle ne bougea pas.

— J'imagine, dit-il d'une voix rauque tout en la serrant plus fort contre lui, en effleurant ses lèvres des siennes, puis, frottant son oreille du bout du nez, il chuchota : Mission accomplie.

Elle comprit ce qu'il insinuait : il avait réussi à la faire craquer.

Devant la porte de l'appartement d'Elizabeth Moore, désormais occupé par son ancienne colocataire, Lindsey se sentit oppressée. L'une des choses qu'elle ne supportait pas dans les affaires de droit pénal, c'était le chagrin de la famille et des amis des victimes. En même temps, c'était précisément ce qui l'encourageait à s'extirper du lit chaque matin. Se battre pour obtenir réparation, c'était tout ce qui pouvait les aider. Et si pour cela il fallait en passer par la libération d'un innocent, très bien. Au moins, dans ce cas, l'attention se reportait sur l'arrestation du véritable criminel.

La porte s'ouvrit sur une jeune femme aux cheveux et aux yeux noirs, dont le visage blême affichait une expression presque hostile.

— Vous désirez ?

Le ton de sa voix était à l'image de sa mine. En pantalon de survêtement et tee-shirt, elle arborait la tenue typique d'une étudiante à la maison.

— Mademoiselle Vicky Kencade ? demanda Mark.

— Qui la demande ? répliqua-t-elle, croisant un pied sur l'autre, les bras serrés autour de son corps frêle.

— Atchoum.

Lindsey éternua tout en plaquant brutalement une main sur sa bouche.

— Excusez-moi, dit-elle en poussant un autre éternuement. Une allergie aux chats... Nous enquêtons sur le meurtre d'Elizabeth Moore. Je suis Lindsey Paxton, et voici Mark Reeves, ajouta-t-elle en montrant Mark d'un geste vague.

— J'ai déjà dit à la police tout ce que je savais.

Lindsey souhaitait vivement entendre ce qu'elle avait à dire. Mais préciser qu'ils étaient les avocats de la défense était une mauvaise idée.

— Pourrions-nous juste vous poser quelques questions ? Nous sommes avocats et c'est notre travail d'aller au tribunal pour aider les membres du jury à prendre la bonne décision.

Lindsey espérait que Vicky en déduirait qu'ils étaient du côté du ministère public.

Quand elle leur ouvrit plus largement la porte, elle éprouva du soulagement. Victoire. Elle échangea un regard avec Mark avant de le précéder à l'intérieur. Examinant les lieux d'un rapide coup d'œil, elle reconnut un logement d'étudiant caractéristique : petit, décoré d'affiches et de photos, garni de meubles d'occasion.

Plantée au milieu du salon, Vicky leur faisait face.

— Je suis tellement contente que ce détraqué soit en garde à vue ! Je veux qu'il soit pendu pour ce qu'il a fait à Elizabeth. Dites-moi en quoi je peux vous être utile.

Elle leur indiqua un canapé usé sur lequel ils s'assirent. Elle-même se laissa tomber sur le sol, ramena ses genoux sur sa poitrine et serra ses bras autour de ses jambes. Elle se tenait à distance d'eux.

— Mademoiselle Kencade, avez-vous déjà rencontré M. Williams ? demanda calmement Mark.

— Oui, le soir où Elizabeth a été tuée. Il est venu prendre un café après un cours de soutien.

— Vous étiez là quand il est venu ici ? demanda Lindsey, en sortant son carnet et son stylo de sa mallette.

— Oui, soupira Vicky. Il avait l'air plutôt gentil. Je n'aurais jamais imaginé qu'il puisse être une telle ordure.

Sa voix était lourde d'amertume.

— Pourquoi l'avez-vous trouvé gentil ? demanda Lindsey.

— Il semblait s'inquiéter sincèrement pour Elizabeth. Elle était triste depuis le décès de sa mère et elle fondait souvent en larmes. Quelque chose l'a fait pleurer pendant son cours. Elle était bouleversée. Il semblait tenir à ce qu'elle rentre chez elle sans problème.

— Vous étiez là quand il est parti ? demanda Mark.

— Oui, j'étais là.

Lindsey parut surprise.

— Alors vous l'avez vu partir, et Elizabeth allait bien ?

Mark posa la main sur son épaule comme pour l'empêcher d'aller trop loin. Elle comprit l'avertissement. Si Vicky les prenait pour des ennemis, ils n'obtiendraient plus rien d'elle.

Vicky fronça les sourcils.

— Enfin, oui, mais Elizabeth a eu envie de sortir après son départ, ce soir-là. J'imagine qu'il l'a suivie.

Mark demanda :

— Sortir ?

— Oui, dans une boîte qui s'appelle le *Pink Panther*, déclara la jeune fille.

— Vous y alliez souvent, toutes les deux ? demanda Mark.

Vicky hocha la tête.

— Oui, c'était notre endroit préféré, si vous voyez ce que je veux dire.

— Connaissiez-vous les autres victimes ? demanda Lindsey.

— Je connaissais une des filles. Je la croisais souvent. Mandy Gibson. Mais on ne traînait pas vraiment ensemble.

— Mlle Moore fréquentait quelqu'un ? demanda Mark.

— Elle a rompu avec son petit copain quelques mois avant… euh… (elle se tut, regarda ses mains qui se mirent à trembler)… sa mort, quoi.

La voix de Lindsey s'adoucit.

— Je suis désolée. Je sais que c'est difficile pour vous de revivre tout ça. Nous allons essayer de faire vite.

Voyant Vicky hocher la tête et se ressaisir, elle continua.

— Ce garçon avec qui elle sortait, leur rupture a été simple, compliquée… ?

— Comme une rupture, vous savez, dit-elle en haussant les épaules. C'était un mec sympa. Mais Elizabeth a changé après la mort de sa mère.

— Comment s'appelle-t-il ? demanda Mark.

— Tom. Tom Maloney. Il va à la même fac que nous.

— Cette Mandy Gibson, vous avez dit que vous la croisiez souvent, reprit Lindsey. Mais où ?

— À la fac, ailleurs, répondit la jeune fille.

Mark intervint :

— Ailleurs ?

Vicky s'apprêtait à répondre lorsque Lindsey l'interrompit d'un éternuement. Elle se couvrit la bouche et renifla.

— Désolée. Continuez. Vous alliez nous dire où, « ailleurs ».

— Dans des fêtes, des trucs comme ça.

— Au *Pink Panther* ? demanda Lindsey.

— Oui, c'est vrai, je crois. Plusieurs fois.

— Auriez-vous l'adresse de son ancien petit ami ? demanda Mark.

Se relevant, Vicky alla chercher un carnet dans la cuisine.

— Il loge sur le campus.

Elle nota quelques mots, arracha la page et revint vers eux. Elle tendit le bout de papier à Mark.

— Voilà son adresse.

Lindsey et Mark se consultèrent du regard, se confirmant silencieusement qu'ils en avaient terminé. Ils se levèrent d'un même mouvement.

— Bien, merci pour votre aide, dit Mark en tendant la main à Vicky. Nous vous recontacterons peut-être.

Vicky leur serra la main.

— J'ai vraiment envie qu'il paie pour ce qu'il a fait, dit-elle en enroulant ses bras autour d'elle.

— Nous en sommes conscients, dit Lindsey.

Parvenue devant la porte, elle eut soudain une idée et se retourna vers Vicky.

— Depuis combien de temps Elizabeth et Tom sortaient-ils ensemble ?

Vicky la regarda d'un air perplexe.

— Presque un an.

Lindsey effectua un rapide calcul. Les dates des meurtres, la chronologie. Souvent, les tueurs en série menaient des vies ordinaires, avec une épouse ou une petite amie. C'était une excellente couverture.

Elle devait en apprendre plus sur ce garçon qu'Elizabeth avait fréquenté.

6

Lindsey s'assit par terre, chez Mark, le dos calé contre le canapé.

Elle se sentait à l'aise là, et se demandait bien pourquoi. Ça lui rappelait la première fois qu'elle avait rencontré Mark, leur attirance. Quelque chose de lui l'aimantait irrésistiblement.

S'efforçant de se concentrer sur le travail, elle sortit ses dossiers de son attaché-case, et les posa sur la table basse. La pile de paperasse lui tira un soupir de lassitude. La journée avait été longue et son corps menaçait de céder à l'épuisement.

Elle doutait d'être productive ce soir.

N'empêche, ils avaient bien avancé en peu de temps. Elle regrettait seulement qu'ils n'aient pas réussi à entrer en contact avec l'ancien petit ami. Ils étaient passés chez lui, l'avaient même appelé plusieurs fois, sans résultat. Ils avaient toutefois progressé du côté des étudiants inscrits en tutorat, même si la liste ne leur avait pas fourni la moindre piste.

Pour l'heure, ils étaient autant dans le noir qu'au début.

Lindsey avait accepté sans hésiter de dîner chez Mark pendant qu'ils passeraient en revue leurs notes de la journée. Bien que tout à fait consciente du danger de se retrouver seule avec lui, ses craintes de la matinée s'étaient envolées. Une journée à ses côtés avait suffi à lui faire admettre son désir pour lui. Hors de question qu'elle tourne autour du pot pendant six mois.

Elle allait simplement veiller à garder le contrôle de la situation.

Debout derrière le bar américain, Mark sortit deux verres à vin puis s'immobilisa, le regard rivé sur Lindsey. Il n'en revenait toujours pas qu'elle ait accepté aussi facilement son invitation à dîner. Assurément, elle connaissait ses intentions. Le baiser du garde-manger était un révélateur indéniable, et quel baiser ç'avait été. Il avait dû faire preuve d'une force morale herculéenne pour ne pas la prendre là, dans le placard. Il avait vécu sa soumission comme une douce récompense. Elle le désirait aussi fort qu'il la désirait.

Adossée au canapé, elle avait l'air tout à fait à l'aise chez lui, ce qui l'emplissait d'un étrange sentiment de ravissement, tout en lui donnant envie de lui montrer qu'ils seraient heureux ensemble. Fort de cette idée, il déboucha la bouteille de vin.

Il la dominait, verres en main, totalement hypnotisé par sa beauté. Ses longs cheveux blonds qui retombaient en cascade sur ses épaules, doux et soyeux. Ses yeux, aussi verts que l'herbe, qui étincelaient d'un message de séduction. Il lui tendit un verre et se délecta du sourire, lèvres ouvertes, qu'elle lui offrit en remerciement. Il eut du mal à parler, l'esprit et le corps alourdis par toutes les émotions que cette femme suscitait en lui.

— Je commande un repas italien, si ça vous va ? proposa-t-il.

Elle hocha la tête.

— Oui, j'adore la cuisine italienne.

— Vous aimez quoi ? demanda-t-il, impatient de régler les détails accessoires qui l'empêchaient d'aller droit au but.

— Un plat à base de poulet. Je vous laisse choisir, d'accord ?

Mark n'ajouta rien, amusé par ce tout petit pouvoir de décision qu'elle venait de lui accorder. Ce n'était que le choix de son dîner, mais d'une certaine façon, ça devait symboliser autre chose. Elle aimait tout maîtriser, en particulier avec les hommes. C'était significatif qu'elle lui ait délégué ne serait-ce que ce détail. Et il se demanda si elle était consciente de son geste.

Il passa rapidement la commande avant de la rejoindre par terre. Elle regardait par la fenêtre, sirotant son vin, ignorant les dossiers empilés sur la table.

— Merci, dit-elle en trinquant avec lui. J'en avais besoin.

Elle but une gorgée avant de se cambrer, dos contre le canapé, comme un chat qui s'étire.

Dans le mouvement, ses boucles blondes s'étalèrent sur le cuir noir et Mark regretta que ce ne soit pas sur son torse. Détacher son regard de son profil était au-delà de ses forces.

— On dirait que les éternuements se sont calmés, dit-il avec douceur, en ayant du mal à garder les mains à distance d'elle.

Elle lui décocha un sourire fugace.

— Oui mais j'ai toujours les yeux irrités. (Elle indiqua la fenêtre, du menton.) La vue est splendide, la nuit. J'avais oublié le charme de cette ville.

Mark tourna la tête vers l'extérieur, partageant son amour pour le panorama sur les gratte-ciel de

Manhattan. La vue le réconfortait souvent, le soir, lui procurant une certaine sérénité, après une journée à baigner dans le monde du crime. Emménager dans cet appartement l'avait empli de fierté, comme un symbole de réussite. Mais depuis quelque temps, il lui manquait quelque chose, il y avait un vide dans sa vie. Il regarda Lindsey, s'aperçut que d'une manière ou d'une autre, elle comblait cet abîme. Pourquoi et comment, il l'ignorait. Ou peut-être qu'il n'était pas prêt à en accepter les raisons.

Il y avait eu beaucoup de femmes dans sa vie, mais Lindsey semblait différente. Elle avait besoin de lui, même si elle ne l'admettait pas. Mais en même temps, elle ne dépendait pas de lui. Son indépendance et sa force de caractère étaient admirables.

— Oui, confirma-t-il. J'adore cette vue.

Il reporta son attention sur elle, frottant sa joue recouverte d'une barbe naissante. Ça non, elle n'était pas comme les autres. Dès le premier regard, il avait su qu'il allait lui arriver quelque chose. Elle lui faisait de l'effet. Si seulement il savait de quel genre. Alors peut-être qu'il pourrait le modérer. Mais c'était le mystère, il ne pouvait rien y faire, et dans l'immédiat ça n'avait pas d'importance. Incapable de résister plus longtemps, il se rapprocha d'elle, sa main glissant le long de ses mèches de cheveux, s'attardant.

Elle retint son souffle avant de se tourner vers lui. Ses mots le surprirent. Il s'était attendu à ce qu'elle se dérobe, résiste. Mais elle fit précisément le contraire.

— Merci pour aujourd'hui, susurra-t-elle, et elle porta la main à son visage avec une délicatesse extrême avant que son bras ne retombe.

Il plissa les yeux, les sens aux aguets. Sa réaction, son geste l'étonnèrent et l'enflammèrent.

— Pour quoi ?

— J'avais imaginé que ce serait plus difficile que ça de rencontrer Williams, de parler de crimes tellement semblables à ceux de l'affaire Hudson. C'est étrange, mais le seul fait d'être avec vous me facilite tout.

Elle baissa les yeux comme si elle appréhendait sa réponse.

Il lui redressa le menton du bout de l'index afin de lire son expression dans ses yeux. Et de lui laisser lire dans les siens. Il savait ce qu'elle allait y trouver. Mais c'est ce qu'il vit vibrer dans ses prunelles qui lui coupa le souffle. Des émotions à l'état brut, brûlantes, qui dansaient en s'offrant à son regard. Puisqu'elle était dans de telles dispositions, il désirait en profiter le plus possible.

— Cette confession est un immense pas pour vous, non ? Admettre d'avoir besoin de moi ?

Elle hocha la tête, les lèvres tremblantes. Le temps d'un éclair, il crut percevoir de la peur dans ses yeux. Il lui sourit, avec l'envie de la chasser.

— Eh bien, dit-il, vous savez quoi ? (Il n'attendit pas sa réponse.) Je suis sacrément honoré.

Elle n'eut aucune réaction, puis ses lèvres ourlées, sexy, tentatrices en diable, se retroussèrent dans un sourire. Elle approcha ses mains, toucha sa joue, d'un geste si tendre qu'il abattit ses barrières. Avec un grognement sourd, il entoura sa taille et l'attira contre lui, leurs bouches si proches que leurs souffles se mêlèrent.

— Je vous désire plus fort que je n'ai jamais désiré aucune femme.

— C'est vrai ? chuchota-t-elle.

— Oui, dit-il. C'est vrai.

Elle répondit si doucement qu'il l'entendit à peine.

— Moi aussi je vous désire.

Il absorba son aveu comme une bouffée d'air vitale, l'accueillit en le laissant alimenter son désir. Leurs lèvres se frôlèrent, une fois, deux fois, une troisième fois, avec une tendresse infinie, une passion irrépressible. Elle avait le goût du vin et un petit quelque chose en plus qui était tout simplement aussi parfait qu'elle. Par petits coups sensuels, leurs langues se trouvèrent, se caressant lascivement.

Il prit son visage en coupe en se reculant pour la regarder dans les yeux, baissa la tête pour recommencer à savourer son goût. Il laissa ses mains glisser le long de son cou, et se mit à tracer des petits cercles avec ses pouces. Cette femme était liée à lui d'une manière qui allait au-delà de Williams, au-delà de Paxton. D'une manière qui dépassait l'entendement.

Dans l'immédiat, il voulait juste explorer tout ce qu'ils pouvaient partager ensemble, ici, maintenant, cette nuit.

Lindsey reposa ses mains sur son torse et abandonna sa tête qui roula lentement en arrière. Ses seins la picotaient de le sentir si près, si vivement qu'elle se languissait de voir bouger ses mains. Elle avait été folle de croire qu'elle pouvait repousser cet homme. Il pressa ses lèvres dans la partie la plus sensible de son cou, déclenchant un frisson de désir qui dansa sur sa peau.

Elle désirait cela, le désirait lui…

Il frotta son nez contre son oreille, sa langue et ses dents frôlant le lobe.

— Ce n'est même pas la peine que j'essaie de t'expliquer l'effet que tu me fais.

Lindsey s'écarta légèrement, poussée par l'envie de plonger les yeux dans ses fascinantes pupilles brunes. Elle aimait l'idée qu'il la désire. Cet homme magnifique, sexy, la désirait. Évidemment, elle avait déjà perçu du désir dans les yeux d'autres hommes auparavant... mais pas cette flamme vive qu'elle distinguait dans ceux de Mark.

— Dis-moi, pourquoi tu as envie de moi, Mark ?

Elle le regarda, attentant sa réponse. Pour une raison qu'elle ignorait, elle avait besoin de savoir.

Peut-être souhaitait-elle qu'il réponde mal pour lui donner une raison de s'enfuir. En son for intérieur, elle savait qu'elle avait peur de Mark, de son tempérament affirmé, de sa ressemblance avec les autres hommes de sa vie. Pourtant... il était tendre, et sensible, et avec lui elle se sentait respectée mais pas moins sexy. Sa façon de la traiter était-elle réelle, ou était-il bon comédien ?

— J'aimerais pouvoir te répondre, dit-il d'une voix si sincère, avec un regard si franc qu'elle sentit son bas-ventre tressaillir.

Elle aurait tant aimé connaître la réponse elle aussi. En cet instant, elle voulait Mark, et elle le désirait d'une manière qui dépassait tous les mots. Sans plus de retenue. Il avait réussi les examens qu'elle lui avait fait passer.

— Mark, dit-elle, et dans ce mot il y avait tout, il débordait de tout son désir pour lui.

Alors elle changea de position, pivotant pour venir s'asseoir à califourchon sur lui. Il la prit par les hanches, l'aidant à s'installer sur lui, à sentir la preuve de son excitation. Ils se regardèrent dans les yeux, et ils surent l'un comme l'autre ce qui allait se passer, évidence qui provoqua une vague de pure chaleur en elle. Et cela l'habilita à prendre le pouvoir. Cet homme habitué aux responsabilités était désormais là, sous son contrôle, et elle aimait ça.

Elle inclina la tête, ses lèvres s'attardant juste au-dessus des siennes, si près qu'elle sentait son souffle chaud sur sa bouche. Mais elle ne l'embrassa pas. Elle préféra promener ses lèvres le long de sa joue, puis redescendre dans son cou, son nez vibrant de son parfum tout masculin, provocant à l'extrême.

Elle chuchota à son oreille :

— Pourquoi, Mark ?

Elle donna un petit coup de langue sur le lobe avant de s'écarter pour mieux voir son visage.

— Pourquoi tu as envie de moi ? Je veux savoir.

Il posa les mains sur ses joues, soutenant son regard.

— Tu veux savoir pourquoi, Lindsey ?

— Oui, dis-moi.

Haletante, sa voix n'en avait que plus de charme. Celle de Mark, grave, jouait sensuellement avec ses terminaisons nerveuses.

— Ça dépasse largement ta beauté, mais je crois que tu le sais.

Elle resta muette. Incapable de parler. Il la prenait tout simplement au dépourvu. Elle avait eu l'intention de rester maîtresse de la nuit. Au lieu de ça, elle avait plutôt l'impression de lui avoir passé le flambeau. Mais cette sensation n'était pas aussi désagréable qu'avec les autres hommes. Avec Mark, c'était… différent.

— Mais tu sais que tu es belle, dit-il en caressant du pouce sa lèvre inférieure. Je sais que tu en es consciente.

Elle battit des paupières en baissant la tête. Elle supportait mal qu'on lui parle de sa beauté physique. Dans le monde du travail, on apprenait l'art de faire de la politique et de la manipulation, et souvent l'apparence jouait un rôle clé. Elle détestait ça.

— Non, dit-elle dans un souffle.

— Regarde-moi, dit-il avec douceur. (Elle croisa son regard à contrecœur.) Comment peux-tu me répondre non ?

Elle n'avait pas l'intention de développer.

— Embrasse-moi, dit-elle à la place.

Il parut sur le point de refuser, mais ses mains se perdirent dans sa chevelure, ses lèvres se pressèrent contre sa bouche, chaude et merveilleuse, lui faisant oublier le passé, et l'avenir. Seul l'instant présent comptait. Leurs lèvres se lièrent, pressées l'une contre l'autre comme si elles absorbaient l'essence même de l'autre. Elle vécut le moment par tous les pores de la peau. Les pointes de ses seins se contractèrent, et son corps sembla fondre.

Puis il introduisit la langue dans sa bouche, la faisant glisser contre la sienne avec lenteur, pour savourer. Coup de langue après coup de langue, ils découvraient le goût de l'autre, lentement, avec ferveur. Il fit disparaître ses mains sous son chemisier, remonta le long de son dos. Les mains de Lindsey allaient de ses épaules à son cou, à son torse, se faisant plus pressantes quand leurs baisers s'intensifiaient, leurs corps se moulant l'un dans l'autre à l'image de leurs bouches.

Son besoin de lui grandit, ses mains suivirent les lignes de son corps musclé pour s'arrêter sur sa cravate.

— Enlève ça, chuchota-t-elle au bord de ses lèvres, avant de s'écarter pour le regarder dans les yeux. Et ta chemise.

Il porta la main au nœud de cravate, le regard effronté et embrasé par l'envie.

— Toi aussi, dit-il.

— Toi d'abord, répondit-elle en se raccrochant au peu d'autorité qui lui restait.

Quelque chose lui disait qu'avec Mark, elle devait saisir ces moments de domination autant que possible. Elle tendit la main vers les boutons de la chemise, en commençant par ceux du bas. Il dégagea sa cravate de son col mais elle l'arrêta :

— Je m'en occupe.

Il laissa retomber ses mains et la laissa faire. Elle avait terriblement envie de tirer sur la chemise et d'arracher les boutons. Mais une partie d'elle voulait déguster chaque centimètre de sa peau à mesure qu'elle découvrait son corps. Des poils noirs couraient de sa ceinture à son nombril, et elle en suivit la ligne du bout du doigt, poussée par le vif désir de l'exploration. Son geste parut accroître son impatience, si bien qu'il termina de défaire les boutons. Elle écarta les pans de la chemise pour poser la main sur son torse, toucher ses poils doux qui invitaient aux caresses.

— À toi maintenant, dit-il alors que ses mains rejoignaient celles de Lindsey. C'est ton tour.

Cette fois, il la défiait, semblait douter de sa détermination, comme s'il appréhendait qu'elle eût peur de passer à l'acte.

Elle saisit le bas de sa blouse et, d'un mouvement fluide, la fit passer par-dessus sa tête avant de la lancer à travers la pièce. Les yeux de Mark tombèrent sur ses seins, et elle sentit ses mamelons pointer contre la fine dentelle ivoire, réagissant à son regard insistant aussi vivement que s'il les avait touchés. Ils quémandaient ce contact.

De ses index, aussi légers qu'une plume, il suivit le dessin de la dentelle encadrant ses seins.

— C'est beau, murmura-t-il, le regard rivé sur ses doigts, ou plutôt sur ce qu'ils touchaient.

Sans lui laisser le temps de deviner ses intentions, il baissa la soie pour révéler le bout de ses seins. Le souffle court, elle geignit quand ses doigts pincèrent et aguichèrent. Elle ferma les yeux, renversa la tête en arrière.

Puis la bouche chaude de Mark se plaqua sur l'un de ses seins, et les mouvements de succion provoquèrent des ondes de plaisir dans sa poitrine et le long de sa peau. Lindsey glissa les mains dans ses cheveux, prit son visage en coupe. Sans prévenir, Mark la fit rouler sur le dos, écartant ses jambes avec les siennes, s'installant entre ses cuisses. Sa bouche trouva la sienne, leurs langues se mêlèrent avec gourmandise, leurs corps se pressèrent l'un contre l'autre.

Elle passa une jambe par-dessus la sienne pour l'attirer plus près d'elle. Pendant de longues minutes, elle se perdit dans leurs baisers, son goût, son contact... mais dans un coin reculé de son esprit elle entendit frapper à la porte.

— Mark ? murmura-t-elle, avant qu'il l'embrasse à pleine bouche. Mark... répéta-t-elle, alors qu'il mordillait sa lèvre inférieure. La porte.

— Il va s'en aller, dit-il en prenant appui sur les coudes pour la regarder avant de l'embrasser encore dans un râle.

Elle s'efforçait de conserver une emprise sur la réalité, mais il prit son sein dans sa main, le pétrit, la ramenant dans le brouillard de leurs élans fougueux.

Cependant, la sonnette retentit, on frappa plusieurs coups à la porte.

— Mark, il vaudrait mieux aller répondre.

Il enfouit la tête dans son épaule.

— Mince.

Elle passa une main dans ses cheveux, le pressant de la regarder.

— Je ne vais pas disparaître.

Il parut peser le pour et le contre, puis en soupirant se releva, reboutonnant sa chemise tout en allant ouvrir.

Lindsey s'assit et s'appliqua à rassembler ses esprits. Elle remit son soutien-gorge en place et enfila son corsage. Tout en allant s'asseoir sur le canapé, elle entendit Mark échanger quelques mots avec un homme à la porte. Quelques secondes plus tard, il revint, nota qu'elle s'était rhabillée, et posa les sacs de provisions sur la table.

Il lui prit la main et l'invita à se lever.

— Poursuivons dans la chambre ce que nous avons commencé.

Elle s'abandonna entre ses bras à ses baisers, à une lente exploration qui promettait de belles découvertes.

Lorsqu'il la guida vers la chambre, elle le suivit. L'idée de ce qui allait suivre la consumait, avivait son impatience malgré sa nervosité. Ça faisait longtemps qu'elle n'était pas sortie avec un homme, et jamais elle n'avait connu de moments aussi sincères et libérateurs à la fois. Mark lui donnait l'impression de pouvoir faire l'amour non seulement à son corps mais aussi à son esprit.

La chambre était baignée par le clair de lune et le scintillement des étoiles qui pénétraient par des fenêtres allant du sol au plafond. Les ombres renforçaient l'ambiance intime créée par le lit massif encadré de quatre énormes piliers, et recouvert d'une pile de couvertures.

S'arrêtant à côté du lit, Mark se tourna pour prendre Lindsey par la taille.

— J'aimerais beaucoup que tu t'allonges nue au milieu de mon lit.

Elle manifesta sa surprise.

— Ah, vraiment ?

Il hocha la tête.

— Vraiment, dit-il en la soulevant pour la faire asseoir au bord du lit avant d'écarter ses jambes, pour la coucher sur le dos.

Il s'allongea au-dessus d'elle, s'appuyant des deux mains sur le matelas.

— De quoi as-tu envie, Lindsey ?

Elle répondit d'une voix faible. La question éveillait tant de promesses torrides…

— De toi nu avec moi, dit-elle en passant les bras autour de son cou. C'est possible ?

Il l'embrassa, sa bouche se refermant sur la sienne, chaude et exigeante. Elle n'avait qu'un mot en tête : plus. Elle en voulait plus. N'en aurait jamais assez. Elle le goûta avec un besoin effréné, brûlant, sa langue frôlant la sienne, savourant son goût. Son suc. Si viril. Si unique. Si entêtant.

Ils s'agitèrent, animés d'un désir commun, s'enfonçant vers le centre du lit. Les mains de Mark la parcouraient, se faufilaient sous son chemisier, couraient sur sa peau nue.

— Enlève ça, dit-il d'une voix rauque.

— D'accord, chuchota-t-elle, mais toi aussi. Enlève ta chemise. Enlève tout.

Il posa les yeux sur elle, ils ne se quittaient pas du regard. Elle sentit un lien, un fil qui l'excitait, tout en allant au-delà du physique. À moins que ce ne soit uniquement charnel ? Leur attirance était-elle si puissante qu'un simple regard suffisait à la faire frémir de la tête aux pieds ?

Elle parvenait à peine à respirer. Ce qu'elle éprouvait, si brut et si vif, la terrifiait, lui donnait l'impression de perdre les pédales. Désireuse de reprendre le contrôle, tentant de rompre le charme qui l'en privait, elle dit :

— Déshabille-toi.

Il plissa un moment les yeux, comme s'il savait ce qu'elle faisait, mais il ne protesta pas. Il s'agenouilla pour déboutonner sa chemise. Elle s'assit et fit passer sa blouse par-dessus sa tête pendant qu'il jetait son vêtement par terre. Elle admira son large torse parfait, ses poils clairs, ses biceps irréprochables.

Elle humecta ses lèvres, poussée par le besoin absolu d'explorer, de toucher, de sentir. Mais il s'éloigna. Lorsqu'elle voulut tendre la main vers lui, il se leva du lit. Avant qu'elle ait eu le temps de se plaindre, il coupa court à tout commentaire en se penchant pour ôter ses chaussures. La tournure que prenaient les événements n'était pas pour lui déplaire. Elle se retrouva pieds nus, lança ses bottes, ce qui fit rire Mark.

— Ne t'arrête pas en chemin, dit-il en souriant.

— Toi non plus, dit-elle en lui rendant son sourire malgré la violence de son désir, malgré son envie de le hâter.

Au lieu de lui demander de faire vite, elle fit rapidement glisser son pantalon le long de ses jambes, ne gardant que ses sous-vêtements.

Levant les yeux, elle le vit nu, dans toute sa splendeur, et... en érection. Elle eut du mal à déglutir. Il était sublime. Les mains en appui derrière son dos, elle le regarda poser les genoux sur le matelas, lui écarter délicatement ses jambes. Il baissa les yeux vers ses cuisses, fixa à leur sommet le minuscule morceau de dentelle qui couvrait son sexe. Puis, il remonta vers son ventre et s'arrêta sur sa poitrine.

Quand il revint à son visage, elle était mouillée de désir, avec la sensation d'avoir été caressée d'une façon particulièrement exaltante.

— Tu es si belle, dit-il avec dans sa voix grave une vive pointe d'excitation.

Ses mains remontèrent des genoux de Lindsey le long de ses cuisses jusqu'à l'aine, dans une caresse aguichante. Il glissa le pouce à l'intérieur, veillant à ne faire qu'effleurer la soie. Ce geste provoqua une décharge de plaisir le long de chacune des terminaisons nerveuses de Lindsey.

— Mark, murmura-t-elle. (Il la regarda.) S'il te plaît, viens là.

— Pas tout de suite, dit-il, ses pouces caressant sa petite culotte, puis plongeant sous le tissu, droit vers la corde sensible.

Alors il se pencha, la surprenant en posant les lèvres sur son ventre. Elle tomba à la renverse sur le matelas, le coussin mou absorba l'impact de son corps, ses mains se perdirent dans les cheveux de Mark quand il plongea la langue dans son nombril. Au même moment, il fit glisser son sous-vêtement sur ses hanches puis le long de ses jambes. Elle l'enleva en remuant pendant qu'il refermait sa bouche sur son soutien-gorge, ses dents agaçant les mamelons à travers la dentelle tandis que ses doigts dégrafaient l'attache sur le devant.

Un instant plus tard, ses mains recouvraient ses seins, ses lèvres se posaient sur les siennes. Toutes les promesses qu'elle s'était faites de contrôler la suite s'envolèrent. Elle s'abandonna à lui, le suppliant d'aller plus loin, plus loin encore. Elle s'arquait sous lui, l'érection de Mark butait contre ses cuisses, il pinçait la pointe de ses seins jusqu'à la faire geindre dans sa bouche.

Ses lèvres se promenèrent le long de sa joue.

— Tu me rends fou, Lindsey, chuchota-t-il à son oreille.

Elle gémit de plaisir quand il en mordilla le lobe.

— Tu me rends folle.

Ses lèvres vinrent flotter juste au-dessus des siennes.

— Tant mieux, lui dit-il, les yeux dans les yeux. Nous sommes à égalité.

Quelque chose dans sa voix la poussa à poser la main sur la joue de Mark.

— De quoi ?

Elle cligna des yeux, cherchant à y voir clair à travers le brouillard de la passion.

— Toi et moi, dit-il. Nous sommes à égalité. Je te veux. Tu me veux.

Il avait perçu son besoin d'avoir la mainmise, sans aucun doute.

— Oui, dit-elle. Je te veux.

— Et je te veux, Lindsey. (Ses mots étaient chargés d'émotion.) Très fort. Depuis la première seconde où je t'ai rencontrée.

— C'est vrai ?

— Oui, dit-il dans l'air alourdi par leurs respirations, leur désir, leurs émotions partagées.

En cet instant, elle souhaitait partager ses émotions. Tenait à ce qu'il sache quel effet il avait sur elle. En cet instant, toute idée de lendemain, de contrôle, tout ce qui existait en dehors du moment présent n'existait tout simplement pas.

— Moi aussi j'ai eu envie de toi dès la première seconde.

Leurs lèvres s'effleurèrent comme une douce caresse débordante de délicatesse.

— Et maintenant ? demanda-t-il. Tu me veux toujours ?

Elle baissa les yeux, puis le regarda en face.

— Tu le sais, j'ai envie de toi.

Il porta une main à sa chevelure, et l'autre glissa vers son membre en érection. Il le frotta contre sa chair humide et sensible, provoquant un geignement puis un soupir. Les paupières de Lindsey se fermèrent lorsqu'il fit glisser la longueur de son membre dur d'avant en arrière, dans un jeu sensuel. Au moment où l'attente devint insupportable, il guida son sexe en elle.

Il plaqua sa bouche sur la sienne, avalant un cri de plaisir tout en s'enfonçant lentement, jusqu'à la pénétrer entièrement, jusqu'à ce qu'ils soient unis et ne forment plus qu'un seul être. Il l'embrassa longuement, profondément, en prenant tout son temps. Elle s'accrochait à lui, une jambe nouée à la sienne, une main plaquée dans son dos.

Il commença à bouger à un rythme lent, allant et venant, l'embrassant toujours, sa langue copiant le mouvement de son corps. Pendant de longues minutes, ils restèrent agrippés l'un à l'autre, émus, s'explorant l'un l'autre de leurs mains, de leurs corps, de leurs bouches. Et puis leurs baisers redoublèrent d'intensité, se firent plus fougueux, presque féroces. Ils se pressaient l'un contre l'autre comme pour se fondre l'un dans l'autre, et leurs corps ondulaient à l'unisson, de plus en plus fort, de plus en plus vite.

Soudain, Lindsey atteignit la crête du plaisir au terme d'une ascension douce-amère… prête à basculer dans un abîme de ravissement, mais sans vouloir traverser la frontière. Elle cria son nom, cambra les reins pour se coller à ses hanches, tout en suppliant en silence que ce moment ne connaisse pas de fin.

Le premier spasme arriva, qui fit littéralement trembler tout son corps, et les mots, les sons, devinrent inaudibles. Elle eut la sensation que son corps absorbait celui de Mark comme si c'était le sien. Elle l'entendit gémir, crier son nom, puis des tremblements, des secousses le parcoururent. Elle retombait lentement au moment où il parvenait à la jouissance.

Il rejeta la tête en arrière, les yeux clos.

Un dernier plongeon dans son intimité, et il resta profondément ancré en elle, son visage près du sien, le frôlant, murmurant son nom au bord de ses lèvres.

Ils restèrent un long moment ainsi, l'un contre l'autre, les membres enchevêtrés. Quand Lindsey recommença à sentir le poids de la réalité, elle la repoussa. Elle refusait de se demander pourquoi elle avait l'impression d'être à sa place, pourquoi il avait fait vibrer si joliment son cœur. Il se souleva, roulant sur le côté en l'entraînant pour l'inviter à poser sa tête sur son épaule. Il passa son bras autour d'elle, la tenant contre lui, et elle abandonna sa main sur les poils soyeux de son torse.

Juste pour ce soir, elle voulait faire comme si tout était différent entre eux.

Combien de temps ils restèrent enlacés, Mark n'en savait rien.

Lindsey était merveilleuse et il avait envie de la garder dans ses bras pour toujours. Il écarquilla les yeux. Pour toujours ? D'où cela lui venait-il ? Il allait trop loin, trop vite à son goût. Lindsey l'avait bouleversé, attaché à elle comme aucune femme auparavant.

Elle frotta son nez contre son torse, et machinalement il lui caressa les cheveux.

— Tu as faim ? demanda-t-il, désireux de prendre un peu de recul, même s'il n'en avait pas vraiment envie.

Il voulait se défaire du sort qu'elle lui avait jeté.

— Je meurs de faim, dit-elle en se redressant sur un coude pour le regarder.

Lindsey était assise sur le plan de travail de la cuisine, vêtue de la chemise de Mark, ravie qu'elle soit imprégnée de son odeur. Heureuse du parfait sentiment d'intimité qu'elle ressentait dans ses vêtements.

Mark s'agitait dans la cuisine, sortait des assiettes et des verres, appuyait sur des boutons du four à micro-ondes. Ainsi occupé à réchauffer les plats qu'ils s'étaient fait livrer, il avait presque l'air d'un gamin. Pas évident pour un dominateur dans son genre, une boule d'énergie qui attirait l'attention dès qu'il entrait dans une pièce, et forçait le respect.

— Je peux faire quelque chose ? demanda Lindsey, souriant d'observer ses efforts.

Jusque-là, il lui avait fait promettre de le laisser s'occuper de tout. Comme s'il souhaitait se mettre à son service. Cela ne correspondait guère à sa personnalité. Elle cherchait à le classer dans la même catégorie que son père, mais il s'entêtait à se comporter très différemment. Contre toute attente, il déléguait le pouvoir.

Mark leva les yeux de l'assiette qu'il était en train de préparer, et lui rendit son sourire.

— Si tu tiens vraiment à m'aider, va chercher la bouteille de vin dans le bar et remplis les verres.

Lindsey s'exécuta, ravie, et quand elle revint, les verres à la main, Mark sortait de la cuisine, portant deux assiettes. Il indiqua le salon d'un mouvement du menton.

— Je me disais que ce serait plus agréable de profiter de la vue pendant qu'on mange.

Elle mordilla sa lèvre inférieure et approuva d'un signe de tête. Ce serait effectivement très sympa. La peur lui serra le ventre. Mark la touchait très profondément. Qu'était devenue la Lindsey indépendante qui n'avait besoin de personne et ne voulait aucun homme dans sa vie ? Parce que cette Lindsey, qui suivait au salon un homme seulement vêtu d'un boxer, désirait ardemment cet être si sexy.

D'une force incroyable.

Elle posa les verres sur la table, se laissa choir sur une chaise. Mark disposa les assiettes côte à côte.

— Mmmm, ça sent très bon. Je suis affamée. Poulet marsala ?

— Mon plat préféré, dit-il en prenant place à côté d'elle. J'espère que ça te va.

— J'adore ça. Excellent choix.

Lindsey goûta une bouchée.

— Délicieux.

— Ou alors tu as vraiment très faim, s'amusa Mark.

Elle haussa les épaules.

— Possible, mais c'est bon, quelle qu'en soit la raison.

Ils mangèrent dans un silence agréable, jusqu'à ce que Lindsey pose sur lui un regard scrutateur.

— Je peux te poser une question assez personnelle, Mark ?

Il rit.

— Je crois que c'est déjà très personnel entre nous, non ? Je t'écoute.

Elle fronça les sourcils. À son sens, ce n'était pas parce qu'on couchait avec quelqu'un qu'on le connaissait bien. Bien entendu, ce qui s'était passé entre eux était unique, et beaucoup plus touchant qu'un élan purement physique, mais ça ne disait rien d'une éventuelle suite à leur relation.

C'était un peu prématuré d'affirmer qu'ils iraient plus loin que ça. Et en apprenant à mieux le connaître elle risquait de mieux l'apprécier. Un risque qu'elle allait devoir prendre puisqu'en le découvrant, elle parviendrait aussi à relativiser et à rester détachée.

Alors elle se jeta à l'eau, et demanda :

— Tu as toujours voulu devenir avocat ?

Mark réfléchit à la question, intrigué. Il posa sa fourchette, regarda Lindsey longuement et avec gravité. Sa question en disait long. Elle était sur le point d'abattre une petite barrière. Le simple fait qu'elle cherche à mieux le connaître était révélateur.

— Mon père est avocat, comme le tien, alors j'imagine qu'on peut dire que j'ai ça dans le sang. D'un autre côté, j'ai un frère qui est développeur informatique, et une sœur infirmière.

Après mûre réflexion, et une gorgée de vin, Lindsey demanda :

— Tu as déjà envisagé d'exercer un autre métier ?

— Non, jamais. (C'était vrai. Suivre les pas de son père était son rêve de jeune homme.) Et toi ?

Le regard rivé sur son verre, elle mordilla sa lèvre inférieure avant de lever les yeux vers Mark.

— Je crois que non.

Mark lui releva le menton de l'index.

— Comment se fait-il que j'aie l'impression que cette réponse t'agace ?

Elle écarquilla les yeux, se dégagea, détourna le regard.

— Je n'avais pas prévu que ça vire à une enquête sur moi.

Mark se rapprocha un peu plus, devinant son tourment et désireux de l'apaiser. Sans savoir ce qui provoquait ça en lui, il le ressentait comme si c'était le sien. Sa main remonta dans ses cheveux.

— Je ne mène pas une enquête sur toi, je discute, c'est tout. (Peut-être qu'en lui expliquant son fonctionnement, il l'aiderait à sortir de sa coquille.) Je ne pouvais pas plus travailler avec mon père que toi avec le tien. J'avais envie de devenir avocat, mais j'ai compris dès le début que c'était impossible de collaborer avec lui.

Elle concentra son regard sur lui, son intérêt piqué au vif.

— Tu as essayé de travailler avec lui ?

Il hocha la tête.

— Oui, ça a duré trente jours en tout et pour tout. Une catastrophe. Je suis parti vivre à Houston où j'ai travaillé dans un cabinet juridique jusqu'à ce que ton père me recrute.

Lindsey pencha la tête sur le côté.
— D'où viens-tu ?
— D'Austin.
— C'est dur de vivre loin de ta famille ?
— Pas vraiment. Mon frère et ma sœur sont mariés, ils ont leur vie. Avec mon père, on se parle assez souvent, je le vois pendant les vacances. Nous avons toi et moi plus de points communs que tu ne le crois. J'ai perdu ma mère. Elle est morte quand j'avais quatre ans.
Les yeux de Lindsey s'emplirent de peine. Il se demanda si c'était pour lui ou pour la mort de sa propre mère. Peut-être les deux. Et soudain il regretta d'avoir abordé le sujet.
— De quoi ? murmura-t-elle.
Il mit du temps à répondre, appréhendant la suite.
— D'un cancer, dit-il à voix basse. Désolé. Mauvais sujet.
Lindsey sourit, mais son visage demeura triste. Elle posa la main sur la joue de Mark.
— Ne t'en fais pas. Évidemment, je pense à la mort de mon père. L'autre jour, quand je suis allée le voir, il avait mauvaise mine. (Elle parut s'agiter.) Tu crois que c'est plus dur de perdre quelqu'un dont on est proche ou quelqu'un, disons, avec qui on n'arrive pas à bien s'entendre ?
Il but une gorgée de vin et réfléchit à la meilleure réponse possible.
— Je ne sais pas, Lindsey, mais si tu crois pouvoir arranger les choses avec lui, le moment est probablement venu.
Elle parut émue.
— La seule façon d'arranger les choses avec lui est de vivre ma vie à sa façon.
Mark reposa son verre.

— Je ne te suggère pas de faire des choix qui ne te correspondent pas. Fais simplement attention à ne pas faire de choix dans le seul but de le défier. Tu as passé plusieurs années loin de lui, et au fond de toi, et de toi seule, tu sais ce que tu désires réellement. Aide-le à comprendre et à accepter tes choix.

Lindsey se tourna brusquement et ramena ses genoux contre elle, calant le menton dessus.

— C'est que… je ne sais plus ce que je veux. (Elle lui lança un regard.) J'ai du mal à croire que je te parle de ça.

Il effleura délicatement sa joue du bout des doigts. Il n'avait pas l'intention d'émettre des commentaires. Il se réjouissait seulement de la voir se livrer.

— Tu n'as pas besoin de prendre une décision dans l'immédiat. Accorde-toi du temps, mais donne-lui du temps à lui aussi. Commence à lui parler de ce que tu ressens et pourquoi. Le pire qu'il puisse arriver, c'est qu'il n'écoute pas.

Lindsey le regarda, concentrée.

— Qu'attends-tu de moi, Mark ?

C'était une question qui appelait de multiples réponses. La plus simple lui parut la meilleure.

— Rien que tu n'offres pas librement.

Elle baissa les yeux, ses cils projetant une ombre noire sur sa peau blanche. Quand elle les rouvrit, le fixant intensément, elle sourit.

— Je suis contente d'être là.

— Moi aussi, murmura-t-il, et il rapprocha sa bouche de la sienne. J'ai très envie de te faire l'amour, Lindsey. (Ses lèvres restèrent un instant tout près des siennes.) Je peux ?

— Oui, chuchota-t-elle. Ça me plairait beaucoup.

Leurs lèvres s'unirent dans un baiser d'une infinie tendresse, plein de passion et de promesses.

7

Lindsey se réveilla lovée dans la chaleur des bras musclés de Mark, le visage enfoui dans son cou. Son odeur l'enveloppait comme une couverture douillette. Passant la main dans les poils de son torse jusqu'à son ventre plat, elle sourit de bien-être. Jamais de toute sa vie elle n'avait connu un tel sentiment de plénitude, pas plus qu'elle n'avait désiré un homme aussi fort que Mark.

Craignant de perdre son identité, d'être prisonnière des limites d'une relation amoureuse, elle était restée célibataire depuis des années. D'une manière ou d'une autre, Mark semblait différent des hommes qu'elle avait connus par le passé. Est-ce que tout changerait à mesure qu'il prendrait ses aises avec elle ?

Était-il simplement comme les autres, sauf qu'il s'affichait sous un meilleur jour ?

La sonnerie lointaine de son mobile interrompit ses pensées. Il était dans son sac à main resté au salon.

— Flûte, murmura-t-elle en s'apprêtant à sortir du lit, aussitôt arrêtée par les bras de Mark dont l'étreinte se resserra autour d'elle.

— Où vas-tu ? murmura-t-il, à moitié endormi.

Lindsey l'embrassa sur la joue.

— Mon téléphone sonne. Je reviens tout de suite.

Il hocha la tête.

— Reviens vite, chuchota-t-il.

Elle attrapa la chemise de Mark qui traînait par terre et l'enfila. Comme la sonnerie s'était tue, elle prit son temps. Une fois au salon, elle s'assit sur le canapé, sortit son mobile de son sac et vérifia l'identité de l'appelant.

Comme elle s'y attendait, c'était Steve. Elle appuya sur la touche de rappel et il répondit dès la première sonnerie.

— Écoute, dit-il sans préambule. J'ai des informations intéressantes pour toi. Il y a eu une série de viols à Las Vegas l'an dernier qui correspondent au profil de Hudson.

— C'est vrai ? (Lindsey se tut, les hypothèses affluaient dans sa tête.) Alors ils correspondent au profil de Williams aussi.

Après un moment de silence, il reprit :

— Sauf qu'elles ont été violées, pas violées puis assassinées.

Lindsey était déjà convaincue qu'il faudrait vérifier si les affaires étaient liées. Ignorant la remarque de Steve, elle demanda :

— Tu as des détails ?

— Je peux te donner les noms, les adresses, et les données générales sur les victimes, mais guère plus. Je sais qu'ils n'ont aucun suspect.

— À quand remonte la dernière agression ?

— Près d'un an, c'est le plus bizarre : peu de temps avant que la première victime de ton affaire ait été retrouvée.

L'esprit embrouillé, Lindsey envisagea ce qu'elle pouvait en tirer. L'éventualité que les affaires

Hudson et Williams soient liées se renforçait. Les implications de cette révélation lui vrillèrent le ventre.

— J'ai un mauvais pressentiment.

Steve voulut la mettre en garde.

— Lindsey, je crois que tu dois transmettre cette information aux personnes concernées. Les meurtres de Williams étaient violents. Je n'aimerais pas que tu prennes des risques inconsidérés.

Elle ferma les yeux de toutes ses forces.

— J'ai besoin de temps, Steve, s'il te plaît. Dès que les procureurs seront au courant, j'aurais plus de mal à faire le tri entre ce qui est vrai et ce qui a été maquillé.

— Tu as toujours eu l'habitude d'aller trop loin. Lindsey, ces filles te ressemblent toutes. Ça ne me plaît pas. (Il émit un grognement contrarié.) Pas du tout.

Lindsey était consciente de s'aventurer à la limite du raisonnable.

— Je serai prudente. Donne-moi quelques jours, c'est tout.

Il ne dit rien pendant un instant, puis reprit d'une voix adoucie :

— Pendant combien de temps vas-tu continuer à te fouetter pour Hudson ? Quand vas-tu te pardonner à toi-même ?

Elle ravala les émotions qui menaçaient de l'envahir. Quand elle eut l'impression d'avoir recouvré son sang-froid, elle dit simplement :

— Donne-moi quelques jours.

Si l'hésitation de Steve resta silencieuse, elle fut perceptible dans le combiné.

— Trois jours, pas un de plus, dit-il enfin. Et je veux que tu me tiennes au courant. Si jamais tu me mets à l'écart de ton enquête, je te fermerai toutes les portes.

Lindsey supportait mal d'être retenue prisonnière par Steve, ou n'importe qui d'autre, mais elle n'avait pas le choix.

— Très bien, accepta-t-elle.

— Et si on se retrouvait dans ce café que tu aimes tant, et que j'en profite pour te communiquer tout ce que j'ai ? Mettons… dans une heure ?

Après un rapide au revoir, Lindsey mit fin à la communication, et ramena ses jambes sous ses fesses. Les idées se bousculaient dans sa tête. Hudson et Williams pouvaient-ils être innocents ? Cette hypothèse lui parut insupportable. Et si elle se trompait ?

Mais, si elle ne se trompait pas, et n'avait pas poursuivi le vrai criminel ? Combien de femmes étaient en danger de mort ?

— Que fais-tu ?

Levant les yeux, elle vit Mark planté à quelques pas, en sous-vêtements. L'image même du mâle au corps parfait. Il lui fallut une minute pour retrouver l'usage de la parole. Mark lui coupait le souffle avec une facilité déconcertante.

— Rien, je réfléchis.

Il alla jusqu'au canapé et elle n'en perdit pas une miette. Il s'assit à côté d'elle, et déplia les jambes de Lindsey en travers de ses cuisses. C'était un geste intime qui la fit sourire intérieurement. Sa main remonta le long de la jambe nue de Lindsey.

— Tu es belle dans ma chemise.

Elle posa la main sur son torse, appréciant de pouvoir le toucher aussi librement.

— Tu es beau sans chemise.

Mark rit et l'embrassa légèrement.

— Avec qui parlais-tu au téléphone ?

Elle s'écarta imperceptiblement, impatiente de partager les informations avec lui, de voir sa réaction.

— Steve, répondit-elle. Écoute ça. Il y a eu une série de viols à Las Vegas, l'an dernier, qui correspondent aux profils de Hudson et Williams. Ils n'ont jamais fait le lien avec Hudson, évidemment, puisqu'il était en prison.

— Comment ça, ils correspondent aux deux profils ? demanda-t-il. Sois plus précise.

— Exactement le même profil, elles ressemblent toutes...

Elle ne termina pas sa phrase, regrettant ses dernières paroles. Mais c'était trop tard. Mark n'était pas idiot. Il allait deviner, insister pour avoir des explications.

— À toi ? avança-t-il d'une voix crispée.

— Oui, je crois qu'on peut dire ça. (Elle éprouva un sentiment de malaise.) J'aurais préféré que tu le présentes autrement. J'allais dire qu'elles ressemblent aux victimes d'ici. (Un silence lourd de sens s'ensuivit. Elle le rompit :) J'ai rendez-vous avec Steve dans une heure pour qu'il me donne tout ce qu'il a sur ces viols.

— Je t'accompagne.

— Il faut que tu t'habilles et que tu ailles au bureau. Je dois passer chez moi pour me changer après avoir vu Steve.

Mark pinça les lèvres.

— Je viens avec toi. En plus, nous devons être au tribunal à dix heures, alors autant qu'on reste ensemble.

— La réunion avec les associés est à dix-sept heures trente, tu te souviens ? dit-elle en espérant faire diversion.

Mark lui décocha un regard qui indiquait clairement qu'il savait à quoi elle jouait.

— Je reste avec toi.

Lindsey sentit la moutarde lui monter au nez.

— Mark, ne t'avise pas d'essayer de me garder sous ton joug.

Elle voulut bouger ses jambes mais il les retint d'une main ferme.

— Chez Williams, je t'ai vue entrer par la fenêtre sans hésiter, Lindsey. Je me fais du souci pour toi.

Les hommes qui cherchaient à avoir la mainmise sur elle n'arrivaient pas à grand-chose en général. Mark ne faisait pas exception.

— Tu commences à m'agacer. Lâche mes jambes.

Mark la prit dans ses bras et l'attira contre lui, sa bouche au-dessus de la sienne.

— Si tu veux t'énerver parce que je me tracasse pour toi, libre à toi. Je ne déguerpirai pas pour autant.

Par quel miracle parvint-il à chasser sa colère, elle n'aurait su le dire. Mais à la place, une vive excitation s'empara d'elle, et quand leurs lèvres se rencontrèrent, elle fut perdue. Le désir submergea tout son être, dévoilant des profondeurs insoupçonnées.

Et quand il l'allongea sur le dos, pesant sur elle de tout son corps, elle oublia tout le reste.

Les joues encore enflammées par leurs ébats amoureux, Lindsey rassembla précipitamment ses vêtements. Mark était sous la douche, ce qui ne lui donnait que quelques minutes pour décamper. Hors de question qu'elle aille retrouver Steve avec lui. La dernière chose dont elle avait besoin était que Steve garde ses informations à cause d'une présence étrangère.

Et ce n'était pas parce qu'elle avait fait l'amour avec Mark qu'il était devenu son assistant.

Tout ce qu'il avait gagné en insistant, c'était qu'elle était plus déterminée que jamais à y aller seule. Elle l'aimait bien, voire trop. Mais Mark, ou n'importe quel homme en l'occurrence, n'avait pas d'ordres à lui imposer. Elle avait déjà donné. Non merci.

De plus, elle retournerait à Washington un jour ou l'autre. C'était en soi une raison suffisante pour que leur relation reste superficielle, même sans ce problème de domination. Une fois habillée, elle écrivit un petit mot à l'intention de Mark et se dirigea vers la porte en attrapant son sac à main au vol. La main sur la poignée, elle s'immobilisa, soupira, les remords l'accablant au point d'en avoir des papillons dans le ventre.

Ça lui déplaisait de devoir conclure leur nuit en filant en douce. Mais lui laissait-il le choix ?

Mark sortit de la douche, une serviette autour de la taille. Il venait de s'étaler de la mousse à raser sur le visage quand il remarqua qu'il n'y avait aucun bruit. Poussé par un mauvais pressentiment, il se rendit dans la chambre.

— Lindsey ?

Il perçut un mouvement sur le lit, provoqué par l'appel d'air du ventilateur du plafond. C'était un fichu bout de papier qui voletait. Elle s'était fait la malle sans lui. Il lut :

Je suis obligée d'y aller seule. Steve ne me dirait rien en présence d'un inconnu. Désolée, Lindsey.

Il froissa la feuille dans son poing serré. Elle le rendait dingue. Ils avaient partagé des moments merveilleux mais il était clair qu'il n'avait aucun ascendant sur elle. Pourquoi fallait-il que tout soit aussi compliqué ? Et pourquoi diable n'était-il pas capable de tirer un trait ?

Lorsqu'elle entra dans le café, Lindsey repéra immédiatement Steve.

Difficile il est vrai de le rater car, dans cet endroit, c'était le seul type aussi imposant qu'un joueur de football américain, noir et en costume. Il se leva dès qu'il la vit et ouvrit les bras, pour une embrassade de gros ours en peluche qui contrastait avec sa carrure intimidante.

Après ces retrouvailles joyeuses et touchantes, ils s'assirent. Une tasse de café fumant était posée devant la chaise destinée à Lindsey. Steve sourit de toutes ses dents.

— Je t'ai commandé ton préféré. Un *latte* au caramel.

Elle ressentit le poids de ses actions passées avec un serrement de cœur. C'était un bon ami, très proche, et elle avait coupé les ponts du jour au lendemain.

— Merci, Steve, dit-elle en surmontant ses remords. Comment vont Louise et les enfants ?

— Les enfants sont comme tous les enfants. Tommy a été mis à pied pour avoir déclenché l'alarme incendie et Sally s'est collé du chewing-gum dans les cheveux. Louise, quant à elle, t'en veut à mort de nous avoir oubliés.

— J'imagine, murmura-t-elle. Je ne sais même pas quoi dire. Je n'ai que des excuses bidons. Pour faire court, j'avais peur de tout ce qui me reliait au passé. J'avais besoin de changer de vie. Mais je regrette de vous avoir fermé la porte au nez.

Devant sa franchise, son expression s'adoucit.

— Je sais que c'est dur pour toi de revenir ici, en plus pour reprendre le cabinet de ton père.

Elle prit sa tasse.

— Et cette affaire.

Le *latte* calma sa nervosité. Pour certains, le café les mettait sur les nerfs. Lindsey, elle, se sentait en vie dès qu'elle en buvait.

— Mmm, dit-elle. Ça m'a manqué. Nulle part on ne trouve d'aussi bons *latte* caramel que celui-ci. (Elle posa sa tasse.) Et tu peux me croire, j'ai cherché.

— On dirait que tu es toujours accro à la caféine.

Steve leva son verre de jus d'orange.

Elle fronça le nez. Au fil de ces années passées à abattre de longues journées de travail, elle avait fini par classer le café dans un groupe d'aliments à part entière.

— Et toi que tu te nourris toujours aussi sainement.

Steve s'adossa à sa chaise.

— Oui, j'ai toujours cette mauvaise habitude. (Il rit.) Tu es une drôle de petite bonne femme, Lindsey.

Elle rit à son tour.

— C'est ce que tu as toujours dit.

— Que vas-tu faire du cabinet ?

Elle but une gorgée de café, puis une autre. Penser à son dilemme professionnel suffisait à la rendre nerveuse. Mark la retenait bel et bien prisonnière.

— J'essaie de convaincre Mark Reeves de reprendre le flambeau.

— Et ?

Elle soupira en posant sa tasse.

— Il a accepté de m'aider pendant six mois, mais il jure qu'il ne restera pas plus longtemps que ça.

Steve parut surpris.

— Tu vas rester ici six mois, ou tu peux retourner à Washington ?

— Il ne m'aide que si je reste. Pas du tout ce que j'avais prévu, reconnut-elle avec lassitude. Mais pour l'instant, je suis coincée avec cette affaire, et je compte au moins la mener jusqu'au bout.

Steve se pencha vers elle.

— Je n'ai jamais rencontré Mark, mais je le connais de réputation, et ce n'est pas rien.

— Ça, c'est un bon avocat. Trop bon pour que mon père ait eu raison de le laisser partir. Je peux espérer que le temps joue en ma faveur et que Mark finisse par décider de rester.

— Sinon ? demanda-t-il.

— Je ne sais pas si mon père reprendra le travail. C'est sûr qu'il ne peut plus diriger le cabinet. Je vais devoir trouver quelqu'un d'autre.

— Mais pas toi.

— Non, déclara-t-elle avec fermeté. Pas moi.

Prête à changer de sujet et pressée par le temps, elle dit :

— Je dois aller prendre une douche et être au tribunal à dix heures. Qu'as-tu à m'apprendre ?

Steve sortit un gros dossier d'une chemise posée sur la table.

— Trois filles violées et assassinées à Las Vegas. Les trois ressemblent…

Elle lui décocha un regard réprobateur.

— Je sais. (Elle se tut un instant.) Elles me ressemblent. Nous le savons tous. Quoi d'autre ?

Il l'évalua du regard.

— Il faut que tu te détendes, Lindsey. Ça ne me dit rien qui vaille que ces filles te ressemblent. Tu pourrais facilement devenir sa cible. (Il se tut en l'observant plus attentivement.) Vérifie en permanence que personne ne te suive. Ces filles ont été attaquées par-derrière. Regarde autour de toi.

Elle bougonna.

— D'abord Mark et maintenant toi. Arrête. Je suis capable de veiller sur moi.

— Ça me fait bougrement plaisir d'apprendre que Mark a la tête sur les épaules. C'est du sérieux, cette affaire.

Elle réagit au quart de tour.

— Arrête de me traiter comme une bleue, et montre-moi ce dossier.

Steve recula pour se caler le dos contre le dossier et croisa les bras sur son large torse.

— Qu'est-ce qui se passe, Lindsey ?

Elle baissa les yeux vers sa tasse, puis releva la tête.

— Excuse-moi, Steve. Je crois que je suis à cran, plus que je ne veux bien l'admettre.

Il la scruta pendant quelques secondes, puis hocha la tête.

— Je sais que tu es sous pression en ce moment.

— Ça ne me donne pas le droit de m'emporter de cette façon. Je suis désolée.

Il referma le sujet d'un geste de la main.

— Parlons de Las Vegas, proposa-t-il, lui offrant une issue, ce qu'elle apprécia en sachant que c'était délibéré de sa part.

— Tu as dit qu'il n'y avait aucun suspect, exact ? demanda Lindsey.

— Aucun. Ils sont bredouilles. Les filles allaient dans la même école, et traînaient dans le même bar.

Un frisson parcourut l'échine de Lindsey.

— Un bar ? Pour l'instant, j'ai la preuve qu'au moins deux des victimes dans l'affaire Williams fréquentaient le même bar.

— Une piste à suivre, dit-il. J'ai inclus un tas d'informations générales, comme les photos des permis de conduire des filles et les coordonnées des inspecteurs chargés de l'affaire.

Lindsey prit le dossier.

— Les inspecteurs de la police de New York sont sur la piste de Las Vegas ? S'ils avaient fait des recherches dans la base de données nationale, ils auraient trouvé ça.

— Ils ne sont pas très bavards, mais d'après ce que j'ai entendu dire, oui, ils ont effectivement étudié cette piste, mais ils l'ont abandonnée.

Lindsey fronça les sourcils. Steve demanda :

— Quoi ?

Lindsey soupira.

— Tu sais à quoi je pense. Ça tombe sous le sens.

— Comme il n'y avait aucun moyen de relier Williams aux crimes, quelqu'un a balayé la poussière sous le tapis pour étouffer la piste de Las Vegas.

Sa voix reflétait la triste vérité qui se cachait potentiellement derrière son hypothèse. Lui et Lindsey savaient que ce genre de choses arrivait dès qu'un gros bonnet avait des prétentions politiques et besoin qu'un détenu soit reconnu coupable.

Lindsey opina puis demanda :

— Tu as quelle heure à ta montre ?

Il la consulta.

— Neuf heures moins le quart. Tu devrais filer si tu dois passer chez toi te doucher.

Lindsey but une grande gorgée de café et se tamponna les lèvres avec la serviette en papier.

— Eh oui, c'est le grand jour de mon retour au tribunal. Autant que je m'habille en conséquence.

— Je ne demanderai pas pourquoi tes vêtements sont froissés.

Ils savaient tous les deux qu'elle était toujours tirée à quatre épingles. Et le simple fait qu'elle doive rentrer se changer confirmait ses soupçons.

— Et je ne te donnerai pas d'explications.

Lindsey se leva et saisit le dossier et son attaché-case. Après avoir embrassé Steve sur la joue en promettant de lui donner des nouvelles dans la soirée, elle se dirigea vers la sortie.

Steve la rattrapa en la saisissant par le bras. Il lui prit la main.

— Sois prudente, dit-il d'un air terriblement inquiet.

Elle hocha la tête, tourna les talons mais unc idée la fit brusquement revenir vers lui.

— Hudson, le dernier procès, quand je ne l'ai pas représenté, tu pourrais voir si les preuves ADN étaient vraiment concluantes ?

Il la dévisagea un instant.

— Oui, je dois pouvoir te trouver ça. Tu crois que c'étaient des preuves dissimulées volontairement ?

— Possible, dit-elle. Il y a peu de chances, mais ça vaut la peine de vérifier.

Lindsey se déshabilla aussitôt après avoir franchi sa porte d'entrée, semant des vêtements jusqu'à la douche. Arriver en retard au tribunal n'était pas envisageable. Vingt minutes plus tard, vêtue d'un élégant tailleur noir, les cheveux proprement rassemblés en chignon, elle sortit de chez elle et composa un numéro sur son mobile.

Chez Paxton, on répondit à la deuxième sonnerie.

— J'ai besoin de parler à Mark. C'est Lindsey.

— Oh, mon Dieu, dit la réceptionniste d'une voix paniquée. Mark est furieux contre vous.

— Je veux bien le croire.

Par chance, au tribunal, il ne pourrait pas lui crier dessus. Elle entendit de la musique, puis :

— Mais enfin, Lindsey, où es-tu ?

— Du calme, dit-elle. Je suis en route pour le tribunal. Je te rejoins devant.

— Si jamais tu recommences à disparaître comme ça, je jure que…

Lindsey l'interrompit.

— Tu feras quoi ?

— Contente-toi de ramener tes fesses au tribunal.

Il coupa la communication. Elle fixa le téléphone d'un regard incrédule.

Ça s'est bien passé.

Elle soupira et rangea son mobile.

En descendant du taxi, elle trouva Mark en train de faire les cent pas au pied des marches. Dès qu'il la vit, il la fixa avec un air d'avocat impitoyable, parfaitement bien habillé et séduisant à couper le souffle, et tellement en colère qu'il paraissait prêt à commettre un meurtre.

Dès qu'elle fut assez près pour l'entendre, il s'écria :

— On a failli être en retard à cause de toi.

Il tapota le cadran de sa montre. Elle redressa le menton, prête à l'affronter.

— Mais je suis à l'heure.

Il l'attrapa par le bras, sans la serrer, mais néanmoins avec force, tout en rapprochant la bouche de son oreille.

— Ne me refais plus de mauvaise blague comme celle-là.

Lindsey le regarda dans les yeux, comme pour le défier.

— Sinon quoi, Mark ?

Il planta ses yeux dans les siens.

— Ou je ne serai plus là.

Stupéfaite, elle écarquilla les yeux. Elle n'aurait jamais cru qu'il puisse la menacer de partir.

— Tu sais quoi ? demanda-t-elle d'une voix basse mais pleine de colère. Je tiens à ce que tu m'aides mais je refuse que tu me menaces. Si ça doit se passer comme ça entre nous, alors laisse tomber. Je ne veux plus que tu m'aides. Donne-moi le dossier, je vais reprendre le flambeau.

Il était si furieux que ses yeux s'étaient assombris, et qu'elle voyait les muscles de sa mâchoire tressauter. Elle pouvait presque l'entendre compter jusqu'à dix dans sa tête. Puis, comme si la colère qu'elle avait vue dans ses yeux n'avait jamais existé, il afficha une froideur distante. Il lui lâcha le bras.

— Ce n'est ni le moment ni l'endroit pour parler de ça. Nous sommes attendus au tribunal.

Pendant un moment, elle eut la folle envie de l'envoyer sur les roses, d'exiger le dossier et de monter seule les marches. Mais ça ne dura pas. Rapidement, la raison l'emporta. Elle ne voulait être responsable ni de l'affaire ni du cabinet de son père.

— Très bien, lança-t-elle, à défaut de trouver mieux.

Mieux valait se taire que de risquer de voir Mark claquer définitivement la porte de Paxton.

Ils se mesurèrent du regard, dans un duel silencieux, et, sans un mot de plus, ils gravirent l'escalier côte à côte. Quelques minutes plus tard, ils entrèrent dans la salle d'audience. Tandis qu'ils s'avançaient vers la table de la défense, Lindsey se figea. Elle avait peine à croire qui représentait l'État de New York.

Mark tourna la tête dans sa direction.

— Quoi ?

Elle avala sa salive et se remit en marche.

— Le procureur a changé. En pire.

Mark la suivait.

— Dans quel sens ?

Elle lui lança un regard pendant qu'ils prenaient place.

— Dans le sens où je ne porte pas Greg Harrison dans mon cœur.

En fait, c'était une des personnes qu'elle aimait le moins sur terre. Mark se pencha vers elle.

— Je ne suis pas d'humeur à avoir de nouvelles surprises.

Elle le toisa durement.

— C'est mon ex, Mark.

Il ferma les yeux un bref instant, puis recouvra ses esprits.

— Laisse-moi deviner. Il va te faire payer ?

— Nous verrons bien.

Mark sortit le dossier de l'affaire de son attaché-case.

— Formidable. Cette journée s'annonce merveilleuse. (Il lança un regard par-dessus son épaule.) Ne te retourne pas.

Lindsey se retourna au moment où Greg arrivait à leur hauteur. Brun, les yeux bleus, grand, une carrure athlétique, on le trouvait généralement attirant. Mais elle savait quel homme se cachait derrière cette apparence. Il s'apparentait plus à la Bête qu'à la Belle.

— Salut, Greg, dit-elle sans lui laisser le temps de parler, pressée de prendre le contrôle de la conversation.

Elle le connaissait bien, il savait s'imposer dans une salle d'audience. Elle indiqua Mark d'un geste de la main, reculant sa chaise pour qu'ils puissent se regarder.

— Vous vous connaissez, tous les deux ?

— Oui, nous nous sommes déjà rencontrés, dit Mark avec une froide politesse.

— Pourquoi tu ne m'as pas dit que tu étais revenue à New York ? lança Greg, concentré sur Lindsey au point d'ignorer Mark.

Elle ne chercha même pas à faire semblant de sourire. Ça lui aurait coûté trop cher.

— Maintenant tu le sais.

— Veuillez vous lever. La cour, présidée par l'honorable juge Nelson Dearman, est ouverte.

Lindsey se tourna vers le juge, prenant congé de Greg.

— On se voit après l'audience, chuchota-t-il trop près de son oreille à son goût, avant de disparaître.

Lindsey devina que Mark se levait à côté d'elle. Ça lui faisait un drôle d'effet de le laisser aux commandes. Elle avait l'habitude de tenir le premier rôle dans une salle d'audience, pas de regarder un autre avocat diriger les opérations. Se faisant violence pour rester à sa place, elle observa Mark à l'œuvre. Il avait une bonne attitude, persuasive sans être autoritaire. Rapidement, le report de trente jours fut dans la poche et ils quittèrent la salle.

Son nom résonna dans le couloir mais Lindsey ne se retourna pas ; elle savait que c'était Greg. Elle tenta de l'ignorer mais il était persévérant, et criait de plus en plus fort. Juste avant qu'elle n'appuie sur le bouton d'appel de l'ascenseur, elle échangea un rapide coup d'œil avec Mark. Son visage exprimait à la fois de l'agacement et une requête : « Fais-le taire. »

Elle se retourna, les dents serrées, tout en se répétant qu'il valait mieux qu'elle garde son calme.

— Lindsey ? dit Greg, vaguement essoufflé quand il s'arrêta devant elle. Je croyais qu'on devait discuter après l'audience ?

La porte de l'ascenseur s'ouvrit.

— Qui a dit ça ?

Il ignora sa remarque.

— Tu es revenue vivre ici ?

— Non, affirma-t-elle d'une voix dénuée d'expression.

— Tu restes combien de temps ? demanda-t-il.

La porte de l'ascenseur se referma.

— Trop longtemps.

Il la dévisagea.

— Lindsey, je t'en prie, détends-toi.

Il lança un regard à Mark comme s'il hésitait à parler devant lui. Puis il se rapprocha de Lindsey et pencha la tête vers elle.

— On dîne ensemble.

Même à voix basse, Greg avait un ton implorant. Lindsey ravala l'envie de lui dire où il pouvait se coller son dîner.

— Même pas en rêve, dit-elle en reculant, si bien qu'elle heurta presque Mark.

Une pointe d'énervement traversa son regard. Peut-être même de colère.

— Je t'appelle, dit Greg.

— J'aime autant pas. (Lindsey leva les yeux vers Mark avant de revenir à Greg.) Nous sommes pressés.

Elle appuya un peu trop fort sur le bouton d'appel, comme si ça pouvait faire arriver l'ascenseur plus vite. La chance fut de son côté. La porte s'ouvrit presque aussitôt.

— Au revoir, Greg, dit-elle avant de lui tourner le dos pour entrer dans la cabine.

Mais pendant qu'elle faisait volte-face, Mark à ses côtés, elle croisa le regard de Greg.

— Tu ne te débarrasseras pas de moi aussi facilement, dit-il.

Les portes se refermèrent en coulissant.

Mark gardait le regard rivé droit devant lui.

— Tout se passe bien.

Lindsey lui décocha un regard courroucé. Elle en avait ras le bol des hommes. Dans la cabine, le silence fut brisé par les petites sonneries des étages, puis :

— Je vous imagine mal ensemble, dit Mark.

Elle rit. Amèrement.

— Moi aussi.

Il ne posa pas de questions, et elle ne s'attarda pas sur le sujet. Quand ils s'installèrent à l'arrière d'un taxi, Lindsey était sur le point de hurler tant le silence s'éternisait. Elle se tourna vers Mark.

— Hurle-moi dessus, fais un truc. Cette tension me rend dingue.

Mark était confortablement installé sur la banquette, l'air décontracté.

— Ce qui est fait est fait.

Il se tut comme si c'était suffisant.

— D'accord, dit-elle en détournant son attention de lui. Puisque ça doit se passer de cette façon, très bien.

Elle sentit son regard sur elle, mais ne le regarda pas.

— Je n'apprécie pas tes petits jeux.

Elle tourna la tête.

— Mes petits jeux ? demanda-t-elle. Quels jeux ?

— Ton petit numéro, ce matin.

— Parce que tu crois qu'il suffit que tu exiges de m'accompagner pour que je fasse ce que tu dis ?

— Quand ça concerne Paxton ou cette affaire, évidemment. (Il pinça les lèvres, les yeux étrécis.) Ose me dire que j'ai tort, Lindsey.

À sa voix, elle comprit qu'il la défiait de le contredire. Elle tourna la tête, le regard perdu à travers la vitre, luttant contre la vague de colère qui grondait en elle. Quelle horrible envie de l'envoyer paître !

— Tu es comme eux.

— Comme qui ?

Merde. Elle avait vraiment parlé à haute voix ? Elle croisa les bras.

— Personne.

Elle refusait de le regarder.

Il posa la main sur son bras.

— Qui ?

— Mon père, dit-elle, sa colère prenant le dessus. Greg.

Voilà, c'était dit. Elle poursuivit moins fort, mais avec une intensité inébranlable, en le toisant sévèrement :

— Les hommes qui ont besoin d'avoir la mainmise sur tout, de tout contrôler.

Il parut surpris.

— Que vient faire Greg là-dedans ?

— Lui et mon père ont tout organisé à l'avance. (Sa voix était teintée d'amertume.) Greg était exactement le genre d'homme que mon père voulait attacher à moi et à Paxton.

— Mais tu ne voyais pas les choses de cette façon ? supposa-t-il.

Elle éprouva du regret au souvenir de ses erreurs passées.

— J'ai retrouvé toute ma tête. Quand Greg m'a demandé en mariage, j'ai refusé.

Il leva un sourcil interrogateur.

— Aussi facilement que ça ?

— À t'entendre, ça paraît simple. Mais ça ne l'a pas été. Il a fallu qu'une fille meure pour que j'ouvre les yeux. Avant ça, j'aurais fait n'importe quoi pour plaire à mon père.

— Même épouser Greg ?

Elle détourna le regard, incapable d'affronter la vérité, encore plus de l'admettre à haute voix.

— Je ne me suis pas mariée avec lui. C'est tout ce qui compte.

Il se tint si longtemps silencieux qu'elle eut du mal à ne pas le regarder. Finalement, il dit :

— Je ne suis pas comme eux.

Elle avait envie d'y croire, mais quelques heures plus tôt, il avait essayé de la dominer. Elle ne répondit pas. À quoi bon ?

Mark ne toléra pas son absence de réaction.

— Tu pourrais dire quelque chose, Lindsey ?

Elle lui fit face.
— Que suis-je censée dire ?
Un éclair de colère traversa son regard.
— Pourquoi j'ai tort de m'inquiéter pour toi alors qu'un taré tue des femmes qui te ressemblent ? (Son visage se durcit.) C'est ça qui fait de moi un homme dominateur ? Ça fait de moi un connard ? Si c'est le cas, je préfère vivre avec cette idée plutôt qu'il t'arrive quelque chose.
Lindsey déglutit, la gorge si serrée par la culpabilité qu'elle étouffait presque.
— Mark...
Il l'ignora. Elle ne savait pas quoi dire. Se tournant vers la vitre, elle s'appliqua à donner un sens au tourbillon des messages contradictoires qui s'entrechoquaient dans sa tête.
Elle ne savait plus où elle en était avec Mark. Peut-être qu'il ne faisait que s'inquiéter pour elle ? Mais, d'un autre côté, sa sollicitude n'était peut-être qu'une tactique pour la manipuler...

À peine eurent-ils mis le pied dans le hall d'accueil du cabinet Paxton que Judy les accueillit avec des messages qu'elle tenait à la main.
— Le téléphone n'arrête pas de sonner, dit-elle d'une voix lasse en glissant son crayon derrière son oreille. Tout le monde a appris que vous étiez tous les deux de retour. (Elle poursuivit en s'adressant à Lindsey.) Votre père a appelé, il avait plutôt l'air de mauvaise humeur.
Lindsey fit la moue.
— Comme d'habitude, en somme.
Judy rit.
— Un peu plus énervé que d'habitude, dit-elle, en feuilletant les messages. Ah, oui, un homme a téléphoné plusieurs fois. Il a dit qu'il s'appelait Todd

mais il a refusé de me donner son nom de famille ou de laisser un message.

Mark et Lindsey se consultèrent du regard.

— Le petit copain ? avança Lindsey, sourcils froncés.

— Sûrement, dit Mark. Nous lui avons laissé plusieurs messages.

— Oui, mais pourquoi refuser de donner son nom et son numéro ? C'est bizarre. (Elle haussa les épaules.) Je vais essayer de le rappeler.

Il hocha la tête.

— Je vais demander à Maggie de commander le déjeuner. Tu veux quelque chose ?

— Oui, avec plaisir. Elle saura quoi me prendre, répondit Lindsey, tout en réfléchissant aux étranges appels de Todd.

Entrant dans le bureau de son père, Lindsey se laissa choir dans le fauteuil avec un bruit sourd, en regrettant que ce ne soit pas le sien, son espace à elle. D'une certaine façon, cela l'aiderait à accepter l'idée d'un avenir chez Paxton. À l'inverse, s'asseoir dans le bureau de son père lui donnait l'impression d'étouffer sous ses désirs.

À commencer par celui de régenter sa vie.

Mais ce qui la bouleversait vraiment, c'était de se disputer avec Mark. Elle se mordit la lèvre. Leur nuit avait été merveilleuse. Pour la première fois depuis longtemps – non, peut-être la première fois depuis toujours – elle s'était sentie femme et unique avec un homme, mais aussi… elle chercha le mot juste… à égalité. Oui. Elle avait l'impression que c'était exactement ce qu'ils avaient vécu ensemble. Un partage. Un échange.

Et à la lumière d'un jour nouveau, que s'était-il passé ?

Faire preuve d'honnêteté envers soi-même n'était pas toujours facile. Personne n'avait envie d'accepter les cruelles vérités sur ses propres choix et décisions. Ses peurs. Et Mark lui fichait la trouille. Avec lui, elle ressentait des choses qu'elle refusait d'éprouver. Des choses qu'elle ne voulait même pas nommer. Leurs disputes la perturbaient plus que de raison. Au fond d'elle, elle le savait, ses sentiments pour Mark grandissaient, bien trop rapidement.

Comme si ce n'était pas suffisant, retourner au tribunal l'avait replongée dans un flot de souvenirs. Ça, elle s'y était attendue. Mais, à sa grande surprise, ils n'étaient pas tous si mauvais que ça. En fait, ils étaient, pour l'essentiel, bons. Pour la première fois depuis plusieurs années, elle remettait ses convictions en question. Paraître dans une salle d'audience lui avait redonné de l'énergie. Une partie d'elle s'était sentie plus vivante que jamais au cours de ces dernières années. Tout cela alors qu'elle n'avait fait que rester assise derrière une table, à observer Mark, à imaginer sa propre intervention à sa place.

En vérité, elle avait adoré le défi qu'avaient représenté toutes les affaires qu'elle avait défendues. La vive excitation de la victoire. Plantant ses coudes sur le bureau, elle enfouit son visage dans ses mains. Si seulement cette femme n'avait pas été assassinée. Ce meurtre la hantait depuis des années.

Un rayon de soleil filtra soudain à travers la fenêtre, comme si un nuage s'était déplacé. Chaud et fort, il touchait son visage, amplifiant son malaise. Elle se leva pour fermer les stores, et changer la pièce en boîte obscure. Pile en accord avec son humeur.

Elle n'avait pas rappelé son père, même si elle savait qu'elle devait le faire. Vu l'état dans lequel il était quand il avait parlé à Judy, il avait certainement eu vent de la présence de Mark. Le cabinet avait besoin de Mark, mais son père ne verrait pas les choses de cette manière. Que ferait-il si elle refusait de prendre la direction du cabinet ? Fermant les yeux, elle rassembla son courage pour décrocher le combiné. Ses doigts composèrent le numéro de Todd. Pas de réponse, une fois de plus. Elle laissa un nouveau message. Puis, à court d'excuses, elle appela le numéro de son père.

Dès qu'il entendit sa voix, il passa à l'attaque.

— Lindsey, que se passe-t-il là-bas ?

Elle opta pour une voix neutre.

— Ça s'est bien passé au tribunal.

Il grogna dans le téléphone.

— Tu sais très bien ce que je veux dire. Que fiche Mark Reeves dans mes bureaux ?

Tout se passait bien.

— Papa, écoute…

— Non, c'est toi qui vas m'écouter, souffla-t-il. Je veux qu'il déguerpisse immédiatement !

Entortillant le fil du téléphone autour de sa main, elle se força à répondre calmement.

— Je ne peux pas faire ça.

Dans le silence tendu qui s'ensuivit, elle sut qu'il était ahuri de la voir mépriser ses ordres.

— Tu peux et tu vas le faire.

Si elle paraissait ferme, contrarier son père ne lui était jamais facile.

— Non, je ne peux pas.

— Ne me mets pas en rogne, Lindsey, l'avertit-il.

Cette fois, elle franchit la ligne invisible à ne traverser sous aucun prétexte.

— Soit il reste, soit je pars.

Un silence, aussi épais qu'un édredon, s'installa entre eux.

— Quoi ?

Elle répondit d'une voix faible :

— Je ne suis pas capable de suivre l'affaire Williams sans lui.

Il s'en moquait.

— Si, tu en es tout à fait capable, et c'est ce que tu vas faire, dit-il d'un ton mordant. Je te préviens, Lindsey Paxton, tu ferais bien de te débarrasser de lui avant demain ou c'est moi qui le ferai. Ça ne me dérangerait pas de le faire foutre dehors par la sécurité.

Elle serra les dents.

— Je ne le renverrai pas. C'est nous deux ou rien. Il reste ou je pars.

— Vire-le.

Il raccrocha.

Elle avait l'estomac noué. Combiné en main, un peu sonnée par la fin de la conversation, elle était incapable de se résoudre à bouger. Un coup donné à la porte la fit sursauter, lui faisant lâcher le téléphone. Il heurta le bureau et tomba par terre.

— Entrez, cria-t-elle en se baissant pour le ramasser.

— Regardez ce que j'ai pour vous !

Lindsey reconnut la voix de Judy. Elle remit le combiné en place et la vit se précipiter vers elle avec un vase rempli de roses.

— Quelqu'un vous a envoyé des fleurs.

Les installant sur un coin du bureau, Judy recula pour mieux apprécier le bouquet.

— Elles sont si jolies, s'émerveilla-t-elle avec un grand sourire.

Lindsey n'avait pas besoin de lire la carte pour deviner qui les avait envoyées. C'étaient des roses roses typiques de Greg. Elle avala sa salive, tentant de dominer cet étrange sentiment de claustrophobie que l'association de Greg et de son père éveillait toujours en elle.

La réalité s'imposa durement. Ce n'était pas pour fuir le tribunal qu'elle était partie. C'était à cause d'eux.

— Vous ne regardez pas la carte ? demanda Judy, les yeux brillant de gaieté.

Lindsey pinça les lèvres.

— Non, répondit-elle. Je sais de qui elles viennent.

Maggie entra à cet instant pour apporter le déjeuner de Lindsey. Elle se figea dans l'encadrement de la porte.

— Oh, mon Dieu, dit-elle avant de se remettre en marche, Greg sait que vous êtes revenue, je vois.

Lindsey bougonna.

— Oui, répondit-elle d'une voix crispée. C'est lui qui représente le ministère public dans l'affaire Williams. Vous y croyez, vous ?

Le visage de Maggie s'emplit de compassion tandis qu'elle déposait le sac de nourriture sur le bureau.

— Je suis désolée, dit-elle en tapotant la main de Lindsey. Je sais que c'est difficile pour vous.

Lindsey lui adressa un regard reconnaissant. Judy, les mains sur les hanches, voulut savoir :

— Qui est Greg ?

Maggie lui décocha un regard réprobateur.

— Personne d'important. (Elle fronça les sourcils à l'intention de Lindsey, ce qui lui arrivait très rarement.) Il y a quelqu'un pour répondre au téléphone ?

Judy porta instantanément les mains à sa poitrine.

— Doux Jésus. Les fleurs m'ont fait tourner la tête, et j'ai complètement oublié le standard.

Alors qu'elle s'apprêtait à quitter la pièce, elle jeta un regard par-dessus son épaule.

— Je suis désolée, ajouta-t-elle avant de disparaître.

Maggie observa Lindsey.

— Ça va ?

Lindsey fit oui de la tête. Mais Maggie n'était pas rassurée.

— Ça n'a pas l'air, vous êtes pâle. (Elle montra le repas.) Peut-être que manger vous fera du bien.

Lindsey regarda le sac.

— Je n'ai pas très faim. Ça intéressera peut-être quelqu'un d'autre ? Je vais quand même garder la boisson.

Elle lui adressa un petit sourire.

— Vous êtes sûre ? demanda Maggie, inquiète.

Lindsey sourit sans conviction.

— Oui, j'en suis sûre.

Une idée lui vint. Si quelqu'un connaissait le passé...

— Maggie, que s'est-il passé entre mon père et Mark ?

— Oh, je ne sais pas vraiment. Ça se résume à un seul fait : personne ne contrarie votre père sans en payer le prix.

Lindsey soupira.

— Je vois. Quelles conséquences a eues le départ de Mark sur le cabinet ?

— Je sais que nos rentrées ont chuté de plus de cinquante pour cent. (Elle hésita avant d'ajouter :) Je les ai entendus se quereller juste avant que Mark ne claque la porte. À propos du choix de la clientèle et de tous ceux qui ne paient pas les honoraires.

Ça se tenait. Mark n'avait pas eu le mauvais rôle dans l'histoire. Il avait essayé de sauver le cabinet.

— Mark est dans son bureau ?

Maggie hocha la tête.

— Oui, je viens de lui apporter son repas.

— Très bien, merci, Maggie. (Elle se leva.) Je vais le voir.

— Mark ?

Il leva les yeux du dossier posé devant lui. Il aurait reconnu la voix de Lindsey entre mille. Il était justement en train de penser à elle. Si les pensées avaient le pouvoir de faire apparaître quelqu'un, les siennes l'avaient amenée jusqu'à son bureau.

— Tu as une minute ?

Elle avait le visage crispé. S'adossant à son fauteuil, il l'invita d'un geste à entrer.

— Qu'est-ce qui ne va pas ?

— Mon père, déclara-t-elle.

Tout était dit.

— Il a appris que j'étais revenu et il veut que je dégage immédiatement.

Elle écarquilla les yeux en s'installant dans le fauteuil en face de lui.

— Oui, exactement. Comment le sais-tu ?

— Je m'y attendais.

Edward était pour le moins prévisible.

— Il a menacé d'envoyer la sécurité pour te mettre dehors.

Mark s'écarta du bureau et se leva. Il contourna le bureau et s'appuya dessus, face à elle. Près mais pas trop. Edward n'était pas son vrai sujet d'inquiétude.

— Que veux-tu ?

Elle n'hésita pas.

— Je veux que tu restes.

— Tu en es sûre ? demanda-t-il. (Ses reproches le rongeaient toujours.) Tu as dit que j'étais comme lui.

Elle baissa les yeux.

— J'étais énervée.

Elle releva la tête. Il avait besoin de savoir où ils en étaient.

— Ça ne m'avance pas à grand-chose.

— Mark, je…

Sa voix se brisa. Il la scruta.

— Qu'as-tu dit à Edward ?

Sa réponse serait révélatrice. Elle redressa le menton comme si elle voulait lui permettre de lire la vérité dans ses yeux.

— Je lui ai dit que si tu partais, je partais aussi.

Il lui prit la main pour l'inviter à se lever, et la prit dans ses bras. Elle se blottit contre lui sans hésiter, la main sur son torse, levant vers lui ses yeux doux, trop verts.

— Qu'a-t-il répondu ? demanda Mark.

Une lueur de détresse passa dans les yeux de Lindsey. Sans se rendre compte de son geste, elle serra sa chemise dans son poing.

— Il m'a raccroché au nez.

Malgré lui, Mark en fut vaguement amusé. Il aurait adoré être une petite souris quand Lindsey lui avait mis les poings sur les i. Mais elle était affligée, et il comprenait pourquoi. Il lui frotta le dos.

— Tout va s'arranger. Je te le promets. Laisse-moi le temps de réfléchir, et nous en reparlerons avant la réunion. Ça te va ?

— Comment peut-il exiger que je fasse tout toute seule ? dit-elle comme si un mur avait été abattu et qu'elle eût décidé de se confier à lui. Je n'ai jamais mis le nez dans la comptabilité, et diriger les associés, c'est nouveau pour moi. Je ne peux pas m'occuper seule de l'affaire Williams…

Mark l'interrompit d'un baiser tendre, posant les lèvres sur les siennes d'un geste rassurant. Quand elle leva la tête, il lui sourit.

— Ça va s'arranger, c'est promis.

— Pourquoi te déteste-t-il autant ?

Mark ne dit rien. Il n'avait pas raconté à Lindsey ce qui s'était passé avec Edward, mais le moment était venu.

— Nous n'étions jamais d'accord sur la façon de travailler.

Elle saisit sa cravate.

— Ne fais pas de mystères, s'il te plaît.

Il posa la main sur son visage.

— Alors toi non plus, ne fais pas de mystères. Donne-moi une chance avant de me juger.

Malgré son air coupable, elle répondit, sur la défensive :

— J'avais une bonne raison de ne pas t'emmener avec moi voir Steve.

— Tu t'es enfuie pendant que j'étais sous la douche. C'était un coup bas.

Elle blêmit.

— Si tu n'avais pas exigé…

— Je me faisais du souci.

— Je suis capable de m'occuper de…

Il la fit taire en l'embrassant avec gourmandise, comme s'il buvait sa salive, par de longs coups de langue sensuels. Lindsey était comme le bon vin, parfaite dès la première goutte, et donnait aussitôt envie d'en avoir plus.

Et Mark en voulait plus. Dès l'instant où sa langue entra en contact avec la sienne, elle se détendit contre lui, noua les bras autour de son cou, le corps à la dérive. Ses sens l'éclairaient sur son comportement. Sur son besoin irrésistible d'explorer le lien qui s'était tissé entre eux. Que ce soit bien ou mal, ce qu'ils partageaient était trop ardent pour être ignoré.

Quand ils reprirent leur souffle, il se pencha à son oreille.

— Je ne cherchais pas à te contrôler.

— Je sais, murmura-t-elle.

Il s'écarta pour la regarder dans les yeux.

— Vraiment ?

Elle sourit.

— En ce moment, dans tes bras, après ce merveilleux baiser, dit-elle, oui.

Il rit.

— Je crois que je vais m'en tenir à cette réponse.

— Si tu as le temps, je peux te raconter ce que Steve m'a dit. (Elle indiqua le sac contenant son repas, auquel il n'avait pas encore touché.) Tu pourras manger pendant que je parle.

Il acquiesça.

— Bon programme.

— Ensuite nous pourrons réfléchir au meilleur moyen de nous y prendre avec mon père.

— Je vais me charger d'Edward.

Elle le fixa du regard.

— Pas sans me dire comment. Nous fonctionnons ensemble ou pas du tout.

Mark sourit intérieurement. Lindsey n'avait pas la moindre idée de tout ce qu'elle venait de lui offrir.

8

Si un autre taxi avait le malheur de passer devant elle sans s'arrêter, ignorant qu'elle le hélait du bord trottoir, elle allait lui lancer quelque chose.

Comme si ses pensées avaient eu de l'effet, une voiture pila juste devant elle.

— Enfin, murmura-t-elle en ouvrant la portière pour se glisser sur la banquette.

— Où allons-nous, ma petite dame ? aboya le chauffeur sans même un regard vers Lindsey, qui plongea la main dans son attaché-case. J'ai dit, on va où, madame ?

— Un instant, répondit-elle sèchement en cherchant l'adresse de Todd Rogers.

Elle finit par la trouver et la voiture redémarra en trombe, provoquant coups de klaxon et jurons auxquels elle ne prêta aucune attention. Ça faisait partie de la vie new-yorkaise autant que la pizza.

Elle pensa à Mark. À la facilité avec laquelle elle était retombée dans ses bras, en oubliant leur dispute. Elle avait même apprécié de partager ses suppositions sur l'éventuel lien avec le Nevada. Mais une fois son déjeuner terminé, il avait paru pressé de lui dire au revoir. Et secret quant aux raisons de la quitter. Plus elle y pensait, plus elle se demandait s'il ne l'avait pas manipulée pour obtenir ce qu'il voulait à grand renfort de baisers. Ce qui signifierait qu'il avait précisément fait ce qu'elle ne voulait pas... la contrôler.

Alors, perturbée à l'idée que Mark puisse la mener par le bout du nez, elle avait quitté son bureau, et puisque Todd était injoignable par téléphone, elle avait décidé d'aller lui rendre visite une nouvelle fois.

Le taxi s'arrêta à destination bien avant qu'elle ait fini de faire le tri dans le tourbillon de ses pensées.

Todd Rogers vivait à Bleeker Street, en plein cœur de Greenwich Village, le cœur du quartier des artistes. Comme c'était l'un des quartiers les plus chers de la ville, Lindsey supposa que sa famille avait de l'argent, ou qu'il partageait son logement avec tout un tas de colocataires. En descendant de voiture, elle considéra les vieux bâtiments avec attendrissement. Ce coin regorgeait de boutiques, de bons restaurants et témoignait d'une architecture élégante. Proche du campus, il était plein de gens à skateboard, à vélo et d'une foule de piétons. Déjà animé en journée, il était encore plus vivant le soir. Les clubs et les bars se succédaient sur les trottoirs, autant que les restaurants et les commerces.

L'adresse de Todd était un bâtiment niché entre un restaurant de pizzas à emporter et un coiffeur. Il paraissait petit, avec moins de dix étages, comparé aux nombreux gratte-ciel typiques de la ville. Comme il n'y avait pas de portier, Lindsey pénétra directement dans la petite entrée qui comprenait les boîtes aux lettres et donnait sur les logements du rez-de-chaussée. Notant l'escalier étroit qui menait aux étages, et l'absence d'ascenseur, elle se félicita que Tom vive au premier niveau.

À peine avait-elle frappé que la porte s'ouvrit, la faisant sursauter. Grand, élancé, vêtu en jean, l'homme qui l'accueillit arborait tout l'attirail du cow-boy, y compris un Stetson sur la tête. Le chapeau cachait ses yeux, mais elle sentit son regard appuyé la déshabiller. Un sentiment de malaise l'envahit. Une sueur froide la fit frissonner.

— Todd Rogers ?

Il repoussa le bord de son chapeau en arrière, révélant des pommettes taillées à la serpe et des yeux bleus perçants.

— Non, mais je le regrette, dit-il en s'appuyant à l'encadrement de la porte, les pieds croisés.

Lindsey refréna son agacement. Pourquoi l'obligeait-il à poser la question évidente ?

— Quand sera-t-il là ?

— Eh bien, ça dépend qui le demande, répondit l'homme avec un accent traînant typiquement texan.

— Je suis Lindsey Paxton et j'enquête sur la mort d'Elizabeth Moore. Alors, dit-elle sans s'étendre, quand sera-t-il de retour ?

Il la jaugea longuement.

— C'est triste pour Elizabeth.

S'il semblait sincère, quelque chose dans sa voix la mit en alerte. Peut-être ses paroles étaient-elles un peu trop plates. Comme si ce n'était pas vraiment important. Lindsey plissa les yeux.

— Vous la connaissiez ?

— Difficile de ne pas la connaître. Elle est sortie avec mon coloc pendant un an. Une vraie fêtarde, c'est sûr. J'ai dit à Todd qu'il valait mieux qu'il la calme. Me suis pas trompé. Jamais bon pour une fille comme elle de traîner comme elle le faisait.

Lindsey s'apprêtait à répondre quand des bruits de pas annoncèrent l'arrivée d'un visiteur. Elle se retourna au moment où un homme s'arrêtait à côté d'elle.

— Salut, Rogers. Tu as de la visite, annonça le cow-boy.

Habituée à évaluer les gens au premier coup d'œil, Lindsey jaugea le nouvel arrivant. De corpulence moyenne, il n'avait rien de commun avec son colocataire. Des lunettes sur le nez, des yeux noisette. Des cheveux noirs, une coupe classique en harmonie avec son style vestimentaire de jeune cadre dynamique. Les opposés s'attirent, comme on dit, et cela s'appliquait tout à fait à Todd Rogers et son colocataire.

Elle lui tendit la main.

— Monsieur Rogers, je suis Lindsey Paxton. J'aimerais vous parler d'Elizabeth.

Il écarquilla les yeux. Elle pensa aussitôt à Jack l'Éventreur, un homme d'affaires des plus traditionnels qui cachait bien son côté sombre. Était-ce le cas de Todd Rogers ? Cachait-il des penchants criminels derrière son apparence proprette ?

— Qui représentez-vous, mademoiselle Paxton ? demanda-t-il sans perdre de temps.

— Je suis du FBI. (Ce qui n'était pas un mensonge à proprement parler. Elle appartenait au FBI. Elle était seulement en congé.) Souhaitez-vous voir ma plaque ?

Il secoua la tête en la précédant à l'intérieur.

— Non, entrez.

Le cow-boy enleva son chapeau et se fit petit pour laisser passer Todd. Attendant qu'il bouge, elle fut surprise de contaster qu'il restait dans l'entrée. Il lui fit signe d'avancer, une lueur de défi dans le regard. Lindsey haussa un sourcil.

— Laisse tomber. Écarte-toi de mon chemin.

Le cow-boy rit et obtempéra sans se presser.

Une fois à l'intérieur, Todd lui indiqua une petite table de cuisine en bois flanquée de chaises. Prenant place, elle sortit son carnet et son stylo.

— Désolé pour Rick, dit-il en montrant la porte. C'est un vrai tombeur.

Elle en conclut que le cow-boy s'appelait Rick.

— Et pas vous ?

Il rit.

— Non, pas vraiment. En fait, si Elizabeth n'était pas venue vers moi, je n'aurais peut-être jamais eu la chance de la connaître.

L'allusion de Rick aux habitudes festives d'Elizabeth lui revint subitement à l'esprit.

— Où l'avez-vous rencontrée ?

— Dans un bar.

— Au *Pink Panther* ?

Il écarquilla les yeux.

— Oui, c'est Rick qui vous l'a dit ?

L'intéressé répondit dans son dos :

— Nan, je n'ai rien dit du tout.

Lindsey ne se donna pas la peine de se retourner. Elle savait qu'il était là avant qu'il ouvre la bouche. Elle sentait son regard peser sur elle. L'ignorant, elle se concentra sur Todd.

— Pourquoi avez-vous rompu ?

Il enleva ses lunettes et se frotta les yeux de ses pouces. Sa réponse ne tomba qu'après un long moment de réflexion.

— Je crois que ça n'allait pas entre nous, en fait.

Rick intervint :

— Il veut dire qu'un seul homme ne lui suffisait pas. Elle aimait s'amuser.

Lindsey observa Todd dont le regard s'assombrit.

— Écoutez, mademoiselle Paxton, j'aimais Elizabeth mais je ne vois pas ce que tout cela a à voir avec sa mort. Williams ne doit pas passer en jugement ?

Lindsey opina.

— Oui mais les preuves sont circonstancielles, dit-elle honnêtement. S'il n'y en a pas d'autres, il pourrait être libéré.

Elle vit qu'il comprenait.

— Alors dites-moi ce que je peux faire.

Il lui facilitait la tâche, si désireux de l'aider sans poser de questions qu'elle n'eut pas besoin d'expliquer son rôle dans l'affaire. Petite nuance qui lui était d'un grand secours.

— J'aimerais que vous me donniez tous les détails susceptibles de m'être utiles.

Ils passèrent l'heure suivante à parler d'Elizabeth, de ses habitudes, de ce qu'elle aimait et n'aimait pas. De choses que ses parents ignoraient, des aspects que les étudiants préféraient cacher à leur famille. Les interventions de Rick, bien qu'agaçantes, n'étaient pas sans intérêt. À plusieurs reprises, il précisa des points que Todd omettaient, lui donnant l'occasion de développer. Une fois qu'elle eut l'impression d'avoir fait le tour de ses questions, Lindsey se leva en s'étirant.

— Bon, vous m'avez donné de nombreuses informations à vérifier. Je vous remercie de m'avoir accordé du temps.

Prochain arrêt, le *Pink Panther*.

Elle y arriva en quelques minutes de marche, le bar n'étant situé qu'à quelques rues de chez Todd. La devanture rose, qui ressortait parmi les rangées de bâtiments, ne la surprit pas. Elle glissa ses lunettes de soleil dans son sac à main tout en ouvrant la porte. Ses yeux eurent du mal à s'habituer au faible éclairage fluorescent. Clignant des paupières, elle resta immobile, le temps de s'adapter. Des ombres dansaient le long des murs, et elle en chercha l'origine. D'étranges projecteurs arc-en-ciel étaient placés dans tous les coins de la salle. Esquissant quelques pas hésitants, elle balaya les lieux du regard. Des tabourets hauts et des tables étaient alignés autour d'une vaste piste de danse. Une porte ouverte à l'opposé de la salle lui permit d'entrevoir des tables de billard au tapis en velours rose. *La classe*, se dit-elle.

Un comptoir courait sur toute la longueur du mur opposé. De la fumée s'élevait en volutes d'un cendrier posé près de la caisse enregistreuse. Bingo. Un signe de vie. Elle se dirigea vers ce point, déterminée à obtenir des réponses à ses questions avant de poursuivre sa route. Cet endroit lui donnait la chair de poule. Savoir qu'il était d'une façon ou d'une autre lié à quatre victimes – voire plus, si Hudson et Williams étaient innocents – ne faisait qu'aggraver son malaise.

Elle se pencha par-dessus le comptoir pour jeter un regard par la porte ouverte en face d'elle.

— Bonjour, cria-t-elle.

Pas de réponse. Elle recommença, plus fort.

— Bonjour !

Cette fois, un homme corpulent aux allures d'ours mal léché surgit par la porte, une cigarette pendant aux lèvres. Il regarda Lindsey, puis le cendrier.

— Merde, j'ai recommencé.

Il s'approcha et écrasa sa cigarette ; reporta son attention sur Lindsey, visiblement énervé.

— Vous voulez quoi, madame ?

Sympa, se fit-elle la réflexion.

— J'ai quelques questions au sujet de certaines filles qui ont fréquenté votre établissement.

Il ricana.

— Hé, si leurs papiers d'identité disaient qu'elles étaient majeures, nous n'avons fait que notre boulot.

Coupable, le salopard.

— Je n'avais pas pensé à vérifier vos méthodes de contrôle de l'âge des clientes, mais vous ne manquez pas de bonnes idées.

Il s'emporta aussitôt.

— Ne faites pas la maligne avec moi, petite dame. Que voulez-vous exactement ?

Lindsey l'observa.

— J'aimerais en savoir plus sur quatre filles qui sont venues faire la fête chez vous la nuit où elles ont été assassinées.

— Jamais entendu parler de filles assassinées, grogna-t-il d'une voix bourrue.

— On dirait que nous avons de la visite, fit dans son dos une voix avec une pointe d'accent.

Lindsey se retourna, dos au comptoir, pour faire face au nouveau venu. Il était grand, le teint hâlé, et arborait un air menaçant qui lui donna des frissons. Il marcha vers elle d'un pas lent, se déplaçant avec grâce et arrogance. Son pantalon foncé et sa veste assortie étaient luxueux et bien taillés. Il empestait l'argent, le pouvoir et autre chose de plus lugubre. Le mot « diabolique » lui vint à l'esprit.

— Elle a parlé de filles qui auraient été assassines, grommela le barman.

— Vraiment ? demanda le sinistre inconnu, s'avançant tranquillement vers Lindsey pour s'arrêter trop près d'elle à son goût.

Il la fixa de ses yeux d'un noir de charbon, sous d'épais sourcils foncés qui lui donnaient l'air austère. Pour certaines, il aurait pu paraître attirant. Pour Lindsey, c'était un homme dangereux.

— Paxton, c'est ça ?

Lindsey faillit exprimer sa surprise. Qu'il sache qui elle était lui paraissait impossible. Elle réussit à rester impassible. Afficher un quelconque signe de faiblesse semblait imprudent.

— Et vous êtes ?

— Victor Ruzo, mademoiselle Paxton, dit-il calmement, presque froidement. Propriétaire du *Pink Panther*.

Il balaya les lieux d'un geste de la main.

— Exactement l'homme à qui je voulais parler, dit-elle.

Il s'appuya sur le comptoir, le regard scrutateur.

— À propos des meurtres, dit-il comme si le sujet piquait sa curiosité.

Lindsey sentit son calme la quitter, mais elle se félicita d'avoir longuement pratiqué au tribunal l'art de ne rien montrer.

— Oui, dit-elle en s'accoudant au comptoir comme lui, pour imiter sa nonchalance. Pourriez-vous me parler de ces filles qui ont été assassinées ? (Elle marqua une pause.) Vous les connaissiez bien ?

— Puis-je vous offrir quelque chose à boire ? proposa-t-il en changeant de sujet, tout en faisant signe au barman.

— Besoin d'un petit quelque chose pour vous calmer ? demanda-t-elle.

Il rejeta sa question d'un geste.

— Vodka, Larry, et sers-en une à madame aussi. (Puis il se reporta sur Lindsey.) Je ne connaissais aucune de ces filles, mademoiselle Paxton.

Elle rejeta sa réponse.

— Elles fréquentaient toutes ce bar.

Larry apporta les verres. Victor prit le sien, but lentement avant de croiser le regard de Lindsey pardessus le rebord de son verre.

— Je mets un point d'honneur à me tenir au courant de certaines choses. (Il la considéra avec provocation.)

Surtout celles qui ont des conséquences directes sur mes affaires.

Lindsey parut intriguée.

— Et en quoi cela a-t-il eu des conséquences sur vos affaires ?

Il reposa bruyamment son verre et posa le pied sur la barre métallique du comptoir.

— Le nom de mon bar a été cité plusieurs fois dans la presse. Il y a eu pas mal d'articles sur vous aussi. Sur vous qui l'avez fait acquitter pour qu'il recommence à tuer. Superbe photo, au fait. Une belle avocate, jeune, capable de faire libérer un assassin, de quoi attirer mon attention.

Ses mots lui firent l'effet d'une gifle, comme c'était son intention. Elle le fixa tout en s'efforçant de se ressaisir. Elle riposta tout à trac.

— Chacune de ces victimes a passé la soirée dans votre bar la nuit où elle a été agressée. C'est un scénario accablant, si vous voulez mon avis.

Il sourit.

— Je vous trouve très crispée. (Il lui fourra son verre entre les mains.) Ça vous ferait du bien de boire ça.

Comment pouvait-il se montrer aussi décontracté à l'évocation d'une série de meurtres clairement reliés à son établissement ?

— Vous n'avez pas fini d'entendre parler de cette affaire.

Poussée par le besoin de s'enfuir, Lindsey se dirigea vers la sortie.

— Revenez nous voir, Lindsey, dit-il dans son dos.

Elle serra les dents, dégoûtée par sa manière de l'appeler par son prénom, avec une telle familiarité. Il poursuivit du même ton :

— La prochaine fois, j'espère que nous pourrons faire plus ample connaissance.

Lindsey hâta le pas, s'interdisant de se retourner, et fut soulagée d'atteindre la porte. Elle la franchit et s'engagea dans la rue, pour buter contre un obstacle. Deux grandes mains la saisirent par les épaules, atténuant le choc de la rencontre.

— Oh, là, doucement, jolie dame.

Lindsey leva les yeux et n'en revint pas. Le colocataire de Tom, Rick, se tenait devant elle, ses mains s'attardant sur ses bras. Elle recula de quelques pas, avec la sensation d'avoir été agressée. Elle n'aimait pas ce jeune homme, et après avoir passé un moment avec Victor, elle se sentait d'autant plus sur la défensive.

Elle eut du mal à parler.

— Euh, désolée, bredouilla-t-elle.

Il lui répondit d'un grand sourire.

— Si jamais vous avez encore envie de me rentrer dedans, dit-il sans cesser de sourire, n'hésitez surtout pas.

Lindsey eut l'impression d'avoir épuisé ses ressources en matière de diplomatie.

— Pourquoi êtes-vous ici ? demanda-t-elle.

Il rit.

— Oh, trésor, vous me brisez le cœur. (Il posa la main sur son torse.) De toute évidence, vous ne partagez pas ma joie de vous revoir.

Lindsey répéta sa question avec plus d'autorité.

— Que faites-vous ici ?

Il sourit de toutes ses dents.

— Je travaille ici, bien sûr.

D'une démarche de prédateur, Mark franchit l'entrée principale de l'établissement de soins de longue durée où Edward Paxton était traité. Il traversa le hall avec assurance, remarquant à peine les regards curieux posés sur lui. S'arrêtant à la réception, il fut accueilli par une jeune infirmière brune qui lui donna le numéro de la chambre d'Edward.

Il était grand temps qu'il ait une conversation avec ce dernier.

Mark trouva la chambre vide. Contrarié, il s'apprêtait à faire demi-tour pour aller demander des informations dans l'entrée quand une silhouette, au-dehors, attira son regard. Edward était assis dans la cour, de profil. Mark fut choqué par son aspect physique. Il avait tellement changé ! Maigre et pâle, il n'avait plus rien de l'homme robuste qu'il était encore peu de temps auparavant, si bien qu'une telle transformation paraissait impossible.

Tendu, Mark s'éloigna de la fenêtre pour se diriger vers la cour. Peu importe qu'Edward soit en mauvaise santé, certains sujets devaient être tirés au clair. Se préparant à être mal reçu, Mark s'imposa rapidement devant le fauteuil roulant.

Edward écarquilla les yeux.

— Que diable fichez-vous ici ?

Il avait presque crié.

Une infirmière se dirigea aussitôt vers eux. Mark lui jeta un regard noir qui l'arrêta net, puis se concentra sur Edward.

— Nous devons discuter de deux ou trois choses.

Sa voix était sèche mais calme.

— Nous n'avons rien à nous dire. Foutez le camp d'ici et de mon cabinet, et partez loin de ma fille surtout !

— Vous avez refilé un sacré bazar à votre fille, Edward. Paxton est à six mois, au mieux, de la faillite.

— Foutaises, Reeves. Sans compter que ma fille est pleine de ressources.

Alors qu'il crachait ces mots, des rides profondes creusèrent son front.

Mark le considéra sans pouvoir y croire. Avait-il perdu la tête ? Cet homme n'était pas celui avec lequel il avait accepté de travailler quelques années plus tôt. Il plaçait ses désirs au-dessus du bonheur de sa fille. Et en plus, il mettait ses employés et ses associés en danger.

— Lindsey n'a même pas envie de travailler chez Paxton, et encore moins de diriger le cabinet, s'insurgea Mark. Bordel, elle n'a même jamais ouvert un livre de comptes. Elle n'est pas préparée à gérer une faillite, des associés furieux, ni aucun désastre d'une telle violence.

— Ma fille est une bonne avocate, affirma Edward sur un ton presque enfantin.

Mark écarquilla les yeux en soupirant. Il reprit la parole avec plus de gentillesse, mais assez de fermeté pour que ses mots atteignent leur but.

— Personne ne doute de ses talents d'avocate, à part elle-même. Réfléchissez bien, Edward. (Il n'aimait pas ce qu'il allait dire, mais ça devait être dit.) Et si jamais vous ne vous rétablissiez pas ? Vous voulez vraiment laisser Lindsey dans le pétrin ?

Edward eut brièvement l'air perdu, et même paniqué, puis il expira et inspira à plusieurs reprises et, entre ses dents serrées, il affirma :

— Je vais guérir.

Aucune allusion à Lindsey.

Mark était face à un homme qui n'avait plus prise sur la réalité. Malgré leurs différends, voir un vieil ami dans un si triste état le peinait. Ils avaient été proches à un moment donné. À présent, Lindsey avait besoin de lui, et il était décidé à l'assister. Il comptait même faire tout son possible pour la tirer de ce mauvais pas.

— Vous savez, Edward, je vous ai proposé de racheter vos parts mais vous avez refusé mon offre.

Maintenant vous êtes dans le pétrin jusqu'au cou. Vous n'avez pas vraiment d'options. (Mark se tut pour lui laisser le temps de réagir. Devant son silence, il poursuivit :) Sans moi, vous foncez droit vers la faillite. Essayez de faire appel à votre bon sens.

— Merde, ce ne sont pas vos oignons, gronda Edward.

Mark se sentait de plus en plus frustré.

— Lindsey ne pourra pas s'occuper de Paxton si le cabinet doit fermer. Votre seule chance de la garder est de redresser la barre. Lindsey m'a passé les rênes, en m'accordant les pleins pouvoirs.

Edward eut l'air ahuri, puis la colère tordit ses traits. Il brandit le poing et cria :

— Et je vous prive de ces pouvoirs.

Mark répondit d'une voix calme :

— Si vous intervenez, vous perdrez toutes les chances de voir votre fille revenir vivre à Manhattan. Elle mettra la clé sous la porte et retournera à Washington.

Edward, le visage sombre, le fusilla du regard.

— Je suppose que vous voulez aussi mes actions ? Espèce d'ordure, vous croyez que vous avez le droit de me prendre mon cabinet et ma fille ?

Mark se raidit, mais n'exprima aucune émotion. S'il détestait devoir se montrer dur envers un homme malade, il n'avait pas d'autre solution. L'autre était bien trop borné pour ne pas courir à sa perte.

— Je sais que je le peux, et vous aussi. Quelles options avez-vous ? Lindsey et moi avons tout organisé pour garantir sa présence pour un bout de temps. Voilà qui devrait au moins vous faire plaisir.

Edward le menaça de son long doigt décharné.

— Vous allez la faire partir, voilà ce que vous allez faire. Vous allez lui faire haïr le monde de la justice.

La loi compte pour elle. Pour vous, il n'y a que l'argent. Fichez-lui la paix.

Mark resta un long moment silencieux. Si seulement Edward savait avec quelle force il désirait que Lindsey reste, à quel point ils étaient sur la même longueur d'ondes, pour une fois...

— Votre stratégie de travail bénévole n'a pas dû marcher. Je me trompe ?

Mark laissa ses paroles en suspens, tout en observant la réaction d'Edward. Pour la première fois depuis qu'il le connaissait, Edward Paxton semblait à court de mots.

— Alors, reprit Mark, maintenant vous devez vous engager à ne plus vous en mêler. (Voyant qu'Edward allait l'interrompre, il l'arrêta d'une main levée.) Sinon je conseillerai à Lindsey de déclarer faillite.

Le visage du vieil homme s'empourpra.

— Allez au diable, Mark Reeves.

Mark répondit d'une voix posée, sans triomphalisme :

— Je dois comprendre que nous venons de passer un marché ?

— Ai-je le choix ?

Il était tellement résigné que sa voix était faible.

— Non, mais vous y gagnez une chance de garder votre fille à Manhattan. Vos projets étaient perdus d'avance. Un jour, j'espère que vous comprendrez que c'est la vérité. Lindsey a besoin que vous acceptiez qui elle est, pas que vous lui demandiez d'être ce qu'elle n'est pas. J'espère que vous ouvrirez les yeux avant que ce soit trop tard, et que vous réparerez vos torts.

Alors que le silence s'éternisait, il lui parut évident que le vieil homme ne répondrait pas. Il prit congé.

— Je vous laisse réfléchir. Bonne journée, Edward.

Le téléphone sonna en même temps qu'elle entrait dans le bureau de son père.

Elle avait espéré y trouver quelques minutes de paix pour rassembler ses esprits. Apparemment, c'était trop demandé. Elle s'élança dans la pièce mais la voix de Maggie retentit dans l'Interphone.

— Lindsey ?

Elle se força à cacher son agacement. Ce n'était pas la faute de Maggie s'il n'y avait pas moyen de trouver un moment de calme.

— Oui, Maggie ?

Maggie se racla nerveusement la gorge. Mauvais signe, songea Lindsey.

— Greg est en ligne.

Hésitant entre l'éviter et lui rentrer dedans de plein fouet, elle soupesa ses options sans réussir à trancher. *Zut*... Elle n'avait pas le cœur à régler son compte à Greg, mais il n'y aurait jamais de bon moment.

— Lindsey ? fit Maggie pour lui faire savoir qu'il était temps de se décider.

Avec une grimace, elle céda. Autant s'en débarrasser illico.

— Passez-le-moi, dit-elle en s'asseyant, tout en déposant ses affaires sur le bureau.

— Bonne chance, ma chère.

— Merci, j'en ai besoin, marmonna-t-elle pour elle-même.

Elle s'accorda quelques longues inspirations avant de prendre la ligne.

— C'est Lindsey.

Sa voix la fit tressaillir.

— Salut, beauté. Comment vas-tu ?

Lindsey leva les yeux au ciel. *Épargne-moi ton baratin, par pitié*. Elle répondit d'un ton sec mais poli.

— Merci pour les fleurs.

— Exactement comme avant, hein ? dit-il d'une voix douce pleine d'intentions opposées à celles de Lindsey.

Surtout ne pas le laisser poursuivre sur cette voie.

— Non, Greg, ce n'est pas comme avant, et ce ne sera plus jamais comme avant.

Il l'ignora, préférant s'en tenir à sa ligne de conduite. Ça, c'était effectivement comme avant.

— Viens dîner avec moi, ce soir.

Ce n'était pas une question, ce qui l'énerva encore plus, si toutefois c'était possible. Qu'y avait-il de difficile à comprendre dans « c'est fini » ?

— Je ne peux pas, Greg. Je croule sous le travail

— Ce n'est qu'un prétexte, nous le savons tous les deux, dit-il. Viens dîner avec moi et je te raconterai tout ce que je sais de l'affaire Williams.

Tactique typique de Greg. Lui faire miroiter quelque chose dont elle avait besoin pour l'appâter. Elle le maudit intérieurement, se mordit la lèvre inférieure, réfléchissant rapidement. C'était tentant de lui tirer les vers du nez. Il lui devait au moins ça, après l'enfer qu'il lui avait fait vivre à l'époque. Pourtant, elle n'était pas sûre de pouvoir supporter Greg pendant tout un dîner. Finalement, elle pencha pour la négative.

— Greg, je ne peux vraiment pas.

Il resta silencieux comme s'il cherchait le prochain angle d'attaque. Greg était pour le moins persévérant. « Non » ne faisait pas partie de son vocabulaire.

— Bon, alors, un café. Nous irons dans ton petit café préféré. (Sa voix se fit plus douce.) Je n'ai rien oublié de tes petits plaisirs.

Elle sentit tous les muscles de son corps se contracter. La simple idée qu'il comprenne quoi que ce soit à son sujet, et surtout à ses petits plaisirs, résonnait comme une blague. Pourtant, la logique lui soufflait qu'elle obtiendrait plus d'informations précieuses sur Williams en laissant Greg croire qu'il avait des chances de la récupérer. Elle n'aimait pas se servir des autres mais, en changeant son fusil d'épaule, elle jouerait franc jeu ; après tout, elle n'avait été qu'un pion sur son échiquier pendant des années.

— Bon, dit-elle lentement. On devrait pouvoir prendre un café ensemble.

Elle imagina sans mal son grand sourire suffisant quand il répondit.

— Super. Dix-neuf heures, ça te va ?

— Dix-neuf heures, parfait.

— Je passe te prendre au bureau. (Il ne lui laissait pas le choix, du Greg tout craché.) À tout à l'heure, Lindsey.

Il raccrocha.

Non ! Pas au bureau. Qu'allait penser Mark ? Lindsey considéra le téléphone, s'aperçut qu'elle serrait le combiné de toutes ses forces. Il ne pouvait pas venir au bureau. Ses doigts tapèrent le numéro qui était resté imprimé dans son cerveau parmi des tas de mauvais souvenirs. Quelques secondes plus tard, elle fut informée qu'il était absent. Raccrochant brusquement, elle resta figée, ruminant sur la situation délicate dans laquelle elle venait de se mettre.

Mais pourquoi disait-elle oui à tout avec Greg ? Il ne lui attirait que des ennuis.

Après quelques minutes de reproches, elle décida de tirer parti de la situation. Elle fit pivoter sa chaise et s'empara du dossier Williams sur l'étagère. S'il devait mettre sa vie en l'air, autant qu'elle lui arrache le plus d'informations possible. L'heure de relever ses manches, d'étudier chaque document et de dresser une liste complète de questions avait sonné.

Revoir les dossiers et contacter les témoins l'occupa jusqu'à la fin de l'après-midi. Téléphoner au bureau du doyen de NYU se révéla plutôt difficile. Le convaincre de partager des données personnelles sur des étudiants aussi pénible que se faire arracher une dent. Elle dut en venir à menacer la réputation de l'université pour obtenir un semblant de réponse. Quelques autres coups de fil furent totalement infructueux. Si Williams était innocent, il y avait forcément un lien entre ces filles quelque part. Elle savait qu'il en existait un.

Il était innocent, tout comme Hudson.

Son instinct le lui soufflait, et malgré ses réticences, comme toujours, c'est ce qui guidait ses pas. En dépit du passé, elle devait composer avec ce qui lui avait toujours été favorable. Et si Hudson était bel et bien innocent, alors son instinct ne l'avait vraiment jamais trompée. Elle avait simplement cru ne pas pouvoir s'y fier. Le seul moyen d'en sortir victorieuse était de retourner aux sources.

Elle épluchait les rapports d'enquête sur l'affaire Williams, profondément concentrée, quand un bruit la fit sursauter. Relevant la tête, elle découvrit Mark devant son bureau. Elle ne l'avait pas entendu entrer.

— Tu sais frapper à une porte, Mark ?

Il remarqua immédiatement les roses posés sur le bureau, puis reporta son regard sur elle.

— Marrant, j'avais cru que nous n'en étions plus à faire des manières de ce genre.

Sa voix était teintée de sarcasme.

Lindsey évita de regarder les roses. Il était en colère, mais il le cachait derrière son masque tout professionnel. Pourtant, c'était là, dans ses yeux et dans le ton de sa voix. Et cela la fit enrager. Entre son père, Greg, et l'homme qu'elle avait rencontré lors de ses investigations de terrain, elle avait dépassé son quota de mâles autoritaires pour la journée. Elle n'avait pas besoin que Mark en rajoute.

— Batifoler avec moi ne te donne pas le droit de bafouer mon intimité sur mon lieu de travail, lança-t-elle sèchement.

Mark plissa les yeux et une lueur de colère traversa son regard avant qu'il n'affiche un air distant.

— Ça se résume donc à ça ?

Il caressa du pouce un pétale de rose.

Lindsey se leva.

Tu sais, j'en ai jusque-là (elle posa la main sur le dessus de sa tête) des hommes et de leurs revendications territoriales sur moi et sur mon temps.

Les yeux de Mark s'assombrirent, tels deux puits profonds enflammés, tandis qu'il restait totalement immobile, à la fixer. Un long silence embarrassé suivit, puis il tourna les talons et se dirigea vers la sortie. S'il avait dit quelque chose, n'importe quoi, elle aurait trouvé une solution plus facilement que face à ce silence glacé. Elle éprouva des regrets qui se muèrent en vive douleur oppressante.

— C'est tout ? lança-t-elle dans son dos. Tu sors sans rien dire ?

Mark s'arrêta, se retourna au bout d'un certain temps. Et quand il lui fit face, elle vécut mal son air froidement détaché. Il dit d'un ton cassant, sans élever la voix :

— Je refuse de jouer à ça avec toi, Lindsey. Si ça continue, je vais te laisser seule avec ce foutoir.

Elle avait beau savoir qu'il valait mieux éviter de lui tomber dessus à bras raccourcis, elle paraissait incapable de se contrôler. Croisant les bras sur sa poitrine, elle lui rendit son regard.

— Je vois. On cherche une voie de sortie.

Sa mâchoire tressaillit, mais il n'afficha aucune émotion.

— Si je cherchais un moyen de partir, je ne serais pas allé trouver ton père pour tout régler, aujourd'hui.

Je suis bel et bien décidé à tenir parole et à t'aider, mais j'ai des limites.

Elle écarquilla les yeux.

— Tu as tout arrangé avec mon père ?

Il confirma d'un signe de tête puis repartit en direction de la porte.

Elle contourna son bureau et traversa rapidement la pièce pour le rejoindre.

— Raconte ! Mark ?

La main sur la poignée, il répondit sans se retourner :

— Nous sommes en retard pour la réunion des associés, Lindsey.

Il ouvrit la porte et sortit sans lui laisser une chance de le retenir.

Les huit associés étaient déjà installés quand Lindsey arriva dans la salle de réunion quelques instants plus tard.

Mark était assis en bout de table, son masque d'homme d'affaires énergique bien en place, pour s'assurer qu'elle n'avait aucune chance de lire en lui. Elle était navrée de l'avoir traité de cette manière. Ses sentiments pour lui la perturbaient, et elle avait laissé éclater son tumulte intérieur. Il ne méritait pas cette agressivité, même si elle avait du mal à ne pas le mettre dans le même sac que d'autres hommes qui avaient compté dans sa vie.

Terrifiant. Et s'il était malgré tout comme eux ?

Il était si distant qu'elle avait l'impression d'être face à un étranger. Il était insaisissable et froid, avec ses instincts de cobra qui pétillaient dans ses yeux sombres. Il était prêt à se battre, et elle se demanda si c'était avec elle ou avec les associés. Sans parler, elle se faufila jusqu'au siège vide à côté de lui.

— Maintenant que nous sommes tous là, commençons.

Cette allusion à son retard la fit s'empourprer d'une colère qu'elle parvenait à peine à dissimuler. Elle était en retard. Sans aucun doute. Elle avait eu besoin de quelques minutes pour se ressaisir, après le départ précipité de Mark de son bureau.

S'adressant à l'assemblée, Mark poursuivit :

— Pour ceux d'entre vous qui l'ignorent, j'ai pris la direction de Paxton.

Des murmures s'élevèrent autour de la table. Quelques personnes exprimèrent qu'ils se réjouissaient de son retour. Mark continua en expliquant l'état catastrophique des finances du cabinet. Il entra dans les détails des dossiers gracieux et des attentes, ignorant les grognements autour de la table.

Puis il en vint au but.

— Nous allons devoir faire de gros changements. Si vous ne les appréciez pas, vous pouvez quitter Paxton. Vos parts seront rachetées à un prix équitable.

Mark saisit une pile de feuilles et demanda à Lindsey de les faire passer autour de la table.

— Les résultats exigés de chacun des associés sont décrits dans ce document. Si vous n'arrivez pas à atteindre ce chiffre, vous quitterez tout simplement le cabinet. Nous ne sommes pas une association caritative... (il marqua une pause)... contrairement à ce qu'indique la nature des dossiers en cours.

Les têtes se baissèrent tandis que les associés se concentraient sur la lecture des imprimés. Mark survola l'assemblée du regard avant de s'arrêter sur Lindsey.

— Des questions, ou tout est clair pour l'instant ? demanda-t-il à l'assemblée sans la quitter du regard.

Lindsey le regarda franchement dans les yeux, et afficha ouvertement le respect qu'il lui inspirait. Il n'était pas difficile de comprendre pourquoi Paxton avait besoin de lui. Ses méthodes étaient radicales mais elle admirait sa capacité à diriger la réunion et le cabinet. Il dégageait une force intérieure, un pouvoir qui l'attirait comme un aimant. Dans cette pièce occupée par ses pairs, elle comprit comment il s'était hissé au sommet. D'autres le trouvaient aussi fascinant qu'elle. Ses ennemis le trouvaient dangereux, une vraie menace. Ses clients le trouvaient compétent, un vrai défenseur. Ses amantes le trouvaient attentionné, comme c'était son cas. Cette idée fit accélérer son pouls alors que de vives images de leurs corps nus et imbriqués lui traversaient l'esprit.

Mark la considéra entre ses yeux plissés, comme s'il avait deviné qu'elle pensait à leur relation plutôt qu'au sujet de la réunion. Pendant un bref instant, ils se perdirent dans la contemplation l'un de l'autre. C'est Mark qui détacha ses yeux d'elle pour balayer la salle du regard.

— Pas de questions ? répéta-t-il.

Todd Walker, un homme d'aspect bourru qui devait avoir la cinquantaine, prit la parole.

— Quel rôle va jouer Lindsey dans tout ça ?

Mark se chargea de répondre.

— Lindsey reprendra la direction dans six mois. Je ne resterai pas. Question suivante…

L'homme eut un sourire sarcastique.

— Quoi ? Vous allez nous laisser avec une jeune directrice qui s'impose plus par son physique que par ses talents juridiques ?

Lindsey le fusilla du regard et ouvrit la bouche pour répliquer, mais Mark répondait déjà :

— Je peux vous assurer que le physique de Mlle Paxton n'est qu'un atout dans une salle de tribunal. Elle est non seulement une excellente avocate mais également un membre du FBI. Avisez-vous de la contrarier, et vous risquez d'en découvrir plus sur ses compétences que vous ne l'auriez voulu.

Les rires emplirent la salle. Lindsey était stupéfaite que Mark l'ait défendue avec une telle virulence. Considérant que le débat était clos, Mark entreprit de passer en revue les affaires en cours. Quand il leva la séance, quelques heures plus tard, Lindsey fut l'une des premières à sortir, tandis que plusieurs associés prenaient le temps d'aller parler à Mark. Elle traversa le hall d'entrée, en quête d'un moment de solitude, perdue dans ses pensées.

— Ah, Lindsey. (Levant les yeux, elle découvrit Greg.) J'avais peur que tu n'annules notre rendez-vous.

Lindsey resta interdite, se demandant comment elle avait pu oublier une rencontre qu'elle redoutait.

— Non, dit-elle d'une voix tendue. Je dois aller chercher mon sac. Attends-moi là.

Elle repartit à longues enjambées, anxieuse à l'idée que Greg et Mark se croisent. Et ses pires craintes se confirmèrent quand elle revint dans le hall. Les deux hommes étaient en pleine conversation. Elle se raidit dès qu'elle les vit ensemble, l'attitude crispée de Mark lui disant tout ce qu'elle avait besoin de savoir. Il l'avait condamnée sans même avoir entendu toute l'histoire. Le visage figé, il évita soigneusement de croiser son regard. Elle aurait aimé pouvoir s'expliquer, même si d'une certaine manière elle doutait qu'il l'eût écoutée. Le cobra n'était pas resté dans la salle de réunion. Il était vivant et bien présent dans l'entrée.

Greg sourit en la voyant.

— Te voilà, Lindsey, dit-il. J'étais en train de demander à Mark comment ton père avait réussi à le convaincre de revenir.

Lindsey lança un regard à Mark, mais il s'entêta à l'ignorer.

— Qu'a-t-il répondu ? demanda Lindsey avec circonspection.

— En fait, je crois qu'il ne m'a pas vraiment répondu, dit Greg.

Mark fixa Greg un moment, puis Lindsey. Elle avait du mal à supporter la froideur de ses yeux noirs. Elle aspirait à les voir déborder de tendresse et d'excitation comme la nuit dernière. Et quand il prit la parole, ce fut d'une voix carrément glaciale.

— Si vous voulez bien m'excuser, j'ai du travail qui m'attend. Je vous laisse.

Il tourna les talons et disparut sans rien ajouter. Lindsey sentit la nausée lui retourner l'estomac. Il lui fallut une force surhumaine pour résister au désir de courir après Mark pour tout lui expliquer. Pourtant, elle savait aussi qu'il n'était pas normal qu'elle se sente obligée de lui fournir des éclaircissements. À moins que si ? Elle n'avait aucun engagement envers Mark Reeves, et il n'en avait aucun envers elle. Malgré tout, le besoin de clarifier la situation la taraudait.

— Bon, allons-y, Lindsey.

Greg souriait, content de lui. Comme s'il était conscient de ce qu'il venait de faire.

Quelques minutes plus tard, Greg et Lindsey prirent place dans le café. Lindsey éprouva un certain déplaisir à voir Greg commander pour elle, sans lui demander ce qu'elle voulait. Quand Steve avait fait la même chose, son geste lui avait paru amical, et même courtois. Venant de Greg, elle avait l'impression qu'il cherchait à s'imposer. Malgré ses efforts, quand il posa son café devant elle, elle ne parvint pas à se résoudre à le boire.

— Alors, Lindsey, comment vas-tu ?

Elle ne put retenir une réponse mordante.

— Eh bien, mon père a un cancer, je m'occupe d'un procès pour meurtres qui ressemble à l'affaire

Hudson, et j'ai laissé tomber ma carrière au FBI. À ton avis ?

Il recula comme sous l'effet d'une gifle, mais il avait plus l'air amusé qu'autre chose.

— *Touché*[1].

Elle sentait son regard peser sur elle, même quand elle baissa les yeux.

— Peut-être, dit-elle, sans avoir l'intention de s'excuser.

— Tu es splendide, dit-il.

Elle releva les yeux, mais ne dit rien. Un silence désagréable s'installa. Il s'adossa à sa chaise, un bras retombant maladroitement devant lui.

— Je croyais que Mark avait définitivement quitté le cabinet. J'ai même entendu dire que son départ s'était mal passé.

— C'est moi qui lui ai demandé de revenir.

Greg haussa un sourcil.

— Pourquoi ?

— Je n'étais pas, et je ne suis toujours pas, prête à prendre la direction du cabinet.

— Pourquoi tu n'es pas venu me trouver, Lindsey ?

Il y avait de l'agacement, et un soupçon de violence, dans sa voix.

— Greg, s'il te plaît, ne complique pas tout.

Elle dut faire appel à toute sa volonté pour rester polie.

— Je t'aurais aidée.

Elle savait quelle forme prenait son aide, tout en pouvoir et contrôle. Elle ne désirait rien de tout ça. Elle s'adossa à sa chaise, faisant appel à toute sa force mentale pour contenir sa colère.

— Je n'avais pas besoin d'aide. J'avais besoin de quelqu'un qui ait de l'expérience chez Paxton, ce que

1. En français dans le texte.

Mark a. Au cas où tu ne l'aurais pas remarqué, je suis tout à fait capable de gérer ma vie.

Même si, par le passé, il avait fait tout son possible pour la persuader du contraire.

— Lindsey..., commença-t-il, mais elle l'interrompit en levant la main.

— Greg, arrête. Changeons de sujet.

Il resta silencieux un long moment, remuant sur sa chaise.

— J'ai essayé de te joindre à Washington. Tu ne m'as jamais rappelé.

— Je sais.

Il regarda sa main gauche avec insistance, celle qui tenait la tasse de café.

— Si je comprends bien, tu n'es pas mariée.

— Non, pas mariée.

— Moi non plus. Je t'attends toujours, Lindsey.

Elle perçut un ronronnement séducteur, et plissa les yeux, mal à l'aise.

— Nous, c'est du passé, Greg. Nous le savons tous les deux.

— Tu ne m'as jamais dit pourquoi tu avais rompu nos fiançailles. Je méritais, ou plutôt... (il se pencha vers elle)... je mérite de savoir ce qui s'est passé.

Elle haussa les épaules, et recula pour mettre de la distance entre eux.

— Ça ne changerait rien, c'est inutile.

Une lueur vulnérable traversa son regard, la prenant par surprise.

— Tant que deux personnes s'aiment, elles arrivent à surmonter toutes les épreuves.

Lindsey s'agita et se racla la gorge ; elle détestait la tournure que prenait la conversation.

— Greg, je t'en prie, laisse tomber. Parle-moi de l'affaire Williams. Ça m'a plutôt l'air circonstanciel, tout ça.

Il la regarda comme s'il n'en croyait pas ses oreilles.

— Comme mon sentiment de culpabilité au moment où je te parle. (Il baissa la voix, posa la main sur la sienne.) Lindsey, je t'aime.

Elle se raidit et ramena ses mains sur ses genoux.

— Mais non, Greg. Tu ne me connais même pas.

Il serra les mâchoires.

— Quoi ? demanda-t-il, incrédule, en plissant les yeux. Je te connaissais mieux que tu ne te connaissais toi-même.

Elle secoua la tête.

— Non, affirma-telle avec véhémence. Tu connaissais la Lindsey fabriquée par mon père, la Lindsey que tu l'aidais à alimenter et à maintenir en vie. (Elle se désigna du doigt.) Je ne suis pas cette personne, articula-t-elle.

Il lui lança un regard noir.

— Lindsey, c'est n'importe quoi. Nous étions amoureux.

Elle croisa son regard sans ciller. Une chose qu'elle avait toujours détestée dans sa relation avec Greg, c'était qu'il lui dise ce qu'elle ressentait. N'avait-elle pas le droit d'être maîtresse de ses propres sentiments ?

— Non, dit-elle d'une voix volontairement dure parce que c'était la seule tactique qu'il connaisse. Nous n'étions pas amoureux.

Greg la fixa comme s'il ne parvenait pas à comprendre ses paroles. Au bout d'un long moment, il se laissa aller en arrière comme sous le coup d'une bourrasque, ses émotions tourbillonnant sur son visage. Finalement, la colère prit le dessus, et il redressa les épaules pour reprendre, les mâchoires crispées :

— Je vois, tu es venue là pour parler boulot, alors parlons boulot. Williams est coupable. Perpétuité, sans liberté conditionnelle. Ça lui évitera la peine de mort. À prendre ou à laisser.

— Tu n'as que des preuves circonstancielles. Ça ne passera pas.

— Tu dois faire cette offre à ton client, insista-t-il.

— Il la refusera.

— Tu n'as aucune chance de gagner.

— Je vais gagner, tu peux compter sur moi, affirma-t-elle sèchement.

Lindsey se leva sans prévenir, repoussant sa chaise avant d'ajouter :

— On se reverra au tribunal, Greg.

Elle sortit sans lui accorder un regard.

Lindsey se retrouva sur le trottoir, toujours sous le coup de la colère, marchant en direction de son appartement. Seulement, elle ne savait plus si sa colère était dirigée contre elle-même ou contre Greg. Elle avait royalement perdu toutes ses chances d'obtenir sa coopération et des informations. Si seulement elle avait mieux contrôlé ses émotions avant de lui dire ses quatre vérités... Au lieu de ça, elle n'avait fait que lui donner encore plus envie de gagner le procès. Désormais, la victoire était pour lui une question d'amour-propre.

— Merde, grommela-t-elle.

Comment allait-elle annoncer à Mark qu'elle avait joué la mauvaise carte, et perdu ?

Quand, sur la page, les mots commencèrent à se mélanger, Mark jeta son stylo sur le bureau. Se frottant les yeux, il consulta sa montre et s'aperçut avec un soupir qu'il était vingt et une heures. Pas étonnant que ses yeux fatiguent. Travailler était la seule façon qu'il ait trouvée pour éviter de penser à Lindsey et Greg qui étaient ensemble. Sauf que ça ne marchait pas. Les yeux rivés sur le cadran, il vérifia l'heure. Comment pouvait-il être aussi tard alors qu'il avait si peu avancé ?

Il fit pivoter son fauteuil vers la fenêtre et regarda au-dehors. La pleine lune éclairait le ciel noir. Comme Lindsey était dans l'obscurité de son esprit vide. Après la nuit dernière, il aurait cru qu'elle serait dans ses bras à l'heure qu'il était, blottie contre lui, en sécurité et au chaud. Au lieu de ça, il avait l'impression qu'entre eux les murs avaient gagné en hauteur, en épaisseur, en largeur.

Rompre leur marché n'était pas une solution envisageable. Il était trop impliqué pour ça. De plus, il tenait beaucoup trop à elle pour la laisser hériter d'un tel pétrin. La bêtise non plus ne faisait pas partie de sa personnalité. La voir avec Greg l'avait bel et bien mis en rage. Alors il avait préféré les laisser. Désormais un peu plus calme, il se disait que prendre ses distances avec Lindsey était la meilleure attitude à adopter. Il avait besoin d'avoir les idées claires, et surtout pas de se laisser guider par le sexe.

Il soupira. Qu'avait-elle de particulier pour le distraire à ce point ? Il passait ses journées en perpétuelle érection. Mais c'était plus fort qu'une simple attirance physique. Il avait mis toute sa vie entre parenthèses pour elle. Abandonné ses projets professionnels pour se précipiter chez Paxton et lui venir en aide. Il émit un rire sarcastique. Et elle était sortie avec un autre homme. Précision, elle passait la soirée avec son ex. C'était encore pire.

Se levant, il décida d'aller prendre une bière dans son ancien lieu de prédilection, *La Taverne*. Royce serait là, et il n'hésitait jamais à l'écouter. S'il avait confiance en quelqu'un, c'était en son pote Royce Walker. Et demain, il passerait quelques coups de fil et ferait savoir au reste du monde qu'il était toujours vivant. Prendre un verre avec les copains lui ferait du bien. N'importe quoi pourvu qu'il ne pense plus à Lindsey.

Il marcha jusqu'à sa voiture, de plus en plus déterminé. Prendre ses distances avec elle était indispensable s'il voulait garder les pieds sur terre. Surtout ne pas laisser la réalité lui échapper plus longtemps.

9

En arrivant devant chez elle, Lindsey entendit le téléphone sonner à l'intérieur. Espérant que c'était Mark, elle déverrouilla rapidement la porte, la claqua derrière elle, traversa la pièce en toute hâte et bondit sur le combiné.

— Allô ?

Clic.

— Zut, marmonna-t-elle en raccrochant violemment, regrettant d'avoir refusé l'option d'affichage du nom de l'appelant, parce qu'elle pensait ne pas en avoir besoin.

Si elle était sûre que c'était Mark, elle le rappellerait. Mais comme elle n'en savait rien, elle s'en abstint, sans vraiment s'expliquer pourquoi.

La lumière clignotante annonçait des messages, cependant. Trois messages, dont l'un était sûrement de Mark, se réjouit-elle. Elle appuya sur la touche « Lecture », et prit appui sur son bureau. Les deux premiers appels étaient sans message, ce qui l'intrigua. Mark était-il du genre à raccrocher sans rien dire ? Le troisième provenait de son père.

Traînant les pieds jusqu'à sa chambre, elle se déshabilla rapidement pour enfiler un tee-shirt et un caleçon avant de s'allonger sur son lit. Résignée, elle composa le numéro de l'hôpital. La voix de son père retentit dans le combiné.

— Lindsey, où étais-tu passée ? s'écria-t-il.

— J'ai besoin de travailler pour vivre, tu te souviens ? rétorqua-t-elle, sur la défensive.

— J'ai essayé de te joindre au bureau.

Elle soupira en levant les yeux au ciel.

— Quand on monte un dossier, on est pas mal sur le terrain, tu le sais très bien. J'ai un couvre-feu à respecter, papa ?

Il grogna sans rien dire, puis :

— Tu sais, aujourd'hui...

Il laissa sa phrase en suspens. Lindsey savait que présenter des excuses lui coûtait. C'était le mieux qu'il pouvait faire. Elle se radoucit.

— Je suis désolée, papa. J'espère que tu ne m'en veux pas de t'avoir parlé comme je l'ai fait. J'ai besoin que Mark m'aide, c'est tout.

— Je suis d'accord pour qu'il reste, mais j'aime autant te prévenir que ce n'est pas quelqu'un de confiance. En fait, ça ne m'étonnerait pas qu'il essaie de coucher avec toi pour te voler le cabinet.

— Papa ! s'indigna Lindsey.

Son père n'évoquait jamais ce genre de sujet. Que Mark ait, en réalité, déjà couché avec elle rendait son affirmation plus violente et plus dure à avaler.

— Il voulait le cabinet à l'époque, et je suis sûr qu'il le veut toujours. Il a la réputation d'obtenir tout ce qu'il veut, et d'être prêt à tout pour ça.

Tentant d'ignorer son alarme intérieure, elle prit la défense de Mark.

— Il m'a affirmé qu'il ne voulait plus du cabinet.

— Bien sûr qu'il le veut. Il prétend le contraire juste pour m'obliger à coopérer.

Elle retourna ces mots dans sa tête, le cœur tambourinant dans sa poitrine.

— Papa, tu as tenu Mark en estime pendant longtemps. Calme-toi à son sujet, lui intima-t-elle avant d'ajouter : Nous avons tous les deux besoin de lui en ce moment. Alors, s'il te plaît…

Il grommela.

— Fais attention. Je ne supporte pas d'être cloué au lit comme un invalide, incapable de gérer mes affaires.

— Je le sais, dit-elle d'une voix compréhensive. J'aimerais pouvoir y faire quelque chose. Mais tu es costaud et tu vas te rétablir. Nous allons tous les deux nous en sortir.

— Moi oui, et ne l'oublie pas.

Lindsey sourit intérieurement. Elle tenait sans aucun doute de son père son tempérament entêté.

— Je ne l'oublierai pas, mais ne l'oublie pas, toi non plus. Je te laisse te reposer.

Le sourire de Lindsey disparut dès qu'elle raccrocha. Assise au bord du lit, elle se repassa la conversation. Se laissait-elle aveugler par son attirance pour Mark ? Peut-être qu'en fait, il voulait vraiment récupérer le cabinet et qu'elle lui tendait la perche idéale pour parvenir à ses fins.

Elle avait du mal à rester objective. Ses sentiments pour Mark… des sentiments ? Quels sentiments ? Elle le connaissait à peine. Pourtant elle avait l'impression de le connaître depuis toujours. Leur alchimie sexuelle n'avait rien d'exceptionnel. Juste un petit bonus pour Mark, s'il se servait d'elle. Le beurre et l'argent du beurre… Elle ferma les yeux, serrant les paupières. L'idée que Mark puisse se servir d'elle la blessait au-delà de tout.

Elle avait besoin de prendre du recul sur ses sentiments envers lui.

Quand elle se glissa finalement entre ses draps, elle échoua à trouver le sommeil. Qu'elle garde les yeux ouverts ou fermés, des images de Mark dansaient dans son esprit. S'il la trahissait, elle en souffrirait profondément. Elle avait passé des années à prendre le contrôle de sa vie. Mais cette emprise, semblait-il, avait volé en éclats. Mark l'en avait privée aussi facilement qu'on arrache un bonbon des mains d'un enfant.

À présent, elle devait décider si elle était prête à se mettre en danger en poursuivant leur relation.

Mark vida sa pinte de bière d'un trait. Royce était assis à côté de lui, assez intelligent pour le laisser ruminer un moment avant de poser des questions. Ils s'étaient rencontrés dans le cadre du travail. Mark avait défendu un client accusé à tort de terrorisme international. Royce appartenait au FBI à ce moment-là, et c'est lui qui avait réussi à ouvrir les yeux à l'accusation : ils avaient arrêté un innocent.

— J'ai du mal à croire que tu sois retourné chez Paxton, tu sais, dit Royce en secouant la tête. Vaut mieux que j'attende que tu aies englouti une autre bière avant de te demander pourquoi ?

Mark eut un sourire las.

— Je dirais deux de plus, vu que je n'ai pas encore trouvé la réponse.

— Tu as besoin d'une jolie fille pour te distraire, d'après moi. Trop de travail et pas de plaisir, c'est mauvais pour le cœur. (Il pointa le menton en direction d'une blonde séduisante assise à une table voisine.) Chelsea demande tout le temps de tes nouvelles, mec, et je peux te dire d'expérience qu'elle sait réconforter un homme.

Il se tut le temps de prendre une gorgée de bière puis ajouta :

— Sans aucun engagement.

Mark regarda la blonde voluptueuse qui, en d'autres temps, l'aurait fait saliver, et s'avisa avec étonnement qu'il n'avait pas envie d'elle. Il se détourna et fit signe au barman, pour passer commande. Peut-être qu'ensuite, Lindsey cesserait de semer le désordre dans ses pensées.

— Alors, qu'en dis-tu ? demanda Royce quand ils furent servis. Envie d'un peu d'amour ?

— Eh non. Pas ce soir.

Royce haussa un sourcil.

— Bon, dit-il avec compréhension. J'ai le sentiment qu'une femme te cause des ennuis. Envie d'en parler ?

Mark fit non de la tête.

— Je ne sais pas par où commencer.

Royce sourit.

— Comme j'ai la chance formidable que personne ne m'attende nulle part, j'ai toute la nuit pour t'écouter. (Son regard s'attarda un moment sur Mark.) C'est qui, mec ?

Mark soupira tout en tambourinant sur le comptoir du bout des doigts.

— La fille de Paxton.

Une rixe éclata dans le bar. Deux clients alcoolisés se poussaient l'un l'autre. Royce éloigna son tabouret de bar et se redressa pour mieux imposer son mètre quatre-vingt-treize. Mark savait déjà ce qui allait se passer, mais il se tourna sur son siège pour assister au spectacle.

— Eh, brailla Royce en se ruant vers les deux hommes qui ignoraient totalement ce qui les attendait.

Personne ne semait la pagaille lorsque Royce était dans les parages. Mark sourit.

— Eh ! hurla de nouveau Royce en s'arrêtant devant les fauteurs de troubles, les épaules en avant.

Les deux hommes cessèrent de se disputer pour le regarder. Ils durent se tordre le cou, étant donné qu'aucun d'eux ne dépassait le mètre quatre-vingts.

La mine qu'ils affichèrent – comme s'ils allaient se faire piétiner par le Géant Vert – fit éclater de rire Mark. Il but une gorgée de bière et apprécia la suite. Quelques minutes plus tard, quand Royce revint au comptoir après avoir rétabli la paix dans toute la salle, il glissa une fesse sur son tabouret et adressa un grand sourire à Mark. Ce dernier secoua la tête, à la fois impressionné et amusé.

Le barman déposa une bière fraîche devant Royce pour le remercier de sa bonne action. Il la vida cul sec. Après un petit clappement de bien-être, il posa un regard bienveillant sur Mark.

— Alors, où en étions-nous ?

Mark soupira alors que la réalité revenait au premier plan.

— La fille de Paxton.

Royce écarquilla les yeux.

— M'attendais pas à celle-là, j'avoue. On parle de quel genre d'histoires, pour commencer ?

Il passa l'heure suivante à raconter toute l'histoire à Royce, en partant du jour où Lindsey était apparu sur le pas de sa porte. Au moment de quitter le bar, il se sentait plus léger d'avoir exprimé ses sentiments à haute voix, même s'il restait confus. L'évitement semblait sa seule stratégie. Sa relation avec Lindsey ne pouvait pas se développer tant que Paxton était dans ses pattes. Quand il ne serait plus sur leur dos, et seulement alors, lui et Lindsey pourraient poser un regard objectif sur les sentiments qu'ils éprouvaient l'un envers l'autre. Et bien que Royce ait proposé de participer à leur enquête, Mark avait refusé. Royce avait tendance comme lui à tout vouloir régenter, et ça, en plus de devoir fréquenter Lindsey au quotidien, c'était trop lui demander. Non, il préférait se débrouiller seul.

Le lendemain matin, Lindsey se réveilla d'humeur maussade.

Après avoir passé toute la nuit à se retourner dans son lit, elle se sentait irritable, sur les nerfs. Dès qu'elle réussissait à trouver le sommeil, le téléphone sonnait. À trois reprises, elle avait décroché et on lui avait raccroché au nez. C'en était devenu tout bonnement angoissant.

Qu'elle se soit en outre réveillée non pas une, mais deux fois à cause du même horrible cauchemar n'arrangeait rien. Des souvenirs flous de ce mauvais rêve emplissaient ses pensées. Se les remémorant en boucle, elle chercha à donner un sens à ces images sinistres. Exactement comme avant, quelqu'un la pourchassait, et elle essayait de rejoindre Mark. Elle s'interrogea sur ce que Mark représentait dans ses rêves. C'était lié à l'affaire, ou à sa vie personnelle ?

La journée démarra dans l'incertitude. Elle n'était pas encore prête à braver Mark. Elle se sentait trop vulnérable, comme un livre ouvert. Elle craignait d'être incapable de contrôler ses émotions dès qu'il était question de lui. En passant un certain temps loin de lui, elle se donnerait une chance de se consolider, de retrouver son indépendance habituelle. Elle irait chercher des pistes à Las Vegas. Une fois sa décision prise, elle régla les détails de son voyage et fit ses bagages. Dans le taxi l'emmenant à l'aéroport, elle appela Maggie.

Hors de question de dire à Mark où elle allait. Il l'apprendrait par le téléphone arabe.

Mark avait lui aussi les nerfs à vif. Il avait beau essayer de se concentrer sur toutes sortes de sujets, Lindsey et Greg resurgissaient dans sa tête. Après le bar, il était rentré pour arpenter sa chambre, cherchant à comprendre l'étrange tentation que Lindsey représentait à ses yeux. En définitive, vers trois heures du matin, il avait fini par admettre qu'il était en train de tomber amoureux d'elle.

Cet aveu lui faisait l'effet d'avoir ouvert la boîte de Pandore.

Impossible de se concentrer. Ça le contrariait au plus haut point qu'une femme, même Lindsey, ait un impact sur son travail. Il lui devait même le travail qu'il essayait d'accomplir, bon sang ! S'il était chez Paxton, c'était pour elle, et seulement pour elle.

Il fallait absolument qu'il lui parle, qu'il crève l'abcès, qu'il sache où ils en étaient. Il se leva, et se dirigea d'un pas décidé vers son bureau. Ils devaient mettre en place une sorte d'accord. Une fois qu'ils auraient défini leur relation, il pourrait avancer librement sur ses dossiers.

En trouvant le bureau de Lindsey plongé dans l'obscurité, il prit peur. D'abord, que la soirée avec Greg ait traîné en longueur, mais tout de suite après, qu'il lui soit arrivé quelque chose. Il savait qu'elle n'était pas du genre à arriver en retard au travail à cause de Greg. Se forçant à respirer lentement, il alla trouver Maggie.

— Maggie, où est Lindsey ?

L'assistante l'observa, la tête inclinée.

— Oh là, on s'est levé du pied gauche ce matin.

Mark prit une profonde inspiration pour garder son calme.

— Où est Lindsey ? répéta-t-il d'une voix posée.

— Vous voulez dire que vous l'ignorez vraiment ? reprit-elle avec prudence.

Évidemment, sinon il ne poserait pas la question. Refrénant son agacement, il demanda :

— J'ignore quoi ?

Maggie répondit lentement, comme si elle se préparait à affronter la tempête :

— Elle a pris l'avion pour Las Vegas ce matin.

— Quoi ?

Il écarquilla les yeux alors que la colère prenait le pas sur la peur.

Maggie coinça son crayon derrière son oreille et croisa les mains devant elle.

— Oui, dit-elle d'un ton désapprobateur. J'ai supposé que vous aviez donné votre accord, même si ça m'inquiète qu'elle soit partie seule, vu qu'elle enquête sur un meurtre, quand même. (Puis elle émit un petit rire.) Bien sûr, elle travaille pour les forces de l'ordre. N'empêche, je continue à la voir comme une petite fille.

Mark ne pouvait que se ranger à son avis.

— Maudite femme ! marmonna-t-il tout en arpentant la pièce avant de s'arrêter devant Maggie. Réservez-moi un billet sur le prochain vol. Et trouvez dans quel hôtel elle est descendue.

Maggie approuva d'un hochement de tête.

— Souhaitez-vous que je vous réserve une chambre ?

— Non, j'appellerai quand je serai en route pour l'aéroport. Réservez seulement l'avion pendant que j'annule mes rendez-vous.

Une heure plus tard, Mark arriva à l'aéroport avec un bagage préparé à la hâte. C'était tout Lindsey de se faire la malle sans crier gare. Il avait envie de l'étrangler. Ils allaient avoir une longue conversation – c'était couru d'avance. S'il ne la connaissait pas aussi bien, il aurait pu croire qu'elle le fuyait, lui plutôt que les fantômes du passé. Mais au-delà de ça, il ne pouvait pas la laisser s'aventurer seule dans une enquête pour meurtres, alors qu'elle correspondait au profil des victimes.

Lorsque l'avion freina sur la piste de Las Vegas, Lindsey avait encore mal au cœur. Elle adorait survoler le Grand Canyon, mais avait à peine jeté un coup d'œil par le hublot, tant les regrets la hantaient.

Mark allait être en rogne, et elle ne pouvait pas le lui reprocher.

Elle avait l'estomac lourd comme du plomb, et ses émotions la rongeaient. Pleurer était la réaction la plus naturelle, sauf qu'elle se l'autorisait très rarement. En clair, elle était venue à Las Vegas sans Mark dans le but de lui en faire baver. C'était idiot et puéril. Mais c'était fait.

Après mûre réflexion, elle en était arrivée à la conclusion que sa réaction était excessive. Elle avait confiance en Mark. Il ne se servait pas d'elle, et elle s'en voulait d'avoir laissé son père l'influencer négativement. La veille au soir, ce moment avec Greg ne lui avait rien apporté de bon. Au final, elle avait fait une overdose de maniaques dominateurs. Et elle avait eu la faiblesse de ranger Mark dans cette catégorie.

Pendant tout le vol, elle avait cherché à se justifier, mais c'était impossible. Alors que l'avion s'arrêtait devant le terminal, elle envisagea d'appeler Mark. Peut-être que si elle lui disait qu'elle avait fait erreur... Non, elle rejeta cette idée. Elle ne pouvait pas lui téléphoner. Impossible d'expliquer sa confusion au téléphone. Elle n'avait plus qu'à espérer que le lien qui commençait à se tisser entre eux n'ait pas été brisé par elle. En son for intérieur, elle n'avait jamais vraiment douté des motivations de Mark. Elle ne le croyait pas capable de la séduire dans le but de récupérer le cabinet. Si elle était honnête envers elle-même, elle ne faisait que chercher une excuse pour lui échapper.

Avant qu'elle ne se sente à l'aise dans une relation amoureuse avec lui, il faudrait du temps et de la patience. Et elle se demanda s'il avait quant à lui la patience nécessaire pour supporter ses conflits intérieurs. Peut-être l'avait-elle déjà découragé. Non pas qu'une relation à long terme soit envisageable entre eux. Il y avait trop d'obstacles, comme le fait qu'elle ait sa vie à Washington. Pourtant, Mark lui donnait envie de plus qu'une aventure, et cela lui flanquait la trouille. Elle refusait de se perdre, comme dans toutes ses histoires de cœur, où elle avait perdu une partie d'elle-même, détruite par la relation.

Une heure plus tard, elle entra dans sa chambre d'hôtel, se laissa choir au bord du lit et tendit la main vers son attaché-case. Fini l'auto-apitoiement. Elle était venue là dans un but précis. Après avoir trouvé le numéro de l'inspecteur de la police locale responsable de l'enquête sur les meurtres du Nevada, elle l'appela, ils discutèrent quelques minutes avant de convenir d'un rendez-vous. Comme il était déjà tard, ils choisirent de déjeuner ensemble le lendemain. Lindsey avait déjà la nette impression que cet homme n'allait pas lui plaire. Quand elle s'était décrite, pour qu'il la reconnaisse, il avait fait une réflexion malvenue sur sa ressemblance avec les victimes.

Comme si c'était drôle. Ressembler aux victimes d'un tueur en série n'avait rien d'amusant.

Lindsey s'étira pour tonifier son corps engourdi par les heures d'avion. Elle avait plutôt envie de faire un somme, mais elle devait d'abord trouver une bibliothèque où mener quelques recherches. Elle voulait consulter les archives sur les homicides commis dans la région. Elle tenait à collecter le plus d'éléments possible avant son rendez-vous du lendemain.

Quelques minutes plus tard, alors qu'elle attendait l'ascenseur, elle découvrit, par la baie vitrée au bout du couloir, la vue splendide sur les montagnes. Pour la première fois depuis son arrivée, elle prit le temps d'admirer le paysage, si caractéristique de Las Vegas…

La cabine était occupée par un couple amoureusement enlacé. Génial. Juste ce dont elle avait besoin. Deux amants heureux pour la rappeler à sa triste solitude. Elle garda le regard rivé sur les portes métalliques, pendant que les tourtereaux chuchotaient entre deux bruyants baisers insupportables. Serrant les dents, Lindsey parvint à les supporter jusqu'au rez-de-chaussée avec une indifférence apparente.

Dès qu'elle pénétra dans le casino principal, l'air frais de la climatisation et le brouhaha général l'enveloppèrent. Les tintements des machines à sous résonnaient dans la salle, ponctués de temps à autre par les cris de joie des gagnants. Elle prit une profonde inspiration, s'imprégnant de l'énergie ambiante dans l'espoir qu'elle serait contagieuse. Elle se fraya un chemin jusqu'au hall. Après avoir demandé où se trouvait la bibliothèque, elle prit place dans la file d'attente des taxis.

À mesure qu'elle parcourait, dans la salle de lecture, les archives des journaux, elle avait de plus en plus la conviction que les affaires de Vegas étaient liées non seulement aux agressions attribuées à Williams, mais aussi aux victimes d'Hudson. Les points communs entre les crimes l'intriguaient et lui donnaient froid dans le dos. Plus elle creusait, plus elle en était convaincue, et plus la colère montait en elle. Rien ne justifiait que l'on écarte les agressions de Vegas avant d'inculper Williams.

Toutes les filles correspondaient physiquement au profil, les marques sur leurs bras étaient similaires, elles étaient toutes étudiantes et la chronologie des crimes tenait debout. Les affaires non résolues de Las Vegas auraient suffi à prouver que Williams était innocent, et à faire passer la corde au cou à quelqu'un d'autre. Maintenant, elle le savait, quelqu'un avait besoin d'un bouc émissaire et Williams avait été le malheureux élu.

Greg, pensa Lindsey. Avait-il eu besoin de cette inculpation pour servir ses rêves de carrière politique ? *Zut.*

Ramenant une mèche de cheveux derrière son oreille, elle répertoria des dates. Quand elle eut terminé, elle s'adossa à sa chaise et examina son travail. Comme elle s'en doutait, il était possible qu'un seul criminel ait commis toutes les agressions. La chronologie des événements était cohérente et la violence des attaques, depuis le premier viol imputé à Hudson, avait progressivement augmenté. C'était caractéristique des récidivistes. Ils avaient tendance à être de plus en plus sûrs d'eux et par conséquent à devenir plus agressifs. Fermant les yeux, Lindsey s'appliqua à faire taire la sensation d'étouffement, nourrie par la peur, qui menaçait de la faire s'évanouir.

Le vrai coupable était encore en liberté.

Plusieurs heures plus tard, quand Lindsey regagna sa chambre d'hôtel vide et sombre, l'esprit préoccupé, elle posa un regard lourd d'espoir sur le voyant des messages téléphoniques. La déception lui serra le ventre. Mark ne l'avait pas appelée. Le visage entre les mains, elle eut envie de hurler et de jeter ce qui lui passait sous la main à travers la chambre. Ou de pleurer. Elle avait vraiment, vraiment besoin de pleurer un bon coup.

Pourquoi la vie était-elle si compliquée ?

Après avoir arpenté la pièce pendant une bonne demi-heure, elle en arriva à la conclusion qu'il valait mieux sortir prendre l'air. Elle allait devenir folle, seule dans cette chambre, torturée par des pensées négatives. Sans compter qu'elle aimait bien jouer à la roulette. C'était un bon moyen de se changer les idées. Peu après, vêtue d'une robe noire près du corps, elle entra dans le casino.

Examinant les tables une à une, elle chercha celle dotée d'une roulette où la chance pourrait lui sourire. S'il valait mieux qu'elle évite de se fier à son instinct dans le cadre de ses enquêtes criminelles, comme elle en avait eu la preuve par le passé, elle avait assurément un sixième sens pour la roulette. Une table vide semblait lui tendre les bras, l'inviter à venir s'asseoir. Elle choisit le siège du milieu, qui permettait d'accéder facilement à tous les nombres. Et pour se détendre tout à fait, elle commanda une vodka-orange.

Le croupier avait un physique agréable, une petite trentaine d'années et les cheveux taillés en brosse à la façon d'un militaire.

— Comment vous appelez-vous ? demanda-t-il avec des yeux qui disaient son envie de l'avaler toute crue.

— Lindsey, répondit-elle à la légère, en tentant d'ignorer qu'il lui faisait les yeux doux.

Il la salua d'un signe de tête.

— Moi, c'est Greg. (Il pointa un doigt sur son badge, et lui fit un grand sourire aux dents blanches tout en survolant la roulette d'un geste de la main.) Les jeux sont faits, annonça-t-il à la cantonade.

Lindsey plissa le nez en regardant tourner la petite boule blanche.

— Greg ? (Elle lui lança un rapide coup d'œil avant de se concentrer sur la bille qui ralentissait.) Un nom qui me porte malheur. Je ferais peut-être mieux de changer de table.

La boule s'arrêta sur le numéro 8, et le croupier lui lança les plaques correspondant à ses gains.

— Ce soir, il vous porte bonheur. Vous avez gagné.

Lindsey applaudit et le gratifia d'un sourire réjoui. Il répondit d'un éclat de rire.

— Pourquoi Greg vous porte malheur ? Un ex, ou quelque chose comme ça ?

Haussant les sourcils, elle hocha brièvement la tête.

— Quelque chose comme ça.

Il plissa les yeux, mais n'insista pas. Lindsey plaça ses plaques sur la table de jeu pendant qu'il continuait à parler.

— D'où venez-vous ?

— De New York, dit-elle avant de se reprendre. Enfin, de Washington. (Elle pesta.) Je crois que j'ai besoin d'un autre verre.

— Peut-être pas, si vous ne vous souvenez plus d'où vous venez, la taquina-t-il tout en arrêtant une serveuse.

Lindsey misa une plaque de cinq dollars d'un air déterminé. Un geste rapide à l'intention de Greg et la bille se mit à sautiller.

— Vous êtes venue ici avec ce Greg ?

Lindsey éclata d'un rire un peu trop fort pour être naturel. Boire de l'alcool le ventre vide lui faisait dépasser les limites. Elle rejeta cette idée d'un geste de la main.

— Oh non, surtout pas. Je suis venue seule.

— Seule ? dit-il, la mine réjouie. Eh bien, c'est la meilleure nouvelle que j'aie entendue de toute la soirée.

Lindsey n'eut pas à répondre, deux hommes d'âge mûr venant s'installer à la table. Autour de la roulette, l'excitation monta en flèche et d'autres joueurs s'y pressèrent. Il y eut bientôt foule, et Lindsey, prise au cœur des paris, appréciait pleinement l'instant. Elle commanda plusieurs autres verres et, concentrée sur le jeu, décida de ne plus penser à ses démons, au moins pour un temps.

Demain, elle aurait tout le loisir de s'inquiéter.

Fatigué, irascible et à bout de patience, Mark tendit ses bagages à un valet avant de s'élancer dans le hall de l'hôtel. Des turbulences avaient secoué l'avion du départ à l'arrivée, projetant littéralement les passagers d'un bord à l'autre. Tous ses espoirs de dormir réduits à néant, il avait ruminé ses ennuis avec Lindsey. Une vraie séance de torture.

Mille fois, il avait imaginé sa réaction. Ça ne le surprendrait pas qu'elle se mette à hurler. Son arrivée impromptue allait sans doute la mettre en colère ; il s'en fichait éperdument. Il avait passé les dernières heures à combattre tous les arguments qu'elle pourrait lui opposer. Prêt à se battre, c'était le moins qu'on puisse dire. Il se faisait l'effet d'un taureau sur le point de charger. Il était temps qu'ils fixent des règles entre eux.

Il n'avait pas l'intention d'occuper une autre chambre que celle de Lindsey. Une fois à l'accueil, Mark informa le réceptionniste qu'il avait besoin de la clé de la chambre de Lindsey. Comme de bien entendu, l'autre lui répondit que l'accord de l'intéressée était nécessaire. Après un regard complice, il lui glissa discrètement un billet de cent dollars dans la main. Aussitôt, il obtint la clé.

Dans l'ascenseur, son corps frémissait à l'idée de tenir bientôt Lindsey dans ses bras, de la toucher. Il rit presque en repensant à la veille, quand il avait déclaré qu'il ne la toucherait plus tant que l'affaire ne serait pas bouclée. Quelle blague, se dit-il. Le priver de Lindsey revenait à arracher un biberon des mains d'un bébé.

Impossible.

Il était mordu d'elle au point que c'en était terrifiant. Sauf qu'il n'avait pas peur. Pas du tout. Et cette petite nuance en disait long. Il était en train de tomber amoureux pour la première fois de sa vie. Le vieux cliché « tomber raide dingue amoureux » avait enfin un sens pour lui.

Aimer Lindsey était compliqué, et il le savait. Elle portait un fardeau émotionnel en veux-tu en voilà. Lui déclarer sa flamme tout de go n'était pas la bonne tactique avec elle ; en fait, cela risquait même de la faire fuir. Non, il comptait lui laisser le temps de s'habituer à être deux, ensemble.

Une fois devant la porte, Mark frappa doucement. Comme il n'y eut pas de réponse, il glissa la clé dans la serrure et entra. Dans la chambre, flottait un parfum doux et féminin, comme celui de Lindsey. Son odeur l'enveloppa comme un gant de soie, son absence le fit souffrir. Se rapprochant de la fenêtre, il se figea dans un silence glacé. Les lumières scintillaient derrière la vitre, mais il ne leur accorda aucune attention.

Il était trop occupé à se demander quoi faire. Tout aurait été plus simple si elle avait été là.

— La barbe, souffla-t-il en enfonçant ses doigts dans ses cheveux.

Une chose était sûre, il ne pouvait pas rester là à l'attendre. Il devait au moins essayer de la trouver. Si elle était dans l'hôtel, il la retrouverait. Sinon, il reviendrait dans la chambre. Cette idée le fit tiquer au point de décupler sa détermination.

Comme il l'imaginait mal aux machines à sous, il se dirigea directement vers les tables de jeu. À son grand soulagement, il la vit presque immédiatement. Elle se tenait à une table de roulette entourée d'hommes. Le décolleté vaporeux de sa robe dévoilait la peau laiteuse de son dos et de ses épaules. Une peau qu'il se languissait de toucher. Il ne faisait aucun doute que quelques-uns des hommes de la table partageaient son désir.

Il observa Lindsey se pencher au-dessus de la table pour empiler des plaques sur un numéro. Dans le mouvement, son sein frôla l'épaule de son voisin. Mark sentit son dos se raidir tandis qu'il se concentrait sur les yeux de l'homme : affamés, lubriques, et bien trop brillants. Il en était presque à se lécher les lèvres. Un grognement lui monta dans la gorge pendant que la jalousie le poignardait.

Marmonnant un juron, Mark se rua vers eux, ravalant un cri d'homme des cavernes : mienne, mienne, mienne ! Il s'arrêta devant Lindsey. Là, il remarqua l'énorme pile de plaques qu'elle avait misées sur le numéro 8. Fouillant dans sa poche, il trouva un billet de cent dollars. Posant la main sur la peau douce de son bras nu, il nota non sans surprise qu'elle n'avait aucune réaction. Se penchant en avant, il mit l'argent sur la table.

— Je mise sur le 8, annonça-t-il au croupier.

Le croupier l'évalua d'un regard puis annonça « Crédit sur le noir », par-dessus son épaule, à l'intention du responsable de la salle.

Lindsey sut que c'était Mark qui la touchait avant même d'entendre son irrésistible voix grave. Quand sa main descendit le long de son bras, sa peau frémit instantanément. De plaisir, de reconnaissance sexuelle, de besoin – tout cela et bien plus, par flots.

Ses sens s'éveillèrent à sa présence, et elle se tourna aussitôt vers lui. La douce pensée qu'il avait peur pour elle dansa dans sa tête, redoublant ses réactions physiques. Aucun homme ne prendrait le premier avion, en mettant tout le reste de côté, pour suivre une femme sous le coup d'un simple désir physique. Mark tenait profondément à elle, et à travers les brumes alcoolisées la peur qu'elle aurait éprouvée en temps normal avait disparu.

Elle le surprit lorsqu'elle s'appuya, se plaqua contre lui, tout en songeant à la beauté qui vibrait sous sa chemise. La présence de Mark déclenchait en elle un désir primaire, animal, si profond qu'elle se demandait si elle en comprendrait un jour le sens. C'était tellement immédiat, tellement puissant.

— Mark, tu es là, dit-elle d'une voix où se mêlaient étonnement, émotion, désir pur et brûlant.

Il resserra les bras autour de sa taille et posa sur elle ses yeux sombres intenses.

— Oui, je suis là. Je...

Elle plaça un doigt sur ses lèvres.

— Je suis désolée, murmura-t-elle avant de se hisser sur la pointe des pieds pour remplacer ses doigts par ses lèvres.

Son baiser était pareil à une douce caresse qu'elle mourait d'envie de poursuivre. Mais pas ici.

— Tu n'aurais pas dû venir ici toute seule.

Si c'était une réprimande, elle manquait de conviction. Ses yeux, sa voix, toute son attitude suggérait que lui aussi avait envie de prolonger leur baiser.

— Je sais, je n'aurais pas dû partir. Je...

Lindsey en perdait ses mots. Le croupier annonça le numéro gagnant.

— Huit noir.

Elle enregistra l'annonce du croupier dans un silence ahuri. Les machines tintèrent autour d'elle, et un cri de bonheur éclata. Se tournant vers la table, elle vérifia, puis se tourna vers Mark et s'exclama :

— Oh, mon Dieu, Mark ! Nous avons gagné ! Tu as gagné gros ! (Plaquant sa main sur sa bouche, elle calcula mentalement les gains de Mark.) Plus que gros !

Il vint près d'elle, côte à côte, posa la main sur sa hanche.

— Tu me portes bonheur, Lindsey, lui murmura-t-il à l'oreille, et son corps répondit par un frisson.

Elle leva les yeux vers lui, ses mots lui faisant l'effet d'une douce caresse. C'était comme un rêve de l'avoir à ses côtés.

— Mark, susurra-t-elle tendrement.

Son message était clair. Ce mot unique, son nom, renfermait une infinité de sens. Ils restèrent immobiles un long moment, les yeux dans les yeux, dans l'oubli de tout le reste. Le message silencieux qu'ils échangeaient était chargé de désir mutuel et d'appétit sexuel. Ils se désiraient, et la nuit serait sans doute délicieuse. Mais entre eux, il n'y avait pas que du désir. La force de leurs sentiments les frappait autant l'un que l'autre, les envoûtait.

Prenant conscience qu'il était sur le point de déraper, Mark les ramena sans ménagement à la réalité. S'il ne s'y appliquait pas, il allait l'embrasser, et pas d'une façon décente, en public. Étant donné les pulsations qui l'animaient sous la ceinture, au point d'en devenir une gêne, ils risquaient de se faire virer du casino.

Prenant la main de Lindsey, il regarda le croupier dans les yeux.

— Nous allons encaisser nos gains.

La déception du croupier fut évidente. Il avait espéré intéresser Lindsey. Dommage pour lui. Dominant ses pulsions, Mark porta la main de Lindsey à ses lèvres. Elle se laissa aller contre lui, posant la tête sur son épaule en poussant un soupir de bien-être irrésistible.

Quand le croupier fit glisser une plaque de cinq cents dollars vers elle, elle releva la tête, médusée.

— C'est encore plus que ce que je croyais, dit-elle en la ramassant, puis elle sourit à Mark. J'adore gagner, t'as pas idée.

Le croupier avança des jetons d'une valeur de deux mille dollars vers Mark. Elle considéra avec de grands yeux ce que Mark ramassait.

— Deux mille dollars en un seul coup. C'est incroyable. Quel pied.

Mark lança un jeton en l'air et le rattrapa.

— Pas mal en cinq minutes, dit-il avec un clin d'œil.

Mais l'argent ne faisait pas partie de ses préoccupations.

— Allons-nous-en d'ici.

Lindsey posa sur lui un regard flamboyant.

— Oui, partons d'ici.

Un bras autour de son épaule nue, il ancra son corps contre son flanc tandis qu'ils traversaient la salle. Quand ils arrivèrent près des toilettes, Mark poussa Lindsey contre un mur et plaça ses mains de part et d'autre de sa tête. Elle fit immédiatement glisser ses bras sur sa taille.

— Tu n'imagines pas comme j'étais furieux contre toi.

Incapable de résister, il promena sa langue sur la partie la plus sensible du lobe de son oreille.

Lindsey s'humecta les lèvres, cherchant la vérité dans ses yeux, et répondit d'une voix pleine d'espoir.

— Tu étais ?

— Mmmm, je le suis toujours, dit-il dans un murmure rauque qui trahissait son vif désir de l'avoir seule et nue.

Lui relevant délicatement le menton, il la fixa d'un air provocateur.

— Tu comptes y remédier comment ?

Lindsey déglutit et battit des paupières, l'indécision traversant son regard. Puis elle glissa les doigts dans ses cheveux et se hissa sur la pointe des pieds pour poser ses lèvres sur les siennes. Il accepta l'invitation, prenant son visage en coupe et, sa langue forçant le passage de ses dents, il l'embrassa avec une lenteur particulièrement sensuelle.

Il gémit dans sa bouche, sentant son corps durcir en écho au rugissement de sa requête exigeante. Dans ce baiser, ils partageaient un tel désir, tant de passion. Quand leurs lèvres se séparèrent, elle leva les yeux vers lui, ses bras ayant trouvé le chemin de son cou. Ses lèvres se retroussèrent lentement et elle sourit.

— Montons dans ma chambre. Je vais te montrer de quelle façon je compte me faire pardonner.

Il fut surpris qu'elle ne cherche pas à argumenter. Après tout, elle avait précisément fui ce qui allait se passer entre eux. Ils le savaient l'un comme l'autre.

— On ne résiste pas, ce soir ? Tu ne me dis pas que tu es en colère parce que je t'ai suivie ?

Elle fit non de la tête.

— Tu as l'impression que j'ai cherché à te résister ? (Elle ne lui laissa pas le temps de répondre.) Tu m'as déjà à ta merci. (Elle se tut, et l'étonna en ajoutant :) Pourquoi penses-tu que j'ai mis de la distance entre nous ?

Mark la fixa, pris de court. Il n'avait pas espéré la voir admettre les faits aussi facilement.

— Lindsey…

Elle l'arrêta une fois de plus, le faisant taire de deux doigts sur sa bouche.

— Attends, murmura-t-elle. Autre chose d'abord. J'ai besoin de te dire ça. (Mark approuva de la tête, puis elle ôta ses doigts.) C'est vrai, je devrais t'en vouloir de m'avoir suivie, dit-elle en baissant les yeux vers son torse. Avec n'importe qui d'autre, ce serait le cas. (Elle releva les yeux, et poursuivit à voix basse :) Avec toi, je ne suis pas du tout en colère.

Il y avait des tas de choses à dire. Mais dans l'immédiat, tout ce qu'il voulait vraiment, c'était monter avec elle dans sa chambre et lui faire lentement l'amour. Cherchant à y voir clair malgré la force de son désir, il se raisonna. Il devait tirer parti de l'état d'esprit dans lequel elle était pour mettre les choses au point une bonne fois pour toutes. S'ils allaient directement dans la chambre, il n'y aurait pas de place pour la discussion. Déjà là, il avait du mal à réfléchir.

Il devait trouver un endroit assez calme pour qu'ils puissent se parler la tête froide.

— Tu as dîné ? demanda-t-il en la considérant avec intensité.

Elle plissa les yeux, l'air contrarié.

— Non, mais...

— Alors allons manger un morceau. Il y a *Spago* juste au coin de la rue. On pourra discuter, c'est tranquille.

Elle le fixa longuement, l'air confus. Manifestement, manger était le dernier de ses soucis.

— Non, dit-elle avec entêtement. Allons dans la chambre.

Amusé, Mark haussa les sourcils. Qu'elle admette son désir aussi promptement était une réussite en soi. Repoussant une mèche de cheveux des yeux de Lindsey, il dit :

— J'en ai très envie, Lindsey, mais nous avons besoin de discuter. Nous savons tous les deux qu'une fois là-haut, nous ne parlerons pas.

Elle s'adossa au mur pour le regarder.

— Nous parlerons, dit-elle tranquillement. Je te le promets. Mais pas maintenant.

Elle saisit sa chemise dans son poing et l'attira tout contre elle.

— Là, tout de suite, j'ai juste envie que tu me prennes dans tes bras.

Mark n'était qu'un être humain, comment résister à une demande de Lindsey motivée par un besoin aussi impérieux ? Sans parler du fait que son érection était si forte que sa braguette était sur le point d'exploser. Un bruit sourd s'échappa de sa gorge quand il la prit par la taille. Il pouvait sentir ses courbes douces pressées contre son corps.

Venue de nulle part, une pensée lui vint. Greg. Il avait besoin de savoir exactement où elle en était avec lui, avant d'aller plus loin.

— Et Greg, Lindsey ?

Elle fronça les sourcils, posa la main sur sa joue.

— Greg ne représente rien pour moi. Ni dans le présent, ni dans le passé, ni jamais.

Pour autant qu'il veuille la croire, il devait s'en assurer.

— Alors pourquoi es-tu sortie avec lui l'autre soir ?

Elle eut l'air perturbé.

— Il m'a promis de me fournir des infos sur Williams. Je me suis dit que je ne pouvais pas laisser passer une occasion de progresser sur le dossier à cause de mon petit besoin égoïste de l'éviter.

Mark digéra et accepta l'explication comme la vérité. Il connaissait Greg suffisamment bien pour savoir qu'il était manipulateur. Il n'avait pas de mal à croire qu'il s'était servi de l'affaire pour faire venir Lindsey à lui.

— On attend quoi ? chuchota-t-il. Montons.

10

Calé au fond de l'ascenseur, Mark attira Lindsey contre lui, serrant les bras autour de son ventre. Les gens affluèrent dans la cabine et ils furent écrasés l'un contre l'autre par un flot de corps.

Lindsey s'abandonna contre lui, son dos contre ses hanches. Un moment excitant.

— Arrête, lui murmura-t-il à l'oreille.

Elle lui jeta un coup d'œil par-dessus son épaule et toucha sa joue tout en plaquant plus fortement ses hanches contre son bassin.

— Quoi ? demanda-t-elle en feignant l'innocence.

Elle laissa aller sa tête contre son torse, lui offrant la vision de son cou blanc, ce qui fit naître en lui l'image d'elle faisant le même mouvement dans l'intimité. Incapable de résister, il posa la main sur son cou et la vit fermer les yeux, bouche entrouverte.

L'impatience de son désir d'être seul avec elle grimpa en flèche, plus vite que l'ascenseur. Elle allait en tirer les bénéfices, à coup sûr. Quand l'ascenseur s'immobilisa à leur étage, Mark suivit Lindsey et lui saisit la main. Après avoir vérifié qu'ils étaient seuls dans le couloir, il la prit brusquement dans ses bras, l'embrassa d'un geste possessif, avec intensité et passion.

Il voulait lui faire sentir son excitation dans toute sa force.

Sa main glissa sur le côté de son sein et le pressa délicatement, caressa sa pointe du pouce. Elle frissonna, gémit dans sa bouche. Sachant qu'il avait atteint les limites de la décence dans un couloir, il s'obligea à se calmer.

— Viens, dit-il, l'entraînant à sa suite.

Tandis qu'il se débattait avec la clé, pour la première fois de sa vie Mark se sentit mal assuré. Brûlant d'un besoin purement animal, il n'arrivait pas à ouvrir la porte. Il y parvint et quand ils se retrouvèrent enfin dans la chambre, il claqua la porte. Sans lui laisser le temps de comprendre ce qui lui arrivait, Lindsey se mua en assaillante. Elle le repoussa contre le mur, les mains à plat sur son torse. Il manifesta sa surprise, c'était plus fort que lui. Sa ferveur inattendue le déroutait, mais c'était une source d'excitation sexuelle supplémentaire.

Il tendit les mains vers elle, mais elle serra les genoux entre ses jambes, repoussant ses mains.

— Non, pas encore.

C'était un ordre, autoritaire.

Elle plaqua ses hanches contre les siennes, ses courbes généreuses moulant son membre en érection. Ils restèrent cuisses contre cuisses, hanches contre hanches, parfaitement soudés, comme ne formant qu'un seul être. Il était si enflammé qu'il semblait au bord de l'explosion. Plus dur, plus exalté de minute en minute, il mourait d'envie de passer à l'action, de la toucher, de sentir son goût, et de se frayer un chemin en elle.

Mais les intentions de Lindsey étaient claires. Elle avait pris les commandes. Les mains sur son torse, elle le regarda dans les yeux.

— C'est incroyable que tu sois là.

C'était un murmure rauque.

Tout en elle, dans ce moment, était terriblement sexy, si bien qu'il avait du mal à se retenir de lui arracher ses vêtements pour la pénétrer violemment. Il se réjouit que les rideaux soient ouverts puisqu'il pouvait la voir à la lumière du soir. Il aurait détesté rater cette sublime image d'elle. Elle avait les cheveux ébouriffés, une masse blonde soyeuse flottant sur ses épaules, les yeux étincelant de désir et d'émotions, les lèvres gonflées par leurs baisers.

— Comment as-tu pu imaginer que je ne viendrais pas te rejoindre ? demanda-t-il d'une voix vibrante d'envie, suave.

— Pourquoi es-tu venu ?

Elle le testait. Mark n'était pas sûr qu'elle soit prête à entendre la vérité sur ses sentiments pour elle... mais au fond de lui, il croyait qu'elle savait. Il enroula une mèche de ses cheveux autour de son doigt.

— Tu es sûre de vouloir entendre la réponse ?

Ses lèvres tremblèrent, et ses yeux exprimèrent brièvement sa confusion.

— Ce que je veux, dit-elle doucement, c'est tout oublier. Il n'y a que ce soir qui compte. Je te désire, Mark.

Elle suivit des doigts la ligne de sa mâchoire, posa la main sur sa joue.

Mark absorba ses paroles, son contact, chacun de ses gestes lui faisant l'effet d'un feu liquide coulant dans ses veines. Entendre Lindsey admettre ouvertement son désir lui donnait l'impression que tout s'emboîtait. Peut-être parce que cet aveu dépassait le besoin physique.

— Je te désire aussi, bébé. Tu me rends dingue à un point que tu n'imagines pas.

Il prit ses hanches moulant ses mains aux rondeurs parfaites de ses fesses.

Elle commença à déboutonner sa chemise, impatiente de toucher sa peau nue. Il avait envie de l'embrasser mais elle semblait concentrée. Il ne voulait pas lui contester l'initiative. Bon, peut-être qu'il en avait envie, mais il n'en ferait rien.

— Ce que j'aime ton corps, dit-elle pendant que ses mains et sa bouche parcouraient les muscles fermes à mesure qu'elle les dénudait.

Elle lécha son téton. Ce coup de langue le transperça comme un éclair. Il retint son souffle, luttant pour rester immobile et la laisser mener la danse.

— Ça te plaît ? demanda-t-elle, ses ongles griffant les deux mamelons.

Il plongea ses yeux dans les siens.

— Tes mains et ta bouche sur mon corps ? demanda-t-il. La seule chose meilleure que ça, ce sont mes mains et ma bouche sur le tien.

Cela signa la fin de sa retenue. Il fallait qu'il l'embrasse. Les doigts perdus dans sa chevelure, tandis qu'il attirait sa bouche vers la sienne, l'embrassant avec gourmandise, la goûtant comme un nectar sucré, dont il devenait dépendant. Il n'avait jamais assez de sa saveur, de sa bouche, de son odeur. Son odeur... douce, florale, avec une note plus primitive. Il y avait quelque chose d'entêtant en elle, quelque chose qui l'embrasait, et le faisait brûler d'un besoin si intense, si puissant, qu'il se consumait.

— Lindsey, tu es merveilleuse. J'en veux toujours plus. Je crois que je n'en aurai jamais assez.

Il murmurait au bord de ses lèvres alors que ses mains prenaient ses seins en coupe.

Elle geignit de plaisir et remonta le long de ses cuisses, écartant les doigts en se rapprochant de son entrejambe. Et alors qu'il s'attendait à ce qu'elle continue à le titiller, elle saisit son sexe en érection à pleines mains. Elle se mordilla la lèvre inférieure, ses doigts continuant à le caresser et à le tourmenter.

Sans prévenir, elle se recula, hors d'atteinte. Il la fixa, les yeux débordant d'interrogations. Elle lui répondit d'un sourire aguicheur. Lentement, elle dégrafa sa robe, la laissa tomber à ses pieds, l'enjamba et la rejeta d'un coup de pied.

Les yeux de Mark glissèrent le long de son corps délicat, il ne se lassait pas de la contempler, si séduisante et seulement vêtue d'un morceau de dentelle noire très petit, très transparent, qui recouvrait tout juste les pointes rosées et grenues de ses seins. Sa culotte se résumait à un échantillon de dentelle qui lui faisait de l'œil exactement au bon endroit. Le corps vibrant, il durcissait de désir. Il n'avait pas souvenir d'avoir aussi vivement réagi à la vue d'un corps de femme. Sans aucun doute, Lindsey l'embrasait bel et bien.

— Viens là, lui enjoignit-il d'une voix rauque, en tendant les mains vers elle.

Elle se fondit entre ses bras, sans hésitation, comme si elle aussi ne supportait plus d'attendre. Il enfouit son visage dans ses cheveux, s'imprégnant de son parfum et de la formidable sensation de la tenir contre lui. Il avait atteint les limites de la patience, et eut soudain le besoin de profiter de cette étreinte.

Il trouva sa bouche, poussé par la nécessité de la goûter. Quand leurs lèvres s'effleurèrent, il aurait juré que celles de Lindsey tremblaient. Une, deux, trois fois, il savoura leur goût et leur dessin, avant de glisser sa langue contre la sienne dans une longue cajolerie. Un baiser parfait, lent car il prenait son temps, lui faisant l'amour avec sa bouche. Mais quand elle gémit, ses mains parcourant son corps, il sentit l'urgence redoubler et fut incapable d'attendre plus longtemps.

Il dévora sa bouche comme un affamé. Alors même qu'il se perdait dans l'instant, dans Lindsey, il remarqua que c'était un besoin inédit, car jamais auparavant il n'avait rien souhaité aussi totalement, d'une façon aussi dévorante.

Lindsey était fougueuse, brûlant de sensations que seul Mark pouvait lui faire vivre. Son besoin de lui l'effrayait tout en lui donnant l'impression d'être entière, d'une façon qu'elle n'avait jamais connue de toute sa vie. Elle avait envie de faire l'amour avec lui. Tombant à genoux, elle déposa de légers baisers sur la peau chaude de son ventre. Pendant que sa bouche jouait sur les muscles fermes, elle déboutonna la braguette de son pantalon.

Tout en débouclant sa ceinture, elle enfonçait sa langue dans son nombril, et elle baissa son pantalon, libérant son membre raide. Elle écarquilla les yeux, la bouche sèche. Elle avait oublié qu'il était aussi gros, aussi parfait.

Mark baissa les yeux vers elle, l'air interrogateur. Elle le taquina, se penchant pour délacer ses chaussures. Elle sentait la tension dans tout son corps. Il avait envie de lui dire de laisser ses chaussures tranquilles. Souriant intérieurement, elle mena son petit jeu à terme.

Elle lui ôta une chaussure, puis l'autre, les lançant à travers la pièce. Ses mains remontèrent de ses chevilles, le long de ses jambes musclées. Mark renversa la tête en arrière, contre la porte. Elle adorait le sens de son geste… il acceptait de se soumettre.

Lindsey remonta jusqu'à sa taille, à l'élastique du boxer. Il redressa la tête, la considérant entre ses paupières lourdes.

— Je peux ? demanda-t-elle en montrant ses vêtements.

Mark grommela.

— Tu peux me faire tout ce que tu veux, ma douce.

Elle sourit, puis tira son pantalon, entraînant le sous-vêtement dans le mouvement. Elle referma la main autour de son érection et se releva. Il gémit. Elle adorait le pouvoir qu'elle avait sur lui. Voir cet homme sublime, qui avait toujours le contrôle sur tout, à sa merci la faisait planer.

Ils se dévisagèrent, tandis que sa main le touchait, le caressait.

— Je veux...

Il la fit taire en portant ses mains à ses cheveux, réclamant sa bouche. Leurs corps se pressèrent l'un contre l'autre, son érection nichée entre les cuisses de Lindsey. Ce fut un long baiser excitant qui les fit s'agripper l'un à l'autre, leurs langues se mêlant avec amour.

Il posa les paumes sur ses seins, les massant avec juste ce qu'il fallait de pression. Elle sombrait dans un brouillard de sensualité. Son soutien-gorge dégrafé tomba le long de son buste. Elle n'avait pas remarqué qu'il l'avait détaché. Ses mains couvrirent ses seins nus, ses doigts jouant à en pincer les pointes. Puis il prit ses fesses dans ses mains et la souleva. Elle enroula les jambes autour de sa taille. Elle l'étreignait, le voulait...

Il la porta jusqu'au lit, la fit asseoir au bord du matelas, s'agenouillant devant elle.

— Mon Dieu, tu es magnifique, dit-il d'une voix grave.

Elle prit son visage entre ses mains.

— Tu es magnifique.

Elle le pensait. Il était la perfection incarnée.

— Lindsey, murmura-t-il, débordant d'émotion.

Elle posa les lèvres sur son front, sa tempe, sa joue. Leurs bouches s'unirent, il l'embrassa à nouveau, goûtant sa salive. Sa joue, son cou, son sein... il embrassait, touchait, agaçait chaque centimètre d'elle, jusqu'à refermer ses lèvres autour de son mamelon.

Les mains dans ses cheveux, elle s'arc-bouta pour s'offrir à cette sensation, le corps brûlant au contact de ses lèvres, de ses dents, de sa langue.

— Je te veux, Mark.

— Moi aussi, je te veux, dit-il mais il continua de la tourmenter, mordillant, léchant, jusqu'à ce qu'elle se croie sur le point de mourir de plaisir.

Soudain il se leva, la poussant sur le dos, puis leva l'une de ses jambes. Il baisa sa cheville, son mollet, l'intérieur de sa cuisse, et ses lèvres et ses dents la faisaient se tortiller. Quand il se rapprocha dangereusement de son string, il passa à l'autre jambe et recommença. Cette fois, quand il atteignit la dentelle, que sa bouche passa dessus, la chaleur de son souffle brûlait à travers le tissu fin.

Il porta la main à ses hanches, enleva son sous-vêtement. La dernière barrière disparue, il la tira par la taille vers le milieu du lit tout en s'installant au-dessus d'elle. Son érection frotta son bas-ventre, provoquant une onde de désir dans tout son corps.

Sa bouche recouvrit la sienne, leurs langues s'unirent tandis qu'il se frayait un chemin en elle. Avec une lenteur délibérée, il la pénétra, jusqu'à ce que leurs corps ne fassent plus qu'un.

Pendant un long moment, ils s'embrassèrent, ses seins contre son torse, leurs bassins soudés, leurs mains s'explorant mutuellement. Pour elle, c'était comme une expérience extracorporelle. Chaque geste était pareil à de l'or sensuel, éveillant ses terminaisons nerveuses une à une, aiguisant toujours plus son désir.

Ensemble, comme s'ils en avaient besoin au même moment, ils adoptèrent un rythme lent, allant et venant d'avant en arrière à lents coups de reins. Il toucha les pointes de ses seins, ses lèvres, ses hanches. À chaque contact, elle avait envie d'être encore plus près de lui. Voulait davantage. Puis, à l'unisson, l'urgence les submergea. À chaque ondulation, ils pressaient leurs corps l'un contre l'autre avec un regain de puissance, de force. Ils s'embrassaient plus fougueusement, comme assoiffés du moindre souffle de l'autre. Comme s'ils avaient besoin de l'autre pour survivre.

C'était une sensation fulgurante, merveilleuse, qui l'encourageait à bouger avec lui d'une façon qu'elle n'avait jamais connue. Ce n'était pas du sexe. C'était plus que ça. Quelque chose d'aussi vif qu'une flamme atteignant des sommets, brûlant d'un feu incontrôlable. Dévorant.

Et soudain, le moment du plaisir suprême approcha. Elle chercha à le repousser, refusant de s'abandonner à la satisfaction. Car ensuite, tout serait terminé. Non. Elle ne voulait pas que ça cesse. C'était trop bon.

Mais c'était trop tard. Son corps ne lui appartenait plus. Elle explosa, se tendit quand le premier spasme de l'orgasme prit possession d'elle. La délivrance fut si intense qu'elle ne put crier son nom que dans sa tête. Et tandis que son intimité se contractait autour de lui, elle l'entendit gémir son nom. Puis il jouit à son tour, pressant ses hanches contre elle, le visage enfoui dans son cou.

Un instant plus tard, ils étaient allongés l'un contre l'autre, défaits par la force de l'orgasme. La réalité reprit le dessus, frappant Lindsey dans un afflux émotionnel. La magnitude de ce qu'ils venaient de partager était si puissante que c'en était difficile à digérer.

Jamais elle ne s'était sentie aussi totalement possédée et comblée par un homme. Le picotement des larmes, derrière ses paupières, la prit par surprise. Une vague de panique l'envahit. Était-elle en train de tomber amoureuse ? Elle ne voulait pas être amoureuse. Cela impliquait de renoncer à trop de choses. Elle avait travaillé dur pour se trouver. Elle refusait de se perdre de nouveau.

Tournant la tête sur le côté, elle chercha à cacher ses larmes. Mark embrassa sa tempe et la fit rouler sur le flanc, lui donnant l'occasion d'échapper à son regard. Elle s'assit, submergée par une seconde vague d'émotions, prit une profonde inspiration, suppliant ses larmes de disparaître. Mais un flot la menaçait, et elle était incapable de l'endiguer.

Pas moyen de dissimuler ses sanglots à Mark. Il referma ses bras autour d'elle, par-derrière.

— Qu'est-ce qui ne va pas ? Je t'ai fait mal ? demanda-t-il d'une voix pleine de sollicitude qui n'eut d'autre effet que de redoubler ses pleurs.

Essuyant son visage, elle s'appliqua à retrouver son calme.

— Non, pas du tout. Je suis désolée. Je te jure, je ne suis jamais comme ça.

Mark lui caressa les cheveux.

— Je sais, et c'est bien ce qui m'inquiète.

— Ça va, articula-t-elle en reniflant. Très bien.

Mark l'installa sur ses genoux puis s'adossa à la tête de lit. Lindsey succomba au besoin de pleurer et enfouit son visage dans son cou pour laisser couler librement ses larmes. Son soulagement était tel qu'elle eut l'impression de délivrer des années de larmes. Elle était seulement capable de s'accrocher à Mark, et de les laisser ruisseler.

Lui, il était formidable, susurrant des paroles de réconfort, la berçant.

De longues minutes plus tard, elle accepta le mouchoir qu'il lui tendait, se sentant apaisée, même si elle avait mal aux yeux et était exténuée.

— Tu veux qu'on en parle ? proposa Mark.

— Je crois que tout m'est tombé dessus d'un coup, expliqua-t-elle. J'ai eu un mois assez chargé en émotions.

Mark savait que ce n'était pas tout, et il avait besoin de comprendre.

— Comment se fait-il que tout soit sorti après que nous avons fait l'amour ?

Lindsey lui passa la main dans les cheveux.

— Tu me fiches la trouille.

Il le savait, mais ne vit aucune raison de le préciser. Il préférait comprendre vraiment ses sentiments.

— Pourquoi ?

— Eh bien, dit-elle d'une voix tremblante, je crois que je commence à m'habituer à t'avoir dans ma vie.

Mark l'examina.

— Et en quoi est-ce mal ?

— Parce que chaque fois que je me suis engagée avec un homme, j'ai eu l'impression de perdre mon identité dans la relation. Je ne veux pas revivre ça. (Elle secoua la tête, ferma les yeux.) Je ne peux pas.

Il déposa un léger baiser sur ses lèvres.

— Je suis fou de toi. J'aime ton indépendance, et même ton côté borné. (Il sourit). Je ne veux pas que tu changes. Je veux juste que tu sois heureuse d'être toi-même.

Elle battit des paupières.

— Venant de toi, ça semble si simple.

— Non, dit-il. Je ne crois pas du tout que ce soit simple. La vérité est que j'ai peur, moi aussi. (Elle le regarda avec étonnement.) Je n'étais pas plus que toi à la recherche de ce genre de relation.

Lindsey prit le temps d'accepter son aveu.

— Merci, Mark.

Il plissa les yeux.

— Pour quoi ?

— Pour ta compréhension. Merci de ne pas me forcer. (Elle expira.) D'être ce que tu es.

Il la serra contre lui, le menton posé sur sa tête.

— Ne me remercie pas, dit-il. Mais n'arrête pas d'être toi-même. (Il déposa un baiser sur son crâne.) Tout ce que je veux, c'est une chance de voir où cela nous mène. (Il s'écarta, la regarda.) Ça te paraît honnête ?

Elle sourit.

— Oui, ça me dit bien, à moi aussi.

Mark s'allongea, la prit dans ses bras, en espérant que cette nuit où il s'endormait auprès d'elle ne serait pas unique.

Il faisait noir, elle était seule. La peur engluait ses pensées, faisait transpirer ses paumes et trembler tout son corps. Les ombres dansaient de façon menaçante dans la pièce, un éclair près de la fenêtre – une ombre en mouvement. Oh, mon dieu… un homme. C'était la silhouette d'un homme. Elle rejeta les couvertures, les écartant à coups de pied frénétiques tout en tendant la main vers son revolver. Mais il n'était pas là.

Où était son arme ? Elle saisit son sac à main, agitée, renversant son contenu sur le lit pour mieux le fouiller.

Soudain, Mark apparut, enjamba le rebord de la fenêtre et partit à la poursuite de la silhouette. Prise de panique, Lindsey accéléra ses recherches, fourrageant dans les tiroirs, sous les oreillers. Renonçant, elle lança son sac par terre et se rua vers la fenêtre, sans prendre la peine d'enfiler un peignoir. Il fallait absolument qu'elle rejoigne Mark.

La fenêtre était ouverte, elle la traversa, en proie au désespoir alors qu'elle criait le nom de Mark. Mais elle ne le voyait nulle part. Elle se rapprocha de l'escalier de secours, d'un pas précipité, puis sauta dans la ruelle. Toujours pas de Mark en vue. Elle s'élança au pas de course, aussi vite que possible, poussée par le besoin de le rattraper. Sa respiration se fit laborieuse, douloureuse, et son visage était baigné de larmes.

Où était-il ? Où était Mark ?

— Lindsey.

Elle entendait son nom mais ne voyait personne.

— Lindsey, mon bébé, réveille-toi. (Elle battit des paupières.) Lindsey, tu fais un cauchemar. Réveille-toi.

Elle se redressa vivement, s'assit, moite, la respiration sifflante, oppressée. Elle posa les yeux sur son visage.

— Mark ?

Il l'enlaça.

— Oui, je suis là, bébé.

Le son de sa voix l'aida à revenir à la réalité. Elle se tourna pour toucher son visage, son torse, ses épaules, avide de savoir qu'il était bel et bien présent. Il était réel. Un profond soupir de soulagement s'échappa de sa bouche.

— Oh, mon Dieu. Tu es là. Tu vas bien.

Mark déposa un baiser dans le creux de sa main.

— Je suis là. Tout va bien maintenant.

Il la prit dans ses bras.

— Viens t'allonger avec moi, la pressa-t-il en douceur.

Lentement, il guida leurs corps sur les draps. S'abandonnant à son étreinte, elle se calma. Le sentiment de sécurité que ses bras lui procuraient lui fit retrouver peu à peu un rythme de respiration normal. Au bout de quelques minutes, elle se redressa pour embrasser sa joue, si heureuse qu'il aille bien, si reconnaissante qu'il lui offre du réconfort.

Elle n'était pas seule.

— Tu veux me raconter ? demanda Mark en caressant ses longs cheveux.

Lindsey posa la tête sur son épaule. Cette fois, le cauchemar avait été plus réel, plus terrifiant. Et oui, elle souhaitait en parler, le raconter à Mark.

— Je fais souvent le même cauchemar, encore et encore.

— Tu as crié mon nom. Pourquoi ? demanda-t-il en dessinant des cercles sur son bras avec sa main.

Même si ça lui était pénible, elle s'appliqua à ressusciter les images dans sa tête. Mark était là, au cœur de l'effroi, mais sans appartenir à l'obscurité.

— Il y a toujours un inconnu qui cherche à m'attraper, et d'un coup tu arrives, tu disparais et j'essaie de te rejoindre.

Mark eut l'impression de recevoir un coup de poing dans le ventre. Serait-ce une sorte de prémonition ? Ils ne se connaissaient pas depuis longtemps.

— Depuis quand fais-tu ce cauchemar ?

Lindsey chercha dans sa mémoire.

— Je ne sais pas trop. Ça a commencé avant qu'on se rencontre, je crois. Mais comment c'est possible ? Tu es dedans.

— Peut-être que tu faisais ces cauchemars avant, et que maintenant qu'on se connaît, tu m'as intégré au rêve.

Ça semblait plutôt logique.

Elle poussa un soupir.

— Peut-être.

— Repose-toi, bébé, dit-il en déposant un baiser sur sa tête. C'est le milieu de la nuit.

Elle se blottit contre lui, glissant sa jambe entre les siennes. Comme c'était bon d'être dans ses bras. En quelques minutes, elle sombra dans le sommeil. Il resta éveillé, la serrant contre lui, ressassant tout, du cauchemar aux meurtres. Lindsey avait éveillé ses instincts protecteurs dès leur première rencontre. Plus le temps passait, plus cette tendance s'affirmait. Son cauchemar lui faisait l'effet d'une prémonition. À cette idée, il se maudit en silence. Voilà qu'il ressemblait à Lindsey, avec son baratin sur l'instinct et les pressentiments. Alors que ses cauchemars n'étaient probablement que le produit de ses combats contre le passé. Lindsey s'était longtemps fait du mal en se reprochant le dénouement de l'affaire Hudson.

Il l'observa, nichée contre lui… parfaite, elle qui avait tant besoin de quelqu'un pour s'occuper d'elle. Si ce n'était pas son avis à elle, c'était le sien. Tout le monde a besoin de quelqu'un, et elle ne faisait pas exception. Même si elle s'appliquait à se convaincre du contraire, et à en persuader le monde entier.

Il n'allait plus la laisser affronter la vie seule.

11

Mark s'éveilla au doux parfum de fleur de Lindsey. Il sourit en promenant sa main sur ses cheveux et se félicita de l'avoir suivie à Las Vegas. Il s'était toujours considéré comme un homme traditionnel, du genre qui fréquente longtemps une femme pour commencer par s'assurer que c'est la bonne. Apparemment, l'amour ne se passait pas de cette façon. C'était une tempête qui détruisait jusqu'à la dernière des réserves.

Parce que Mark savait que peu importait le nombre de jours, de semaines, ou même de mois qui s'écoulaient, Lindsey était la femme qu'il lui fallait. C'était fou si l'on considérait qu'ils se connaissaient depuis si peu de temps, mais ce n'en était pas moins vrai. Pour rien au monde il ne la laisserait repartir à Washington. Mais elle était comme une biche terrifiée dans les phares d'une voiture, prête à s'enfuir. Au moindre faux pas, il risquait de l'effrayer.

De la perdre définitivement.

Elle leva la tête et posa sur lui des yeux ensommeillés, et parla d'une voix lascive et rauque.

— Bonjour, maître.

Ils échangèrent un rapide baiser.

— Bonjour. Tu as bien dormi ?

— Après le cauchemar, dit-elle, à merveille. J'adore dormir avec toi.

— Ah oui ? Moi aussi j'adore dormir avec toi. Je me disais justement que je m'habituerais facilement à partager mon lit avec toi.

Elle éclata de rire, sourit de toutes ses dents, visiblement ravie.

— Vraiment ?

Mark hocha la tête.

— Tout à fait.

— Eh bien, je suis contente que tu ne sois pas en train de te demander comment me chasser de ton lit.

Elle lui tapota le torse d'un geste joueur.

— Jamais, affirma-t-il avec gravité.

Elle leva brusquement la tête, l'air interrogateur.

— Tu as apporté des bagages ?

— Ils sont en bas. Je vais m'en occuper et aussi nous commander un petit déjeuner.

Lindsey se redressa pour lui permettre de bouger, et ramena les couvertures sur ses épaules.

— Bonne idée, mais j'ai rendez-vous avec des inspecteurs pour déjeuner, à onze heures et demie. Commande-moi un petit déjeuner léger, s'il te plaît.

Mark lui jeta un coup d'œil.

— Je vais t'accompagner.

Lindsey se leva, lâchant la couverture. Elle marcha vers la salle de bains, sans se soucier d'être nue. Elle regarda Mark par-dessus son épaule.

— Je sais, dit-elle en souriant.

Mark, ravi de sa réponse, souriait encore quand le groom lui répondit au téléphone. Enfilant son pantalon, il composa le numéro du service d'étage. Il avait à peine terminé que Lindsey sortit de la salle de bains, vêtue d'un peignoir de l'hôtel, ses cheveux mouillés tombant sur ses épaules.

Il s'habituerait très facilement à la voir comme ça, à l'aise et heureuse, et surtout, auprès de lui.

Lindsey se hâta de se doucher pour rejoindre Mark au plus vite.

C'était un sentiment étrange, considérant que la solitude était depuis longtemps son lot quotidien. Elle le trouva assis sur le lit, un plateau posé devant lui.

— C'est rapide, dit-elle, surprise que le petit déjeuner ait déjà été livré mais heureuse de pouvoir profiter de la bénédiction de la caféine. Café, s'il vous plaît.

— Je crois qu'il vaut le détour, dit-il en lui en servant une tasse.

Il tapota le lit à côté de lui.

— Viens t'asseoir avec moi.

Elle huma la tasse et ses narines frémirent de plaisir.

— J'adore l'odeur du café chaud, dit-elle avant de boire une gorgée. C'est incroyable que je n'aie pas la gueule de bois ce matin.

Mark pouffa de rire.

— Tu étais pompette, pas complètement ivre.

Lindsey observa avec approbation les grosses fraises, les bagels, le fromage frais.

— Parfaite sélection, dit-elle en piochant une fraise pour croquer dedans.

Un filet de jus coula sur son menton, et avant qu'elle ait eu le temps de prendre une serviette, Mark se pencha pour l'essuyer d'un coup de langue.

— Et délicieusement juteuse, termina-t-il à sa place, avant de reprendre sa position et de saisir sa tasse.

Comme si rien ne s'était passé. Lindsey était sans voix. L'intimité de son geste l'avait terrassée. Il la rendait dingue, cet homme. Elle le regarda, à la recherche de la source de son pouvoir sur elle. Ses cheveux étaient décoiffés, comme c'était normal au réveil, son torse très agréablement musclé offert à son regard. Il avait l'air détendu, à son aise, et bien trop sexy pour ne pas être dangereux.

Mark la regarda.

— Quoi ?

— Tu es un très vilain garçon, Mark, dit-elle en articulant chaque mot sur le ton de la plaisanterie. Tu sais très bien ce que tu viens de faire.

Il croisa son regard, une lueur malicieuse dans ses prunelles.

— Tu es une très vilaine fille. Nous savons tous les deux de quelle façon tu as joué avec moi hier soir.

Elle fronça le nez en riant.

— Retourner la situation, ce n'est pas très honnête comme tactique.

— C'est vrai ? Je tâcherai de ne pas l'oublier. (Il sourit et s'empara du journal.) Tu veux partager ?

Elle accepta, pleinement consciente de l'étonnante complicité de ce moment. Elle but son café, termina sa fraise, assise à côté de lui, sa présence aussi précieuse que de l'or. Lindsey ne s'était jamais sentie aussi bien avec Greg, ni avec aucun autre homme. Juste être ensemble, même sans parler, c'était la perfection.

Elle baignait dans un chaleureux sentiment de sécurité.

Incapable de s'en empêcher, elle lorgna vers son profil. Mark leva les yeux, comme s'il avait senti son regard posé sur lui, mais elle ne détourna pas la tête. Le journal était tombé sur ses genoux maintenant qu'elle l'observait ouvertement. Il lui adressa un sourire sexy.

— Que regardes-tu à présent ?

— Toi, dit-elle de but en blanc.

Il l'attira contre lui, enroulant un bras autour de sa taille. Il piqua un baiser appuyé sur ses lèvres et elle sourit de bonheur. Puis elle frotta ses mains sur sa joue, sentant sa barbe naissante sous ses paumes.

— Je ne te plais pas comme ça ? demanda-t-il en se palpant le visage.

Elle rit à cette idée ridicule.

— C'est tout le contraire. Tu me plais beaucoup.

Il eut un sourire diabolique.

— Ah oui, mais à quel point ? Montre-moi.

— Avec plaisir, dit-elle en nouant les mains sur sa nuque pour attirer sa bouche vers elle.

Elle glissa sa langue entre ses dents, et l'entendit gémir.

Ne serait-elle jamais repue de la saveur si unique de Mark Reeves ?

À l'arrière du taxi, Mark à côté d'elle, Lindsey savait que le moment était venu de passer aux confidences.

— Mark, à propos de Greg…

Il croisa son regard, l'air aussi sévère que sa voix.

— Quoi, Greg ?

Lindsey lui prit la main.

— Hé, doucement, dit-elle à voix basse. Je voulais juste te dire ce qu'il m'a appris au sujet de l'affaire.

Il la jaugea un instant, se détendit enfin, relâcha ses épaules, et eut l'air moins crispé. Alors seulement, elle poursuivit :

— Eh bien, dit-elle, justement. Je crois que ce n'était pas une très bonne idée de le voir.

Le regard de Mark s'assombrit.

— Ça veut dire quoi précisément ?

Lindsey jeta un coup d'œil par la vitre au moment où le taxi pilait.

— Nous sommes arrivés, dit-elle. C'était rapide.

Mark régla la course pendant qu'elle descendait de voiture. Le soleil était chaud, et des gouttes de transpiration s'accumulèrent aussitôt sur sa lèvre supérieure. Elle se dirigea vers le restaurant, impatiente de profiter de l'air conditionné, mais la main de Mark se referma sur son bras, l'empêchant d'aller plus loin. Elle se tourna vers lui. Ce n'était pas le bon moment pour terminer cette conversation. Elle avait eu tort de l'entamer juste avant un rendez-vous.

Elle le regarda en fronçant les sourcils.

— Que fais-tu ?

— Termine, la pressa-t-il.

Se résignant, elle soupira :

— Je l'ai mis en rogne. Il a voulu reparler du passé (elle se tut un instant), plutôt de lui et moi, me dire qu'il m'aimait, ce genre d'idioties.

Mark était manifestement tendu.

— Et ?

— J'ai eu le tort de lui dire ses quatre vérités, alors il a riposté. Il a proposé perpétuité sans liberté conditionnelle. J'ai refusé en disant qu'on gagnerait au tribunal. Ça m'étonnerait qu'il accepte de négocier.

Mark la considéra longuement sans exprimer aucune émotion, puis il éclata brusquement de rire, secouant la tête de droite à gauche.

Lindsey en resta bouche bée. Elle s'était préparée à ce qu'il se mette en colère.

— Quoi, ça te fait rire ? bredouilla-t-elle. J'ai cru que tu allais t'énerver.

À sa grande surprise, il l'attira dans ses bras et planta un baiser sur son front. Puis il baissa la tête vers elle, les yeux pleins de compréhension.

— Ce n'est pas ce que tu as fait de plus malin dans ta vie, mais il n'a pas dû te laisser le choix. Il a cherché à te manipuler personnellement à travers le travail, et il a reçu une bonne baffe. Il l'a bien cherché.

— Vraiment ? demanda-t-elle avec innocence.

Elle ne s'en était pas rendu compte, mais Mark avait raison. Greg l'avait manipulée, ou il avait essayé, selon ses vieilles habitudes.

— Oui, dit-il, une note d'amusement dans la voix. Vraiment. Allons-y, je n'en peux plus de cette chaleur. Bouclons rapidement ce rendez-vous.

Lindsey le prit par le bras, décidant de profiter au maximum de sa bonne humeur. Il se retourna, l'air étonné.

— Puisque tu prends les choses aussi bien et tout ça, dit-elle avant de marquer une pause, il y a autre chose, un tout petit truc.

Mark secoua la tête.

— J'ai peur de demander.

— J'ai interrogé le copain d'Elizabeth.

Mark écarquilla les yeux.

— Quoi ? Toute seule ?

Elle hocha la tête.

— Tu as conscience que c'était terriblement dangereux ?

Lindsey fit la grimace.

— Je dois dire, même si ça me déplaît de devoir l'admettre, que le patron du *Pink Panther* m'a filé la chair de poule.

— Tu es allée au *Pink Panther* aussi ? demanda-t-il, incrédule.

Elle fit oui de la tête.

— J'abandonne, dit-il, puis il prit sa main. Tu me raconteras plus tard. Nous avons ce rendez-vous d'abord.

Ils entrèrent *Chez Carrow* à onze heures trente précises. Deux hommes s'avancèrent aussitôt vers eux. Celui qui semblait être le supérieur de l'autre était costaud, avec des cheveux et des yeux bruns. Il avait aussi de mauvaises manières. Sans prendre la peine de les saluer, il regarda Lindsey et dit :

— La vache, vous ressemblez carrément aux victimes.

Mark retint une réplique cinglante. Il était peut-être paranoïaque, mais la ressemblance de Lindsey avec les victimes le chagrinait. Il observa l'homme pendant que Lindsey lui répondait que c'était une coïncidence.

Mais ça la troublait, il le voyait. Elle était crispée, le corps raidi.

L'homme ricana et fourra la main dans la poche de son jean usé.

— Une coïncidence qui fout les jetons.

La voix de Lindsey témoigna de son agacement.

— Je ne me donne pas la peine de me présenter, puisque vous avez deviné qui je suis. (Elle désigna Mark.) Mark Reeves, mon associé. Kevin Woods…

Mark serra la main de Woods, qui désigna ensuite son partenaire, un homme grand et élancé aux cheveux noirs bouclés qui approchait la quarantaine.

— Voici mon partenaire, John Conner.

Ils s'installèrent à une table, commandèrent des cafés mais rien à manger. Après que la serveuse les eut servis, Kevin Woods concentra son attention sur Lindsey.

— J'ai fait quelques vérifications sur vous, lui dit-il. Vous êtes cette avocate qui a suivi l'affaire Hudson.

Le ton était accusateur. Lindsey se pencha vers lui, les coudes en appui sur la table, l'air froid et posé.

— Je ne savais pas que Hudson était connu dans le Nevada.

Mark se moquait de savoir ce qu'ils connaissaient de l'affaire.

— Où voulez-vous en venir ?

John Conner intervint :

— Ce qu'il veut dire, c'est que nous avons creusé. Il y a des points communs entre le profil des victimes d'Hudson, votre nouveau client, et notre suspect. Tout ce que nous voulons, c'est résoudre cette affaire, mais nous voulons aussi savoir qui vous êtes et quels sont vos motifs.

Kevin fit la grimace.

— Il semble peu probable qu'il y ait un lien. Mais vous ne seriez pas là si vous ne cherchiez pas à en trouver un. Hudson a été condamné sur la base des preuves ADN. Cherchez-vous à sauver votre réputation, Lindsey, ou à arrêter un criminel ?

Mark sentit la colère gronder en lui, montant en flèche. Il parla d'une voix calme mais vibrante.

— C'est hors de propos. Nous sommes là pour épargner des vies humaines. Comptez-vous nous aider, oui ou non ?

— Ce qui compte pour moi, c'est de sauver des vies, pas ma réputation, dit Lindsey, comme si Mark n'avait pas parlé. Et au cas où vous n'auriez pas compris comment le système juridique fonctionne, j'ai gagné le procès, et c'est plutôt un bon point pour moi. Ce que ce type a éventuellement fait par la suite n'a pas de rapport avec l'enquête qui m'amène ici.

Kevin la fixa, bouillonnant de colère. Lindsey poursuivit avec détermination. Personne ne parlerait tant qu'elle n'en aurait pas terminé.

— Et c'est exactement pour ça que je suis entrée au FBI. (Elle se tut le temps de les laisser digérer l'information.) Je suis là pour arrêter un assassin, point final. Si vous voulez la même chose, alors venons-en à l'essentiel. Sinon, arrêtons tous de perdre notre temps.

L'emportement de Kevin retomba comme un soufflé.

— J'essayais juste de vérifier si nous poursuivions tous le même but. Personne ne veut plus que moi arrêter ce type. J'ai vu les cadavres de mes propres yeux. Je sais de quoi il est capable, ce qu'il fait subir à ses victimes.

Les yeux de Lindsey s'assombrirent.

— Vous vous trompez. Je veux plus que ça.

Quelque chose dans sa façon de faire cette déclaration imposa le silence. Pendant un long moment, personne n'osa ne serait-ce que cligner des yeux.

Kevin rompit le silence, s'agitant sur sa chaise comme s'il ne pouvait plus tenir.

— Vous êtes plutôt convaincue qu'ils sont tous liés, c'est ça ? Que Hudson est innocent ?

Lindsey le regarda droit dans les yeux, et soutint son regard.

— Vous l'avez dit, les preuves ADN sont contre lui. C'est difficile de faire mieux. (Elle se tut, puis ajouta :) Sauf si c'est un coup monté.

Mark la regarda avec étonnement. C'était la première fois qu'il entendait cette théorie, même s'il trouvait que c'était diablement logique. John posa sa tasse, se pencha comme s'il avait d'ores et déjà réfléchi à cette hypothèse.

— C'est possible qu'on ait dissimulé les preuves pour l'incriminer. J'y réfléchissais en venant ici. J'ai eu une affaire l'an dernier… (Il s'interrompit en chassant la suite d'un geste de la main.) Bref, ce que je veux dire c'est que ça pourrait être un coup monté. D'où provenait l'ADN ?

— Je l'ignore, dit-elle, puis elle échangea un regard entendu avec Mark, comme si elle cherchait son approbation.

— Tu n'avais aucun moyen de le savoir, lui rappela-t-il.

Elle hocha la tête.

— Je sais. (Elle se concentra sur les deux autres, et expliqua :) J'ai abandonné l'affaire après que Hudson a été mis en accusation pour la dernière agression. Je n'ai jamais vu les preuves ADN.

John prit sa tasse.

— Essayez de voir si c'était des cheveux, parce que c'est bigrement facile à dissimuler sur une scène de crime. Si c'est ça, alors c'est une tout autre paire de manches en ce qui me concerne. (Il but une gorgée.) Bon, reprenons depuis le début. Si les affaires sont liées, alors notre suspect est désormais à Manhattan, ou il y était récemment, exact ?

Mark approuva d'un signe de tête.

— Oui mais si c'est le même type, il est rusé. Williams s'est fait pincer et il s'est planqué.

Lindsey se racla la gorge.

— J'ai établi une chronologie de toutes les agressions. Elle démontre qu'il est possible qu'il n'y ait qu'un seul criminel.

— C'est une raison de plus pour essayer de faire des recoupements avec vous, les gars, dit Mark, se réjouissant de l'initiative de Lindsey.

John porta son attention sur lui.

— Je sais qui vous êtes, vous aussi. Vous avez fait libérer pas mal de tarés.

— On ne va pas recommencer, intervint Lindsey. Je croyais que nous étions d'accord pour unir nos efforts !

Quand elle croisa le regard de Mark, il vit ses craintes. Mais elle n'avait aucune raison de s'en faire. Il n'allait pas laisser des gars de ce genre l'écraser. Il haussa les épaules.

— Vous savez ce qu'on dit : critiquer les autres, c'est s'exposer à la critique. (Il se tut pour marquer le coup.) J'ai hérité d'un tas de sales boulots, et mon devoir m'impose de faire mon travail.

Les sous-entendus de Mark ne passèrent pas inaperçus, même s'ils n'avaient rien de menaçant. Il voulait simplement leur rappeler que des tas de criminels étaient aussi en liberté à cause d'erreurs de la police.

— Je n'aime pas toujours devoir me plier au système, comme tout le monde, mais je respecte les règles. Comme vous, j'en suis sûr.

Lindsey regarda Mark, visiblement de son côté, avant de reporter son attention sur la tablée.

— Je pense que nous pouvons nous entraider, mais nous devons faire corps. Ça vous paraît envisageable ?

Une serveuse apparut pour remplir leurs tasses. Kevin but une gorgée de café, puis dit :

— Nous voulons tous la même chose.

Mark vit que sa réponse ne satisfaisait pas Lindsey. Après un long silence, elle demanda :

— Toutes vos victimes sont allées à l'université de Las Vegas, exact ?

Kevin acquiesça.

— Exact.

— Des cours ou des professeurs en commun ? demanda Mark.

— Non, aucun, dit Kevin en posant sa tasse.

— À quelle heure de la journée les corps ont-ils été découverts ? demanda Lindsey.

— Tous tard le soir, ou au petit matin, dit Kevin.

— De l'alcool dans le sang ? demanda Mark.

— Oui. (Kevin fronça les sourcils.) Pourquoi cette question ?

— On se demande si un bar pourrait être le lien entre elles, expliqua Lindsey. Nous croyons qu'il pourrait s'agir d'un bar new-yorkais.

Kevin se renfrogna comme s'il craignait d'être passé à côté de quelque chose.

— Nous n'avons jamais établi ce genre de lien.
— Et les petits copains ? demanda Mark.
— Rien, répondit Kevin. Pas de copains stables, du moins.
Lindsey avait sorti un calepin et dressait une liste.
— Des traces sur le corps ?
John prit la parole.
— Oui, même scénario à chaque fois. Des brûlures provoquées par des cordes sur les bras, quelques autres points communs entre les victimes.
Le regard fixé sur la nappe, Lindsey était perdue dans ses pensées. Tous les regards étaient portés sur son visage concentré. Mark sentit son humeur changer. Quelque chose la tracassait. Il choisit de lui épargner de répondre. Se raclant la gorge, il dit :
— Ça ressemble au mode opératoire de notre type.
— Vous avez des photos ? demanda Kevin.
— Oui, répondit Mark sans vouloir les montrer. Ce qui m'échappe, c'est pourquoi les crimes n'ont pas été reliés à Williams par le biais du système national.
Kevin et John échangèrent un regard. Mark nota ce détail avec curiosité. Ils savaient quelque chose. Au bout d'un moment, Kevin dit :
— On s'est fait la même réflexion. Je vous propose de finir votre café et de venir avec nous au poste. Nous pourrons croiser nos notes.
Mark et Lindsey se regardèrent puis acceptèrent.
Ils se rendirent au commissariat dans le véhicule des inspecteurs, ce qui priva Mark de demander à Lindsey ce qui la perturbait. Une fois sur place, ils furent conduits dans une pièce comprenant deux tables pliantes et un mur de tableaux blancs.
Dès qu'ils furent seuls, Mark, soulagé d'avoir enfin une minute avec Lindsey, alla vers elle, les mains tendues.
— Qu'y a-t-il, ma chérie ?

Elle coula vers lui un regard prudent.

— Comment ça ?

Mark grimaça intérieurement. Elle l'avait déjà mis à l'écart de ses pensées. Qu'allait-il devoir faire pour abattre ses murs une bonne fois pour toutes ?

— Tu sais ce que je veux dire, dit-il posément. Tu t'es fermée comme une huître au restaurant et tu n'as pas ouvert la bouche depuis. Qu'est-ce qui te contrarie ?

Elle haussa les épaules, le regard fuyant.

— Rien.

— Foutaises, et tu le sais aussi bien que moi, Lindsey, dit-il à voix basse. Ne me tiens pas à l'écart de tes pensées.

La porte s'ouvrit, coupant court à leur conversation.

— On y va.

Kevin brandit une pile de photos qu'il fixa sur un des tableaux blancs. Lindsey ouvrit ses dossiers, en sortit deux lots de photos, et sans dire un mot alla les accrocher à son tour. Elle disposa les photos du dossier Hudson sur une seule rangée – même si une seule de ses victimes était morte – et celles de Williams sur une autre.

Quand tout fut en place, ils restèrent totalement silencieux devant ces images terrifiantes. C'était comme si le diable était entré dans la pièce et se portait comme un charme. Lindsey enroula ses bras autour de sa poitrine, comme pour se tenir chaud. Mark, en observant les photos, pouvait la comprendre. Les images qu'ils avaient sous les yeux étaient horribles, avec leurs signes flagrants de torture et de violence. Ce type avait atrocement fait souffrir ces femmes.

Kevin s'éclaircit la voix.

— Putain, dit-il, j'ai peur que ce ne soit pire que ce qu'on avait cru. Ce salopard est complètement détraqué. (Il échangea un regard avec son partenaire.) Vaudrait mieux aller chercher Bill.

Mark s'arracha aux clichés pour regarder Kevin.

— Bill est votre chef, j'imagine ?

— Il voudra voir ça, dit Kevin en hochant la tête, sans cesser de fixer les photos, comme si leur atrocité ne cessait de le stupéfier.

Mark posa sur lui un regard tranquille.

— Vous voulez bien m'expliquer une fois de plus comment on a pu rejeter l'idée d'un lien entre toutes ces agressions.

Kevin s'appuya contre le mur et croisa les bras.

— Ça, c'est la grande question, on dirait.

Lindsey gronda de frustration, ce qui attira l'attention des deux hommes.

— Exactement. Et qui va y répondre ?

Mark lui jeta un coup d'œil inquiet. Sous l'effet de la colère, elle avait repris des couleurs, mais à l'évidence, elle avait les nerfs en pelote. Il eut envie d'aller la chercher, de la réconforter. Mais c'était impossible. Pas ici, pas maintenant.

Autant se concentrer sur le criminel à attraper.

En entrant dans l'hôtel avec Mark, Lindsey n'arrivait pas à chasser Greg de ses pensées. Non, ce n'était pas complètement vrai. Autre chose la tracassait. Avec Hudson, quoi qu'elle fasse, elle était perdante.

Si seulement elle avait cru en elle, en lui, à l'époque… plusieurs femmes étaient mortes à cause de ses erreurs. Après le meurtre de cette femme, sous le coup de la panique, elle avait cru Hudson coupable et avait quitté le navire. Suite à quoi d'autres femmes avaient trouvé la mort.

Son plus gros malheur avait été de douter de ses intimes convictions.

Mais elle ne pouvait pas revenir en arrière, et la pilule était difficile à avaler. Il ne lui restait plus qu'à espérer épargner d'autres vies.

Mark ouvrit la porte de leur chambre.

— Quelle journée, fit-il.

— Ça ne m'a pas surprise que la police locale reproche à celle de New York d'être passée à côté des liens entre les affaires *et vice versa*, dit Lindsey.

Mark l'invita à entrer.

— Ça m'étonnerait qu'on connaisse un jour le fin mot de l'histoire.

Dans la chambre, l'air frais apaisa Lindsey, la faisant soupirer de soulagement. Il faisait si chaud dehors. Lindsey restait persuadée que Greg se trouvait d'une manière ou d'une autre derrière tout ça.

Elle fonça droit sur le lit, et rebondit de tout son long sur le matelas.

— Je suis tellement épuisée que j'ai mal partout.

Mark ôta ses chaussures et la rejoignit pour lui enlever les siennes.

— Oui, mais nous avons bien avancé.

Lindsey s'appuya sur ses coudes.

— Tu penses qu'on a bien fait de passer sous silence qu'il y a peut-être un tueur en série en cavale ? (Elle le scruta, la voix pleine d'inquiétude.) La population n'a-t-elle pas le droit de savoir ?

Il s'affala sur le lit et se tourna vers elle.

— Je pense que si, dit-il avec sincérité. Il se planque en ce moment, et nous ne pouvons pas prendre le risque qu'il apprenne que nous le recherchons.

Lindsey croisa les mains sous sa tête, les yeux au plafond.

— Sûrement vrai.

Mark plissa les paupières.

— Que t'est-il arrivé aujourd'hui ? Pourquoi tu t'es fermée comme ça ?

Elle roula sur le côté, lui faisant face, et joua avec les boutons de sa chemise.

— Rien, je suis juste fatiguée.

Il ferma les yeux et prit une profonde inspiration avant de reporter son attention sur elle.

— Comme je l'ai déjà dit, je sais aussi bien que toi qu'il y a autre chose.

Mark se glissa tout contre elle, ses cuisses effleurant la jambe de Lindsey. Sensible à son apparente détresse, il suivit de l'index le dessin de sa lèvre inférieure.

— Qu'est-ce qui ne va pas ?

Ses cils papillonnèrent.

— Je n'ai pas la force d'en parler maintenant.

Il observa un long silence, sa main remontant lentement le long du corps de Lindsey pour s'immobiliser sur sa hanche.

— Je n'insiste pas, dit-il, puis il fit précisément le contraire, il insista. J'aimerais pouvoir croire que tu as suffisamment confiance en moi pour me faire partager tes soucis.

Lindsey humecta ses lèvres sèches et s'éclaircit la voix. Elle avait du mal à parler de ses sentiments. Par manque d'habitude. Mais elle se surprit à désirer trouver le courage de lui parler. La voix brisée, elle parvint à formuler à haute voix :

— Trop de femmes sont mortes.

Mark l'attira contre lui.

— Non, ne te fais pas souffrir avec ça, dit-il. Tu t'es assez flagellée comme ça.

Même si elle savait qu'il avait raison, elle ne parvenait pas à se pardonner. Les images des victimes ne cesseraient jamais de la hanter.

— Pourquoi n'ai-je pas imaginé que les preuves ADN aient pu être manipulées à l'époque pour incriminer Hudson ?

La réponse de Mark portait le doux écho de la raison.

— Ce n'était pas si évident que ça. Tu étais sur le point de boucler l'affaire. Et puis, tu l'as confiée à quelqu'un d'autre.

Les yeux clos, elle pressa ses paupières. Les images refusaient de s'effacer.

— Si j'y avais pensé, j'aurais empêché la mort de plusieurs femmes.

Mark s'allongea et posa les lèvres sur ses paupières, l'une après l'autre.

— On ne refait pas le monde avec des « si », Lindsey. Arrête de te faire du mal.

Une grosse larme roula sur sa joue, et Mark l'essuya du pouce.

— J'aurais lâché Hudson, moi aussi.

Elle ouvrit brusquement les yeux.

— Ah bon ?

— Ça oui, dit-il. En deux secondes chrono. Sans hésiter. Et je n'aurais pas remis sa culpabilité en question, après le meurtre de la dernière victime. Je l'aurais supposée évidente.

Elle toucha sa joue.

— Merci de me dire ça.

— Tu n'as pas à me remercier de te dire la vérité.

Elle déglutit, la gorge serrée.

— Il faut absolument que j'arrête ce type.

— Ce n'est pas ton boulot d'arrêter les assassins, objecta-t-il d'une voix sèche. Offrir à Williams la meilleure défense possible, c'est ça ton boulot. (Il avait le visage crispé, la voix tranchante.) Tu es trop impliquée personnellement.

Si Lindsey n'avait pas envie de se disputer avec Mark, elle n'avait pas plus le désir de se plier à ses ordres.

— Et on ne peut rien y changer.

— Lindsey…

Elle prit sa joue, coupant court à ses propos. Elle n'avait aucune envie d'argumenter. Elle savait qu'il se faisait du souci pour elle, mais s'il continuait à insister, elle finirait par se défendre.

— Ne parlons plus de ça. S'il te plaît.

Elle se laissa tomber sur le dos.

— Dommage qu'on décolle si tôt demain matin.

— Nous pourrions prendre l'avion plus tard, proposa-t-il en posant la main sur le ventre de Lindsey. Encore mieux, restons un jour de plus et ne pensons qu'à nous. (Il annula la distance qu'elle avait mise entre eux, la bouche collée à son oreille.) Ça te dit ?

Elle rit tandis qu'il fourrait son nez dans son cou.

— Ça ne serait pas bien de faire ça.

— Exact, admit-il, puis il déposa un baiser sur ses lèvres. Ce serait mal, mais je m'en moque.

Lindsey ne put s'empêcher de sourire.

— Et l'affaire, alors ?

Il effleura sa joue de ses phalanges.

— Elle sera toujours là à notre retour. Ce n'est qu'une journée, bébé. Mais ce sera une sacrément bonne journée, je te le promets.

Elle fronça le nez.

— Je te jure que tu vas finir par me faire perdre la tête.

— Je dois le prendre pour un oui ?

— Je ne sais pas. C'est tentant, mais…

— Pas de mais. Tu as besoin de te détendre, affirma-t-il. Et nous avons besoin d'un moment à nous. Tu verras, nous serons encore plus efficaces à notre retour.

— Objection, dit-elle de sa meilleure voix d'avocate. L'usage des tactiques de plaidoirie dans l'intimité est hors de propos.

Mark rit.

— Ça se voit tant que ça ?

Lindsey hocha la tête. Mark rit, mais reprit rapidement son sérieux.

— Tu sais, dit-il en la fixant de ses grands yeux attendrissants, j'ai juste envie de t'avoir pour moi pendant une journée. C'est si mal que ça ?

Lindsey le considéra un moment, surprise par l'émotion brute qu'elle décelait dans ses yeux. Quel effet n'avait-il pas sur elle ! Elle ne se serait jamais crue capable d'accepter ce genre d'invitation au beau milieu d'une affaire. Mais d'un autre côté, elle n'avait jamais éprouvé ce qu'elle éprouvait pour Mark.

Lentement, elle accepta d'un hochement de tête.

— C'est un oui, confirma-t-il. Un vrai ?

Lindsey sourit en opinant.

Mark se glissa sur elle, en appui sur ses coudes.

— Dis-le.

— Oui…

Mais elle ne termina pas sa phrase, car il l'embrassa.

Marchant à côté de Mark, Lindsey lui donnait le bras, un doux sourire lui chatouillant les lèvres. La journée avait atteint la perfection. Mark avait prouvé qu'il n'était pas qu'un avocat autoritaire. Il lui avait aussi rappelé une facette d'elle-même oubliée depuis trop longtemps.

Une brise soudaine tournoya autour d'eux, rafraîchissant l'air et la peau de Lindsey. Mais le vent apportait également des nuages menaçants.

— On dirait qu'une tempête se prépare, dit-elle. Nous ferions bien de rentrer à l'hôtel.

Sauf qu'elle n'avait pas envie que la journée prenne fin. Elle était bien avec lui.

Ils avaient commencé par le Starbucks, endroit qu'ils aimaient tous les deux. Pendant des heures, ils étaient restés assis à bavarder. Le temps s'était envolé si rapidement qu'en regardant l'heure, elle avait eu un choc. À partir de là, la journée s'était poursuivie au petit bonheur, une aventure après l'autre. Quatre fois, ils avaient pris les montagnes russes à l'hôtel *New York*.

Mark avait eu les faveurs d'une alien à grandes oreilles au manège Star Trek. Lindsey avaient menacé de s'enfuir avec l'homme déguisé en extraterrestre de la race des Klingons.

— Tu as peur de l'eau ou quoi ? demanda Mark en la défiant du regard. Ça fait du bien. La température a dû chuter de dix bons degrés.

Lindsey céda, trop heureuse de prolonger cet instant à deux. Au fond d'elle, elle redoutait que la perfection naissante de leur couple ne disparaisse à leur retour. Que ce ne soit qu'une idylle de vacances. Ça la terrifiait.

— Oui, tu as raison. S'il se met à pleuvoir, nous trouverons sûrement à nous abriter.

À peine avait-elle terminé sa phrase que le ciel se déchira pour déverser des trombes d'eau. Ils rirent, Mark la prit par la main, l'entraînant en courant vers un lieu couvert, sous des grosses gouttes de pluie qui les trempèrent en un rien de temps.

L'eau froide fit un effet glacial à Lindsey. Elle frissonna, tout en emboîtant le pas à Mark. Mais avant qu'ils aient trouvé un abri, il la prit dans ses bras et la serra contre lui. Elle leva les yeux, admira ses cheveux mouillés plaqués sur son visage en se demandant s'il ne lui arrivait jamais d'être laid.

— Que fais-tu ? demanda-t-elle, l'eau pénétrant dans sa bouche. Nous sommes trempés.

— Je sais, cria-t-il pour couvrir les bruits de l'averse. Ce n'est pas génial ?

Il se pencha pour prendre sa bouche dans un long baiser fougueux, sa langue se frottant contre la sienne en de lents mouvements sensuels qui lui firent rapidement oublier la pluie. Quand il s'écarta, il ceintura ses hanches et plaqua les mains sur ses fesses.

— Tu es terriblement sexy quand tu es trempée.

Le regard de Lindsey tomba sur son tee-shirt mouillé qui soulignait les pectoraux bien dessinés de Mark.

— Tu es bigrement sexy toi aussi.

Il la souleva et la fit tournoyer, rire, puis crier.

— J'ai la tête qui tourne. Arrête ! (Elle continua de rire. Les gens les regardaient mais elle s'en moquait.) Je suis trempée jusqu'aux os, Mark.

Quand il la lâcha, elle chancela et tomba dans ses bras.

— Mon plan a fonctionné, s'amusa-t-il avec un sourire diabolique. Tu t'es jetée dans mes bras.

Un quart d'heure plus tard, ils rentrèrent à leur hôtel, dégoulinant de pluie. Lindsey gloussait comme une écolière sous le regard des passants. À quand remontait la dernière fois qu'elle s'était sentie aussi insouciante ? Mark la plaqua contre lui, alors que l'air conditionné redoublait ses frissons. Elle profita autant que possible de la chaleur de son corps.

Mark posa les yeux sur sa poitrine. Elle s'aperçut que le bout foncé de ses seins pointait à travers le fin tissu de son haut.

— Oh, non.

Elle croisa les bras.

— Filons dans la chambre.

Le temps qu'ils prennent l'ascenseur, elle claquait des dents. Mark lui frotta les bras pour lutter contre la chair de poule.

— Ça va mieux ?

— Euh, pas vraiment, mais continue, dit-elle d'une voix tremblante.

Il sourit et déposa un baiser sur son front.

— Que dirais-tu d'un bon bain chaud et d'une bouteille de vin ?

— Parrrrrfait, bredouilla-t-elle sous l'effet des frissons.

Quelques minutes plus tard, Lindsey se précipita hors de la salle de bains, seulement vêtue d'une serviette de toilette, pour aller chercher un verre de vin dans la chambre.

— Dépêche-toi, conseilla Mark. Ça fait du bien, l'eau chaude.

Lindsey trouva le verre sur la commode, mais le témoin clignotant des messages attira son attention sur le téléphone. Son cœur fit un bond dans sa poitrine.

— Tu as dit à quelqu'un que nous avions prolongé notre séjour ? cria-t-elle en direction de la salle de bains.

— Non, pourquoi ?

— Il y a un message.

Elle s'assit près du téléphone, au bord du lit, et oublia le vin. Elle n'avait prévenu que Steve.

— Sûrement un message de courtoisie du service clientèle. Laisse tomber. Viens plutôt me rejoindre dans le bain.

— Je l'ai dit à Steve, répondit-elle. C'est peut-être important.

Elle entendit Mark grommeler tandis qu'elle activait la messagerie. Une voix enregistrée annonça quatre nouveaux messages. Elle jeta un coup d'œil vers la salle de bains, ouvrit la bouche pour en informer Mark, mais se ravisa.

Le premier appel, on avait raccroché. Elle fronça les sourcils. Au deuxième, encore raccroché. Tout comme les deux suivants. Elle serra le combiné dans ses mains. Exactement comme les appels qu'elle avait reçus chez elle au milieu de la nuit.

— C'était qui ? cria Mark.

Elle s'interrogea… devait-elle lui dire ou pas ? Il la surprotégeait déjà assez comme ça. Si ce n'était rien, il allait faire de sa vie en enfer et à quoi cela servirait-il ? C'était une chambre d'hôtel. Personne ne pouvait pénétrer par effraction dans un lieu privé. Elle reposa le combiné sur son socle.

— Lindsey ?

Elle se releva et s'empara de son verre de vin.

— Tu avais raison. Un message de remerciement de l'hôtel.

12

Le vol était agité.

Tout comme le chemin le menant au cœur de Lindsey était ponctué de hauts et de bas, Mark en était convaincu. Il posa les yeux sur elle, nichée sous son bras, la main sur son torse, et eut un petit sourire. Ses murs s'abattaient peu à peu. Mais il ne se faisait pas d'illusions. La route était encore longue. Elle était totalement imprévisible, en un sens, toujours prête à exploser et à tirer des conclusions hâtives. S'il voulait envisager l'avenir avec elle, il fallait d'abord qu'il chasse les squelettes de son placard. Pour y parvenir, il craignait qu'elle n'ait besoin de tourner la page Hudson. Et pour cela, il fallait en passer par l'arrestation du tueur, ce qui risquait d'être compliqué, et surtout, dangereux.

L'avion fit un bond alors que les turbulences s'aggravaient. Dans les haut-parleurs, le pilote demanda aux passagers d'attacher leur ceinture et au personnel de bord de s'asseoir. Lindsey leva la tête, l'air perdu.

— Je déteste être secouée en avion, confessa-t-elle en s'agrippant aux accoudoirs, si fort que ses phalanges blanchirent.

Mark lui offrit un sourire réconfortant.

— Tu sais bien que les avions sont solides. Ils sont plus résistants qu'on ne l'imagine.

Il pressa délicatement sa cuisse. La gorge nouée, elle avala sa salive en acquiesçant. Lorsque l'avion tressauta deux fois de suite, elle eut l'air vraiment terrifiée, même si elle ne pipa mot.

— Parle-moi pour penser à autre chose, lui dit-il.

Elle avait les lèvres pincées, les mâchoires crispées.

— De quoi tu veux que je te parle ?

Il avait envie d'en savoir plus long sur la ville où elle avait élu domicile.

— Parle-moi de Washington.

Elle haussa les épaules puis fit la grimace alors qu'une autre turbulence secouait l'avion.

— Il n'y a pas grand-chose à dire.

— Tu as déjà rencontré le Président ?

— Oui, je l'ai rencontré.

— Et ? demanda-t-il, surpris qu'elle n'en dise pas plus.

— Rien de particulier, dit-elle. Je faisais partie d'une force spéciale proche de lui. Le genre d'occasion qui ne se présente qu'une fois dans la vie.

Mark l'observa en priant pour ne la perdre au profit de son boulot à Washington.

— Tu aimes ton boulot là-bas ? demanda-t-il en redoutant la réponse.

— Si tu m'avais posé la question il y a un mois j'aurais dit oui, mais...

— Mais quoi, bébé ? demanda-t-il pour l'encourager.

Elle se mordilla la lèvre.

— Je ne sais plus ce que je veux, confia-t-elle, luttant pour y voir plus clair. Il t'est déjà arrivé de te demander si tu avais bien fait de partir de chez Paxton ?

L'avion tressauta et Lindsey bondit, poussant un petit cri involontaire. Mark ne put refréner un gloussement. Elle lui lança un regard noir.

— Ne te moque pas de moi. Je déteste ça.

L'air narquois, il leva les mains en geste de réédition.

— Je ne me moque pas, je te jure. C'est juste que je te trouve adorable comme ça.

Elle lui décocha un regard agacé.

— Comme ça ? demanda-t-elle. Comme quoi ?

Il eut un léger sourire.

— Je trouve ça adorable que tu aies peur en avion.

Lindsey leva les yeux au ciel.

— Je n'ai pas peur de prendre l'avion, dit-elle entre ses dents serrées. Je n'aime pas les turbulences, c'est tout.

Ils furent secoués une nouvelle fois et Lindsey s'agrippa aux accoudoirs, jetant un coup d'œil d'avertissement à Mark.

— Ça n'a rien à voir.

— Si tu le dis, ma chérie.

— Ohhhh, ronchonna-t-elle. Bref, tu n'as pas répondu à ma question. Tu étais tout à fait certain de vouloir quitter Paxton, ou pas ?

Mark redevint sérieux en réfléchissant à la question. Le moment était venu de lui raconter ce qui s'était passé.

— Je n'avais pas envie de partir, Lindsey. Ton père ne m'a pas donné le choix.

Les yeux de Lindsey s'emplirent de mille questions.

— J'ai proposé à ton père de racheter ses parts. (Mark leva une main.) Pas pour l'évincer, je te le promets. (Il attendit sa réaction. Quand elle hocha la tête d'un air entendu, il reprit :) Nous nous sommes mis d'accord sur l'aspect financier de la transaction, mais au moment de régler d'autres points, tout s'est compliqué.

— Quels autres points ?

— Il voulait donner des garanties à certains associés, expliqua Mark, l'air sombre. Je ne pouvais pas lui accorder ça. Les associés en question étaient précisément ceux que je n'avais pas envie de garder.

Lindsey comprenait.

— Ensuite, que s'est-il passé ? Tu t'es retiré du jeu ou c'est venu de lui ?

Mark posa deux doigts sur ses tempes.

— C'est moi. Nous avons eu une dispute. Ça s'est envenimé et, au final, j'en ai eu ma claque.

— Je vois, dit Lindsey. Donc tu voulais le cabinet.

Mark l'observa, cherchant à comprendre ce qui motivait sa remarque.

— C'est ce que je croyais, mais quand je suis parti, j'ai eu l'impression d'avoir fait le bon choix. (Il se tut, perdu dans ses souvenirs.) Au bout du compte, j'ai préféré me dire que Paxton ne devait pas faire partie de mes projets d'avenir. Quand tu es venue frapper à ma porte, j'ai eu du mal à trouver des raisons d'y retourner.

— Et maintenant ? demanda-t-elle.

Ses questions le rendaient nerveux. Quels étaient ses sentiments sur lui et le passé ? Edward lui avait-il mis des idées en tête ?

— Tout ce que je sais, c'est que tu comptes beaucoup pour moi, Lindsey. (Il lui prit la main.) La seule raison de mon retour, c'est toi. Je tiens à ce que tu le saches. J'ai besoin de savoir que tu me crois.

Lindsey le regarda dans les yeux, et il la vit se radoucir, même si elle ne fit aucun geste vers lui.

— Je sais. Je te crois.

Il aurait aimé qu'elle développe. Il la fixa en cherchant encore à discerner des sentiments cachés. Finalement, il dit :

— J'en suis heureux.

Se forçant à se caler dans son siège, à ne pas insister, il ferma les yeux. Les murs étaient toujours en place autour d'elle, et même s'il s'était souvent promis de faire preuve de patience, sur le moment il crut avoir perdu cette qualité.

Une heure plus tard, dans une ambiance tendue qui semblait s'être installée sans prévenir, ils étaient dans sa voiture, en route vers son appartement.

— Mark, où allons-nous ?

Il répondit sans quitter la route des yeux :

— Chez moi.

Elle se racla la gorge.

— Tu as oublié de me conduire chez moi ?

Il la regarda du coin de l'œil.

— Non, je n'ai pas oublié. Je n'ai pas l'intention de t'emmener chez toi.

Elle fit claquer ses mains sur ses cuisses.

— Mark, je n'ai pas de vêtements. J'ai besoin d'aller chez moi.

Il répondit immédiatement, d'une voix pincée.

— Nous y ferons un saut demain matin.

— Je ne veux pas avoir à m'occuper de ça demain matin, dit-elle d'une voix mordante.

Il avait envie d'insister, de la rudoyer, de tout mettre en œuvre pour qu'elle se plie à ses volontés. Il compta mentalement pour se calmer. Lindsey était comme ça. S'il insistait, il ne ferait que l'éloigner de lui. Quand ils s'arrêtèrent à un feu rouge, il se tourna vers elle, et dit d'une voix légèrement suppliante :

— Je n'ai pas envie de passer la nuit sans toi, Lindsey.

Il la vit passer de la colère à la compréhension.

— J'ai besoin de vêtements propres, dit-elle avec gentillesse.

— Soit nous allons chercher tes affaires pour les apporter chez moi, soit nous passons la nuit chez toi.

Lindsey sourit, amusée par sa défaite, mais néanmoins mécontente.

— Très bien, chez toi. Chez moi il n'y a pas grand-chose, vu que ce n'est qu'un point de chute.

Sa remarque le fit déchanter. Il voulait que New York soit son lieu de résidence permanent.

— C'est réglé. Nous irons chercher tes affaires et tu viendras dormir chez moi.

— D'accord.

Mark lui prit la main pour la porter à ses lèvres, l'embrassant délicatement.

— Merci. Je n'aurais jamais joué de mauvais tour à ton père, ajouta-t-il.

Elle le regarda, les yeux écarquillés.

— Je le sais.

— Mais tu m'as à peine adressé la parole depuis que je t'ai parlé du cabinet.

— Je suis désolée, dit-elle. Ce n'est pas à cause de toi. Seulement, je n'aime pas cette situation avec mon père. Ça me préoccupe.

Mark se pencha pour lui prendre la main.

— Ça va s'arranger.

— Je l'espère.

Il savait qu'autre chose la tracassait.

— Quoi d'autre, Lindsey ?

Elle baissa les yeux.

— Je ne sais plus sur quel pied danser avec le cabinet. Je m'en rends compte.

— Ça va aller, dit-il, faute de mieux.

Il ne savait pas quoi lui dire. Ou plutôt si, il savait. *Reste.*

Dès qu'elle mit le pied chez elle, Lindsey sentit que quelqu'un était entré dans son appartement. Elle s'immobilisa si brusquement dans l'entrée que Mark faillit lui rentrer dedans.

— Mais que fais-tu ?

— Quelqu'un est venu ici.

Les coups de fil lui revinrent à l'esprit. Était-ce la même personne qui avait pénétré chez elle ? Pire, était-ce… Elle s'interdit cette éventualité, craignant même de la formuler. Non. Ce n'était pas lui. C'était New York. N'importe qui avait pu entrer par effraction.

— Quoi ? demanda-t-il avec stupéfaction. Qu'est-ce qui te fait dire ça ?

Lindsey lui décocha un regard.

— C'est mon boulot de sentir ce genre de choses.

Mark leva les mains.

— Désolé, dit-il. Je vais le formuler autrement. (Ce qu'il ne fit pas.) Comment le sais-tu ?

— Premièrement, ça sent l'eau de toilette.

Elle frissonna. L'idée qu'un inconnu ait pu pénétrer chez elle lui hérissait le poil. Elle alla vers la table, à quelques pas, ouvrit un tiroir, et en sortit son revolver. Elle ne l'avait pas emporté avec elle pour éviter d'avoir à se justifier aux contrôles de l'aéroport.

— Merde, dit Mark. Que fais-tu ?

— Quelques vérifications, dit-elle en lui lançant un regard lourd de reproches.

— Donne-moi ce fichu flingue et retourne dans le couloir, ordonna-t-il.

— Non, Mark…

Il la considéra durement. Elle soutint son regard.

— Ne discute pas, Lindsey. Donne-moi ce maudit revolver, et ne t'avise pas de me demander si je sais m'en servir.

Lindsey finit par lui tendre l'arme. Elle était certaine qu'il était capable de manipuler un revolver.

Seulement, elle rechignait à le lui donner. Avec quelqu'un d'autre, elle l'aurait gardée.

— Ce n'est pas de bon cœur.

Mark s'empara du revolver.

— Je reviens. Reste ici.

— Doucement, ou je te reprends le revolver.

Il tourna les talons sans rien ajouter, et partit en direction de la chambre. Lindsey avait du mal à rester là à l'attendre, si bien qu'elle était sur le point d'aller le rejoindre quand il reparut.

— Alors ?

— Il n'y a personne, dit-il. Mais tu as raison, quelqu'un est passé dans ta chambre. Mieux vaut appeler la police.

Lindsey demanda :

— Ça veut dire quoi ?

Il ne donnait pas l'impression d'avoir envie de lui en dire plus, et parut même hésiter à lui rendre l'arme. Elle la rangea dans son sac à main. Elle sentait qu'il était préférable de la garder à portée de main.

— Mark ? Tu vas me répondre, oui ou non ?

Il souffla bruyamment.

— Tes draps sont en boule et tes sous-vêtements ont été dispersés à travers la pièce.

Lindsey se sentit blêmir.

— Quoi ? demanda-t-elle, le souffle coupé.

Mark avait l'air grave.

— Tu as dit que ça sentait le parfum ? Une odeur que tu connais ?

Lindsey hocha la tête, luttant toujours avec l'idée que c'était bien réel.

— Oui mais je n'arrive pas à l'identifier.

Mark posa la main sur son dos et la poussa dans l'appartement.

— Appelle Steve et demande-lui de venir.

Puis il eut une meilleure idée.

— C'est plutôt moi qui vais l'appeler pendant que tu reprends tranquillement tes esprits.

— Ça va, je t'assure. J'ai juste du mal à y croire. (Puis elle se ravisa.) Mais bon, d'accord, c'est toi qui téléphones à Steve.

Elle s'assit dans le salon, se félicitant d'avoir laissé Mark faire le tour de l'appartement. Tomber sur son lit en désordre lui aurait causé un choc. Elle était intimement convaincue que ce n'était pas un dingue comme un autre qui était entré par effraction. Cette intrusion la renvoyait aux coups de fil… et à Hudson.

Elle savait tout d'un coup que c'était lui, le meurtrier, le violeur : le fou qui avait envahi sa vie de multiples manières.

Cette prise de conscience la frappa de plein fouet. Elle eut l'impression que ses tripes se mettaient à trembler, que le froid engourdissait ses membres, l'empêchant de réfléchir. Elle se souvenait à peine d'avoir donné le numéro de Steve à Mark. Tandis qu'il parlait à Steve, sa voix, grave comme un roulement de tonnerre, lui parut lointaine.

— Il est en route.

Lindsey entendit sa phrase, sauf qu'elle semblait jaillir d'un tunnel, étouffée et inaccessible. Mark posa la main, chaude et réconfortante, sur sa jambe.

— Lindsey ?

S'arrachant à cet état d'égarement, elle cligna des yeux en revenant à la réalité puis s'éclaircit la voix.

— Ou… (Elle n'avait presque plus de voix.) Oui ?

— Pourquoi j'ai l'impression que tu me caches quelque chose ?

Il l'examinait, le regard scrutateur.

La bouche et les lèvres sèches, elle déglutit.

— C'est juste une impression.

— Dis-moi. Quelle impression ?

Elle eut toutes les peines du monde à le dire à haute voix.

— C'est lui.

En réponse, il prit place à côté d'elle et la serra contre lui. Elle apprécia qu'il la prenne dans ses bras sans dire un mot. Parler ne lui aurait été d'aucun secours dans l'immédiat. Elle avait avant tout besoin de recouvrer ses esprits. Ils restèrent silencieux pendant plusieurs longues minutes, puis Mark dit simplement :

— Ce n'est pas prudent que tu restes seule.

Lindsey leva les yeux vers lui.

— De toute façon, on avait dit que je dormais chez toi.

Il avait l'air rongé par l'inquiétude. Ses yeux bruns étaient animés par des émotions si intenses que Lindsey les sentait aussi nettement qu'un contact physique.

— Oui, mais tu ne peux pas rester seule ici tant qu'on n'a pas arrêté ce type.

Elle accepta la vérité à grand-peine. Il allait l'enfermer en cage jusque ce qu'il soit pris. Entre Mark et Steve, elle s'apprêtait à vivre sous étroite surveillance.

— Je sais.

Il lui prit la main pour poser sa bouche dans sa paume.

— Je sais que c'est très dur pour toi. Je veux que tu t'installes chez moi, là où je suis certain de pouvoir veiller à ta sécurité. Mais d'un autre côté, je ne veux pas que tu te sentes forcée – même si c'est important que tu sois à l'abri.

Lindsey s'efforça de sourire. Elle avait envie de loger chez lui, sans doute possible.

— Je vais m'installer chez toi.

Lorsqu'on frappa à la porte, Mark se leva et elle le suivit, impatiente de voir Steve et de s'atteler à la résolution de cette affaire. Le simple fait de bouger, de passer à l'action, l'aidait à se ressaisir.

Lindsey ouvrit la porte, Mark restant légèrement en retrait. Steve la serra longuement dans ses bras, si fort qu'il faillit l'étouffer. Il était inquiet, lui aussi. Son coéquipier, Garth, l'accompagnait, et Lindsey lui fit signe d'entrer.

— Salut, Garth.

Il avait des yeux d'un gris doux, intelligents et calmes. Elle aimait ça chez lui. Il formait un bon duo avec Steve. Tout en étant aussi compétents l'un que l'autre, les deux hommes avaient des natures opposées. Garth était plutôt introverti, souvent silencieux. De son côté, Steve était assez spontané et faisait souvent des éclats. Pas d'une façon aussi extrême que Lindsey, mais suffisamment pour que, même lorsqu'il lui reprochait ses méthodes saugrenues, il ne refuse pas de lui emboîter le pas.

Steve s'écarta d'elle.

— Comment ça va ?

Hochant la tête, Lindsey répondit :

— Très bien.

Mark se présenta brièvement pour aller directement à l'essentiel en leur faisant part de ce qu'il avait trouvé. En une demi-heure, l'appartement de Lindsey se transforma en maison de fous débordant d'activités.

Lindsey restait à l'écart, regardant avec attention l'équipe prendre les empreintes sur chaque objet avant de les ranger dans un sac.

Ce spectacle lui mit les nerfs à fleur de peau. Elle avait l'impression que sa vie était prise dans un énorme tourbillon sur lequel elle n'avait aucune prise. Quand Steve et Mark lui proposèrent d'aller prendre un café, elle accepta volontiers. Puisqu'ils avaient besoin de se parler, mieux valait sortir. De plus, Garth était tout à fait capable de superviser seul la suite des opérations.

Une fois au café, elle prit place sur une chaise entre les deux hommes. Marrant comme Steve avait longtemps été le seul homme en qui elle ait confiance. Maintenant elle incluait Mark à sa liste des gens de confiance.

— Je viens d'être affecté à l'affaire Williams, dit Steve. Le FBI a été invité à se joindre à l'enquête il y a quelque temps, mais ils ont considéré que c'était du tout cuit. L'agent chargé du dossier a la tête à une autre affaire en ce moment. J'ai posé quelques questions, obtenu l'autorisation de me pencher sur le dossier d'un peu plus près. Bref, comparons nos notes.

Lindsey leur raconta ses visites de terrain.

— Je crois que le patron du *Pink Panther* est un bon suspect.

— Pas le petit copain ? demanda Steve.

— Ex-petit copain, précisa Lindsey. Mais je ne l'écarte pas de la liste. À ce stade, nous ne pouvons éliminer personne. (Une idée lui traversa l'esprit.) Comme je vois les choses, nous sommes en position de force.

Les deux hommes se ragaillardirent.

— Comment ça ? demanda Mark.

— Je suis la carte maîtresse, dit-elle. L'appât idéal.

— Sûrement pas ! s'écria Mark. N'y pense même pas.

— C'est pourtant la solution, dit fermement Lindsey qui refusait de voir son idée rejetée. Je ne peux pas rester les bras croisés à attendre qu'il vienne m'agresser. (Elle leur lança un regard furieux.) Je ne vais sûrement pas l'attendre sans rien faire.

Mark prit une longue inspiration, visiblement tendu.

— Jamais de la vie, Lindsey. Nous n'allons pas t'utiliser comme appât.

Steve se racla la gorge.

— Bon, vous deux, écoutez-moi s'il vous plaît. (Il se pencha en travers de la table.) J'ai parlé à un profileur en venant vous rejoindre. Je me suis dit que les circonstances étaient différentes. Alors j'ai pensé que nous avions peut-être besoin d'un regard neuf. Comme le gars que j'ai appelé ne connaissait pas l'affaire, je lui ai décrite dans les grandes lignes. (Steve soupira.) Il m'a donné son point de vue de façon officieuse.

Il hésita, comme s'il n'était pas sûr de devoir poursuivre.

— Alors ? s'enquit Lindsey, soudain anxieuse.

Steve avait l'air grave.

— Pour lui, l'assassin est ce qu'il appelle un « tueur hédoniste ».

Lindsey ne comprenait pas où il voulait en venir.

— Ça, nous le savons. Ses meurtres l'excitent sexuellement.

— D'accord, dit Steve, mais tu trouvais que ça ne correspondait pas à Hudson. À l'époque, il ne tuait pas ses victimes.

Lindsey fit oui de la tête.

— Tout juste.

— Le profileur m'a expliqué que les tueurs hédonistes commencent petit, comme Hudson qui a violé sans assassiner ses victimes, mais une fois qu'ils franchissent la ligne, ils prennent tellement leur pied en tuant qu'ils ne peuvent plus s'arrêter.

— Ça colle avec l'idée que nous sommes face à un seul homme, intervint Mark.

— Il n'y a qu'un seul homme, affirma Lindsey avec assurance.

— Bon, mais c'est là que ça se complique, dit Steve en jetant un regard à Lindsey. Je l'ai interrogé sur sa fixation sur toi.

— Je n'irais pas jusqu'à parler de fixation, objecta-t-elle.

— C'est pourtant le cas, dit Steve sans relever. D'après le profileur, c'est fréquent qu'un criminel cherche à se rapprocher de l'un des enquêteurs, qu'il peut même aller jusqu'à lui donner des tuyaux.

— Parce que, au fond d'eux-mêmes, les criminels ont envie d'être arrêtés. C'est bien ça ? demanda Mark.

— Exactement, confirma Steve. Le fait que Lindsey ressemble aux victimes complique l'histoire. Il est possible qu'il ne sache plus très bien ce qu'il veut d'elle, puisque d'un côté il se sert d'elle pour se relier à l'enquête et de l'autre il la pourchasse.

— Pourchasse… tu exagères, non ? objecta Lindsey.

— À quoi bon y aller par quatre chemins ? Je crois que c'est toi la cible.

Steve regarda Mark.

— Ça ne va pas te faire plaisir, mais puisque nous en sommes à tout nous dire, je crois que nous pourrions le coincer grâce à Lindsey. Elle est déjà une cible vivante, de toute façon. Autant prendre le taureau par les cornes.

— Il doit bien y avoir un autre moyen, dit Mark, en proie à un stress croissant.

— Mark, c'est une excellente chance d'attraper ce type avant qu'il ne se remette à tuer. À chaque fois que je pense que quelqu'un fait tout pour étouffer l'affaire et que, pendant ce temps, il y a un innocent en prison, je trouve ça insupportable.

Steve coula un regard vers Lindsey.

— La fameuse course de Greg pour devenir procureur fédéral, tu crois ?

— Oh, oui, affirma catégoriquement Lindsey. Dire que j'ai failli me marier avec lui.

Steve soupira.

— Je comprends. Quelqu'un qui fait passer sa carrière politique avant l'arrestation d'un assassin cache nécessairement un côté obscur.

Chez elle, ça sentait son odeur, douce et sucrée. Ç'avait été plus fort que lui, il s'était senti proche d'elle. Seulement, ça ne lui avait pas suffi. Il avait eu besoin de plus. Besoin d'elle. Il ne pouvait plus attendre. Ce moment qu'ils avaient passé loin l'un de l'autre avait duré beaucoup trop longtemps.

Elle était tout simplement parfaite. Sa peau ivoire, ses yeux verts. Ah, ses yeux… Il avait tellement hâte de les fixer longuement, et de la voir réagir face à lui. Car elle réagirait. Elle allait être la seule à le voir comme il était réellement. À savoir qu'il était différent. Parce qu'elle était tout pour lui.

Non. Il ne pouvait pas continuer à patienter. Les ténèbres étaient trop denses, trop dévorantes. Il fallait qu'elle soit sienne. Elle seule pouvait faire de lui un homme meilleur. Bon. Même vivante.

L'heure avait sonné.

Elle avait passé une longue nuit sans dormir.

Lindsey arriva au bureau habillée d'une jupe noire et d'un chemisier très fin à fleurs, du même rose que sa ceinture. Une tenue beaucoup plus décontractée qu'à l'accoutumée, mais elle n'avait pas eu le choix étant donné que la plupart de ses vêtements étaient sales, et froissés à force d'être entassés dans sa valise. Impossible de venir en tailleur puisqu'elle n'avait emporté aucune tenue de ce genre à Las Vegas.

Mark avait des réunions toute la matinée, et Lindsey se résigna à travailler par téléphone au lieu de se rendre sur le terrain, sa méthode de prédilection. En milieu de matinée, Steve appela pour confirmer ses soupçons. Dans le dossier Hudson, l'ADN provenait effectivement de cheveux.

Après avoir raccroché, elle tenta de maîtriser sa profonde colère. Tant de femmes mortes. Deux innocents punis pour des crimes atroces qu'ils n'avaient pas commis. Socialement, ces hommes étaient détruits, étiquetés comme des tueurs. Repoussant sa chaise, elle se leva. Elle devait aller voir Greg ; qu'il aille au diable avec ses prétentions politiques. Selon ses critères, c'était un tueur. Des gens mouraient à cause de son ambition dévorante.

Saisissant son sac à main, elle se rua hors du bureau et heurta Maggie de plein fouet.

— Oh, pardon, dit Lindsey. Je ne vous avais pas vue.

— Il n'y pas de mal, ma biche.

Elle remarqua que Lindsey tenait son sac à la main.

Lindsey suivit son regard.

— Je sors un moment.

Le visage de Maggie s'emplit d'un mélange de surprise et d'appréhension.

— C'est sage ?

Lindsey leva les yeux au ciel. Mark n'avait pas tenu sa langue.

— Ça va aller. Si Mark me cherche, dites-lui que je suis allée voir Greg.

Sans lui laisser le temps de protester, Lindsey se précipita vers l'ascenseur. Une fois en bas de l'immeuble, elle attendit un taxi. Le portier bataillait pour en arrêter un. Mark le craintif risquait de s'élancer à sa recherche. Lindsey partit à pied, destination le métro. Une fois dedans, elle se trouva plus nerveuse qu'elle ne l'aurait voulu. Elle prit place dans un coin, scrutant le visage des autres voyageurs à la recherche de signes indiquant la présence du tueur. Malgré elle, elle se sentait constamment observée.

— Et merde, marmonna-t-elle à voix basse.

Mark la rendait folle. Il était tellement anxieux que sa nervosité était contagieuse. Au bout du compte, elle finirait par avoir peur de son ombre si elle n'y prenait pas garde. Elle avait pourtant fait face à bien d'autres criminels.

La rame s'arrêta dans un bruit métallique, et Lindsey bondit sur ses pieds, impatiente de s'évader de cet espace confiné. Elle traversa la station de métro, refusant de céder à la tentation de jeter des coups d'œil par-dessus son épaule. Dès qu'elle mit le pied dehors, elle poussa un soupir de soulagement. Le soleil brillait, éblouissant, ses rayons réchauffaient un espace ouvert, et elle était remontée à l'air libre.

D'un pas déterminé, elle marcha en direction du bureau de Greg. Elle voulait la vérité et avait l'intention de l'obtenir.

Mark entra dans le bureau de Maggie et lui tendit les documents qu'il venait de réécrire.

— Je suis désolé, Maggie, mais j'ai encore dû faire des changements, dit-il en passant une main dans sa chevelure en désordre.

Maggie sourit avec sa bonhomie habituelle.

— Pas de problème.

Mark lui rendit un demi-sourire. Le stress durcissait ses traits. Pendant ses petites vacances, le travail n'avait fait que s'accumuler. Mais le jeu en valait largement la chandelle.

— Merci Maggie. Vous êtes un ange.

Il tourna les talons.

— Mark, dit Maggie d'une voix hésitante.

Il se retourna, intrigué. Elle se tordait les mains, évitant soigneusement son regard.

— Qu'y a-t-il, Maggie ? l'encouragea-t-il avec douceur. Vous savez que vous pouvez tout me dire.

Elle hocha la tête.

— Je sais. Seulement, je n'aime pas être prise entre deux feux. Lindsey...

Mark se raidit.

— Quoi, Lindsey ?

Elle exhala longuement.

— Elle est sortie...

— Comment ? fit Mark, si crispé qu'il se crut sur le point d'exploser.

Elle avala bruyamment sa salive.

— Oui, et elle m'a demandé de vous dire quelque chose si vous la demandiez, mais je ne crois pas que je doive attendre.

— Où est-elle ?

— Elle est allée voir Greg.

Mark marmonna quelques jurons bien sentis. Il lui fallut plusieurs secondes pour se calmer et ordonner ses pensées. Il n'avait pas le temps de jouer au chat et à la souris à travers la ville. Mais elle était peut-être en danger. Il jura encore et se décida.

— Annulez mes rendez-vous ! ordonna-t-il à Maggie.

Elle soupira.

— Je m'en occupe. Désolée, Mark.

Il fit la grimace.

— Vous avez bien fait de m'en parler.

13

Silencieuse, Lindsey se tenait sur le seuil du bureau de Greg.

Il était assis à sa table de travail, la tête penchée sur un dossier qu'il étudiait.

Sans bruit, Lindsey cherchait à l'évaluer. C'était un homme séduisant, sans doute possible. Il avait un style élégant, un corps musclé, des épaules larges. Mais il y avait un vide, une froideur en lui.

Elle se racla délicatement la gorge. Il releva aussitôt la tête, et plissa les yeux. Elle l'observa attentivement. Son expression, de calculatrice, devint accueillante. Bizarre qu'elle n'ait jamais remarqué ses méthodes qui devaient pourtant être détectables depuis toujours.

— Lindsey, dit-il en lui faisant signe d'entrer. Quelle surprise.

Il se leva et contourna son bureau, la détaillant de la tête aux pieds d'un rapide coup d'œil.

Il s'appuya au bureau tandis qu'elle traversait la pièce, et avança une chaise entre eux. Il se tenait déjà trop près pour qu'elle se sente à l'aise.

Il avait l'œil rusé. Il savait ce qu'elle avait fait.

— À quoi dois-je le plaisir de ta visite ?

Pas du genre à mâcher ses mots, Lindsey frappa directement au point faible, exactement comme dans la salle d'audience.

— Je me suis rendue à Las Vegas, Greg.

Elle surveilla sa réaction.

Il ne cligna même pas des yeux.

— Ah bon ? dit-il. Ça m'étonne que tu trouves le temps de t'amuser tout en dirigeant le cabinet.

Lindsey secoua la tête avec une moue de dégoût.

— Je t'en prie, ne m'insulte pas avec tes petits jeux, Greg. Nous savons tous les deux ce que j'ai trouvé pendant mon séjour.

Sans le tressaillement des muscles de sa mâchoire, elle n'aurait jamais deviné qu'il était en colère. Cet homme était taillé pour la politique.

— Les seuls jeux auxquels j'ai envie de jouer avec toi, Lindsey, ce sont ceux qui se déroulent entre les draps.

Sa remarque était destinée à la déconcerter. Une méthode pitoyable, un coup bas très laid. Lindsey faillit rire malgré les images de leur passé commun qui lui revenaient par flashs.

— Je me réjouis que ces jours-là soient bel et bien derrière nous.

Elle avait dit ça sans réfléchir. Elle les pensait si fort que les mots s'étaient échappés de sa bouche.

Un petit sourire narquois et diabolique se dessina sur les lèvres de Greg.

— Je ne te crois pas. Ça te plaisait, tu le sais très bien.

Son regard pénétrant descendit le long de ses jambes, lentement, et elle en eut la chair de poule.

— J'ai toujours eu un faible pour les blondes à grandes jambes, trésor, et tu as tout à fait le profil.

Sa grossièreté la déstabilisa. Elle ne lui connaissait pas ce trait de caractère.

Elle préféra ignorer son commentaire.

— Tu savais que les meurtres de Las Vegas étaient liés aux affaires new-yorkaises.

— Je l'ignorais, dit-il tout en croisant les bras, dans un geste défensif.

Le ton de Lindsey était clairement accusateur. Ses mots avaient le tranchant d'une lame.

— Comme ça n'était pas bon pour ton ambition politique, tu as étouffé le rapport entre les crimes.

Il rit, mais d'un rire teinté d'amertume.

— Tu as la berlue. (Il se tut, la toisa, les yeux plissés.) Un peu comme avec Hudson.

Lindsey le défia du regard.

— Bien essayé, mais je sais que toutes les agressions sont liées. J'avais vu juste pour Hudson, et tu le sais aussi bien que moi.

Il s'écarta du bureau et esquissa un pas vers elle. Instinctivement, Lindsey recula un peu plus, la chaise toujours entre eux.

— Tu commences à être un peu trop sûre de toi pour ne pas en payer le prix.

Elle l'observa, tentant de déchiffrer sa phrase.

— Qu'est-ce que ça veut dire, Greg ? demanda-t-elle. Ça ressemble à une menace.

Il fit un autre pas, mais cette fois elle se força à ne pas bouger. La porte était ouverte. Elle ne craignait rien. Une idée la frappa aussi violemment qu'un coup de poing dans le ventre. Pourquoi Greg serait-il dangereux ? Pourtant, c'est ce que son instinct lui soufflait. Comme pour confirmer la vérité, il dit :

— Tu devrais éviter de me contrarier.

Lindsey refusa de céder. Les victimes et leurs familles méritaient que justice soit faite.

— Ta petite omission a coûté des vies. Je pense que ça intéresserait la presse.

Il se déplaça avec une telle vivacité qu'il lui avait saisi les bras avant qu'elle ne comprenne ce qui lui arrivait.

— Fais ça, et je te garantis que la presse entendra tout ce qu'il y a d'intéressant à savoir sur Paxton. Je veillerai personnellement à ce que ton père se retrouve sur la paille.

Un mélange de stupeur et de colère lui serra le ventre. Comment avait-elle pu sortir avec cet homme ? Elle répondit à voix basse, entre ses dents serrées :

— Lâche-moi tout de suite.

Levant la main, il passa un doigt sur sa joue.

— Pourtant tu aimes mes mains, pas vrai, Lindsey ?

Il se pencha comme s'il comptait l'embrasser.

Elle tourna la tête sur le côté et voulut dégager son bras.

— Lâche-la.

Le soulagement la submergea dès qu'elle entendit la voix de Mark. En un coup d'œil, ses mâchoires crispées, ses yeux noirs, son corps tendu lui indiquèrent qu'il ne reculerait devant rien. Greg lui lâcha le bras comme s'il venait de se brûler, et pivota face à Mark. Si ses mouvements reflétaient sa nervosité, sa voix était posée.

— Tiens, tiens, la cavalerie a débarqué. Tu la pistes de près, pas vrai, Mark ?

Celui-ci toisa Greg sans ciller.

— Qu'essayais-tu de prouver exactement ? À moins que tu n'aies l'habitude de malmener les dames ? articula-t-il sans laisser filtrer aucune émotion sous son masque imperturbable.

Greg tordit la bouche.

— Je renoue avec une vieille amie, c'est tout.

Lindsey fut tentée d'intervenir mais il était clair qu'il s'agissait à présent d'une partie de bras de fer entre les deux hommes. Elle rejoignit Mark, mais il ne détacha pas son regard de Greg. Elle parvint à parler d'une voix remarquablement maîtrisée.

— Greg me menaçait de détruire la réputation Paxton si je m'aventurais à le contrarier.

Mark fixait toujours Greg dans les yeux, avec froideur.

— Vraiment ?

— Juste une conversation entre amis, expliqua-t-il. Nous disions qu'un duel médiatique pouvait être dangereux. Elle a donné son point de vue, j'ai donné le mien. (Il sourit avec suffisance.) Assez efficacement, je crois.

Mark resta silencieux un moment, comme s'il calculait son prochain mouvement ou calmait sa colère. Lindsey hésitait.

— Nous savons tous ce qui s'est passé, alors allons droit au but, dit Mark d'un ton mordant. Abandonne les charges contre Williams et facilite-nous la tâche.

Greg croisa les bras, reprenant une posture défensive.

— Ne compte pas là-dessus.

Mark inclina la tête.

— Alors rendez-vous au tribunal.

Il fit volte-face, prêt à partir, et Lindsey lui emboîta le pas. Greg dit dans leur dos :

— La bataille médiatique ne sera pas amicale. Vous auriez tort de me sous-estimer.

Lindsey suivit Mark à l'extérieur, songeant à la facilité avec laquelle son aplomb avait pris le dessus. Ce n'était pas pour la frime, même si elle connaissait aussi son côté tendre. Elle en avait personnellement fait l'expérience. Il se croyait vraiment meilleur que tout le monde, et dans un soupir résigné, elle se dit qu'il l'était probablement. Même si elle n'irait jamais lui dire.

Retrouvant son calme, elle réfléchit à l'enchaînement des événements et tout à coup se figea. Mark s'arrêta en même temps qu'elle comme s'il la surveillait et la regarda avec l'air d'attendre quelque chose.

— Pourquoi es-tu là ? demanda-t-elle.

Il la dévisagea comme si elle avait perdu la tête.

— Ce n'est ni le moment ni l'endroit pour avoir cette conversation.

Depuis quand était-il celui qui prenait toutes les décisions, le tout-puissant ?

— Je crois que ça l'est.

Quand il voulut lui prendre le bras, elle s'écarta en pointant un doigt vers lui.

— Ne fais pas ça.

Il la surprit en se rapprochant jusqu'à ce que leurs corps se touchent presque.

— Je ne vais pas m'excuser de m'inquiéter pour toi.

— Je suis capable de m'occuper de moi. Je n'ai pas besoin d'une baby-sitter.

— T'enfuir seule alors qu'un meurtrier te traque me porte à croire le contraire.

Elle lui lança un regard furieux.

— Va au diable, Mark.

Elle s'éloigna.

Mais il la rattrapa, la forçant à se tourner vers lui.

— Je ne te laisserai pas te balader toute seule dans la rue. Soit tu fais la route avec moi, soit je te jure de t'emmener de force sur mon épaule.

Ce n'étaient pas des paroles en l'air. Même si elle n'avait pas la moindre envie de le suivre, elle rechignait à faire une scène. Elle pinça les lèvres, contenant tant bien que mal sa fureur.

— Très bien, dit-elle.

Ils marchèrent côte à côte. Parvenue dans la rue, Lindsey envisagea de s'échapper mais se ravisa.

L'immaturité et la colère mal placée ne lui apporteraient rien de bon. Elle laissa Mark héler un taxi.

Le trajet se déroula en silence, chacun regardant par sa vitre. L'affaire revint au premier plan de ses pensées, reléguant au second plan sa colère à l'encontre de Mark.

— Nous devrions appeler Las Vegas.

Il hocha la tête. Le plaisir de faire libérer deux hommes était assombri par l'idée qu'un tueur vicieux courait toujours.

— Il y a assez de preuves pour au moins obtenir que Hudson repasse en procès, et probablement faire libérer Williams.

Quand Mark tourna la tête, leurs regards se croisèrent.

— Réfléchissons. Ce timbré ne doit pas savoir que nous sommes à sa recherche.

Lindsey déglutit. Bien qu'elle vive mal cette vérité, elle ne pouvait qu'être d'accord avec lui. Hudson méritait de reprendre le cours de sa vie, mais il était plus urgent d'éviter qu'il n'y ait une nouvelle victime.

— Il faut contacter Steve, ajouta Mark.

Lindsey acquiesça.

— Je vais l'appeler pour lui demander de venir nous rejoindre au bureau.

Mark glissa sur la banquette, et lui souleva le menton. Son visage était si proche, son air si grave que Lindsey en eut le souffle coupé.

— Ne recommence plus jamais à t'enfuir comme ça, dit-il d'une voix dangereusement douce.

Lindsey ouvrit la bouche pour protester mais il la coupa dans son élan.

— Et ne monte pas sur tes grands chevaux. Ce n'est pas un jeu. On ne joue même pas au plus fort. C'est la vie... (il marqua une pause)... et la mort.

Ses mots, directs et tranchants, la firent frissonner. Il avait raison. La mort était dans l'air.

Une seule fleur blanche dans un vase tout simple trônait sur la banque d'accueil. Sans avoir besoin de poser la question, Lindsey sut pour qui c'était. Et de qui ça venait.

Quand Mark mit les mains sur ses épaules, elle s'abandonna contre lui, accueillant avec bonheur un peu de sa force. Leur dispute au sujet de Greg était oubliée.

Judy tendit la main vers le vase.

— Encore des fleurs.

— Ne touchez pas à ça, dit Mark d'une voix cinglante.

Judy fit un bond en arrière, comme blessée par le ton de sa voix. Mark fit pivoter Lindsey vers lui.

— Ça va ?

Elle répondit d'un oui automatique.

— Je dois téléphoner à Steve.

Elle s'éloigna. Elle avait besoin de se retrouver dans son bureau et elle puisa au fond d'elle-même les ressources nécessaires pour se ressaisir. Au moment d'appeler Steve, elle commençait à rassembler ses esprits. Sa main ne tremblait plus du tout quand elle raccrocha.

Elle ferma les yeux, paupières pressées, inspira et expira plusieurs fois. Sa tête partit en arrière pendant qu'elle s'appliquait à détendre tous ses muscles. Elle sursauta quand Mark se pencha au-dessus d'elle, les mains appuyées sur les accoudoirs de son fauteuil. Par quel sortilège ne l'avait-elle pas entendu approcher ?

— Eh, dit-il sur un ton apaisant. Ce n'est que moi.

Il s'agenouilla devant elle, les mains sur ses genoux.

— L'esprit a de drôles de moyens de prévenir d'un danger. Je ne représente pas une menace pour toi. Tu as un excellent instinct. Si quelqu'un d'autre était entré, je suis sûr que tu aurais été tout de suite sur tes gardes.

Ça n'allait pas dans le sens de ce qu'il affirmait d'habitude.

— Mais tu ne crois pas à l'instinct, si je me souviens bien ?

Mark lui dédia un sourire rassurant.

— Je ne me fie pas au mien, mais j'ai appris à faire confiance au tien.

— Tu as tort, dit-elle catégoriquement. Je ne fais que nous attirer des ennuis.

Il resserra les doigts autour de sa cuisse.

— C'est totalement faux. Tu avais raison sur toute la ligne. Si certains t'avaient écoutée, tout serait réglé depuis longtemps. Ce sont des gens comme Greg, qui a caché les faits pour son bénéfice personnel, qui sont la cause de cet enfer.

L'Interphone sonna.

— Steve est arrivé, annonça Judy.

— Faites-le entrer, dit Mark avant d'ajouter : Ne commence pas à douter de toi-même, Lindsey. Nous avons plus que jamais besoin de ton intuition.

Elle sourit. Mark se redressa et, avec sa grâce habituelle, alla ouvrir la porte du bureau. Steve était là, sur le point de frapper. Mark lui tendit la main.

— Content que tu sois là.

Steve entra, posa les yeux sur Lindsey.

— On dirait que tu as du mal à te débarrasser de cette affaire-là, hein ?

Garth entra à son tour serra la main de Mark et salua Lindsey d'un bref hochement de tête. Elle tenta de sourire, sans y parvenir.

— Qu'en penses-tu, Steve ? dit-elle, pressée d'en venir aux réponses.

— Je fais porter la fleur au labo sur-le-champ, dit-il en prenant une chaise pour s'asseoir près d'elle.

— Mais nous ne trouverons rien, précisa Garth. Vous le savez. Pas d'étiquette du fleuriste, et d'après Judy, le livreur n'avait pas plus de quinze ou seize ans. Probablement pris au hasard dans la rue et payé pour la livrer.

Garth s'assit à côté de Steve.

— Tu as lu la carte ? demanda Steve.

Lindsey ravala la nausée qui lui montait dans la gorge. Elle sentait tous les yeux l'observer. Steve sortit un morceau de papier et le fit glisser sous ses yeux.

— J'ai recopié le petit mot. Le labo va évidemment avoir besoin de la vraie carte.

Elle le parcourut, Mark allant se poster derrière elle pour le découvrir par-dessus son épaule.

Bague autour de la rose
Poche pleine de bourgeons
Cendres, cendres tombent en pluie.
Je savais que tu reviendrais. Ce soir c'est notre fête.

Lindsey posa les mains à plat sur le bureau, tentant de maîtriser leurs tremblements. Mark lui pressa les épaules pour offrir son réconfort silencieux.

Steve tendit le bras vers le bout de papier comme s'il redoutait que Lindsey le relise.

— Ça confirme qu'il fait une fixation sur toi.

La main de Lindsey se crispa sur la feuille.

— Non. Tu as mal compris... (Elle balaya la pièce du regard.) *Ce soir c'est notre fête*. Il a prévu de tuer une autre femme.

— Ce soir, dit Mark.

— Mais pas toi, dit Garth d'une voix tranquille.

Lindsey se concentra sur Garth.

— Qu'en sais-tu ?
— L'instinct, dit-il. Tu n'es pas la seule à t'y fier. Il ne fait pas allusion à toi. Il joue avec toi.
Steve regarda Lindsey.
— Le mot « cendres » et le choix de la fleur sont deux symboles de la mort.
— Le risque qu'il s'en prenne à Lindsey est vraiment réel ? demanda Mark.
Garth répondit à nouveau.
— Je ne pense pas qu'elle soit en danger dans l'immédiat. Pour l'instant, il a juste l'air de prendre plaisir à son petit jeu.
— Mais nous ne pouvons pas courir ce risque, intervint Steve. (Il tapota le mot du bout du doigt.) Il pourrait très bien faire allusion à Lindsey.
— Dans un cas comme dans l'autre, il a prévu de faire une nouvelle victime ce soir, dit Lindsey.
— On a trouvé des indices dans l'appartement ? s'enquit Mark.
Steve le regarda.
— Rien d'utile, je le crains.
L'esprit de Lindsey s'emballa.
— Il va aller choisir sa victime au *Pink Panther*. J'en suis sûre.
— Ça colle, dit Steve. La question est, s'attendra-t-il à nous y voir ?
Le regard de Steve passa de Mark à Lindsey.
— Alors, Lindsey ?
Elle prit le temps de réfléchir.
— S'il m'observe depuis un moment, ce que je suppose, alors oui. Il sait que j'y suis allée et que je sais que c'est son repaire. (Elle marqua une pause.) Il sait que je sais.
Mark secoua la tête.
— Ça va être impossible d'attraper ce type. Il a sûrement choisi sa victime depuis des semaines. Je

n'arrive pas à croire qu'il ira la pêcher au *Pink Panther*.

Steve répliqua :

— C'est tout à fait possible. Ces mecs-là s'enhardissent rapidement.

Lindsey pianotait sur le bureau.

— Il faut le déstabiliser.

Le silence s'abattit sur la pièce tandis qu'ils réfléchissaient tous à ce qu'elle voulait dire.

— Avec moi, dit-elle, faute de trouver mieux. C'est moi la diversion. Il va s'attendre à tout sauf à me voir débarquer au *Pink Panther*. Ça suffira à détourner son attention.

— Ah, non, oublie ça ! s'exclama Mark, les traits crispés. Tu ne vas pas servir à appâter un assassin psychotique.

Lindsey ravala la réplique cinglante qui lui brûlait les lèvres. C'était son anxiété qui parlait.

— Mark, dit-elle, le problème majeur, c'est d'arrêter ce type une bonne fois pour toutes. J'ai été formée à ce genre de situations. Contrairement à cette femme qu'il a l'intention d'assassiner.

Garth était sur le qui-vive mais ne disait rien. Steve échangea un regard avec lui puis se tourna vers Mark.

— Je sais que tu t'inquiètes, mais Lindsey est une professionnelle aguerrie.

Alors que Mark s'apprêtait à protester, Steve leva les mains pour réclamer son attention.

— Attends, dit-il. Écoute-moi jusqu'au bout.

Mark expira, débordant de colère. Steve reprit :

— Lindsey est plus qu'une collègue pour moi. C'est une amie. Cette histoire me fait froid dans le dos, mais ça tient la route. Nous avons des vies à sauver.

Mark hurla quasiment sa réponse ;

— Elle est la cible d'un tueur en série, putain !

Il alla vers la fenêtre, leur tournant le dos. Il avait besoin de prendre ses distances pour retrouver son calme.

Lindsey et Steve se fixèrent longuement.

— Et si je retournais au bureau pour vous laisser le temps d'en discuter ? (Steve se leva, imité par Garth.) Appelez-moi quand vous aurez pris une décision, mais le temps presse.

Lindsey hocha la tête.

— Nous t'appellerons rapidement.

Les deux hommes partirent sans rien ajouter, refermant la porte derrière eux. Mark restait dos à la pièce. Lindsey s'approcha de lui et passa ses bras autour de sa taille, la tête contre son dos.

— Merci de t'inquiéter pour moi.

Mark lui fit face et la prit par la taille.

— Je t'en prie, ne fais pas ça.

Elle prit son visage entre ses mains et lui caressa la joue.

— Mark…

— Tu vas le faire, hein ? dit-il en serrant sa main.

Elle lui jeta un regard entendu.

— Je dois le faire. Il pourrait y avoir de nouvelles victimes si je ne tente pas le coup.

— Il y a forcément un autre moyen.

Elle chercha à le réconforter.

— Je suis une professionnelle, j'ai l'expérience de ça, et si ça peut t'aider, je leur dirai que si tu n'es pas dans la fourgonnette de surveillance, je ne le ferai pas.

Il hocha la tête.

— Je tiens à être avec toi.

Lindsey lui sourit, compréhensive.

— Nous devrions aller voir Steve au bureau.

Mark jura.

— Je dois être au tribunal dans une heure. Ça ne sera pas long, mais je dois quand même y aller. (Il se tut un instant.) Je n'aime pas l'idée que tu sortes seule aujourd'hui.

— Mark…

Il l'arrêta d'un geste.

— Je sais, dit-il. Tu es capable de te protéger toute seule. Tu es une professionnelle aguerrie.

— On se retrouve au bureau de Steve. Appelle-moi dès que tu quittes le tribunal.

Dès que Mark fut parti, Lindsey attrapa son sac et sortit. Elle devait passer chez elle prendre quelques affaires. Elle n'avait pas renouvelé son stock de vêtements depuis plusieurs jours. Il lui en fallait absolument des propres. Sortant son téléphone, elle composa le numéro du bureau de Steve, imaginant qu'il était déjà de retour.

— Bryant, j'écoute.

— Oh, Garth, salut. Steve est dans les parages ?

— Je ne sais pas trop où il est. Il était là il y a une minute.

— Bon, alors tu pourrais lui dire que je fais un saut chez moi et que je passe le voir après. Mark est au tribunal, je ne sais pas exactement quand il nous rejoindra.

— Pas de problème. Je lui transmets le message. Sois prudente si tu sors seule.

Lindsey s'emporta :

— Ouais, ouais, je sais. Je suis une professionnelle aguerrie, tu n'as pas oublié ?

Il rit.

— Je sais. Nous le savons tous, mais ce type est plutôt rusé, lui rappela-t-il. Ne l'oublie pas.

Elle coupa court à la conversation, pressée d'échapper aux mises en garde dont tout le monde l'accablait. Renonçant à prendre un taxi, elle préféra partir à pied. Marcher lui parut un bon moyen de s'éclaircir les idées et de s'accorder du temps pour réfléchir. Et passer en revue les éléments de l'enquête lui donna l'impression d'arriver plus vite. Elle appuya bientôt sur le bouton de l'ascenseur pour demander son étage. Quelques instants plus tard, elle entrait chez elle. Elle jeta son sac sur le guéridon de l'entrée et se dirigea vers le réfrigérateur. Inutile de penser à nouveau qu'il était venu là. Pas question de se laisser intimider. Un rafraîchissement s'imposait et elle but de l'eau à la bouteille, avec avidité, la tête renversée en arrière, apaisant sa gorge et tout son corps.

Dans sa chambre, elle piocha des affaires dans un tiroir tout en évitant soigneusement de regarder son lit. Soudain, elle réalisa que c'était une mauvaise idée d'être là. Elle devait déguerpir au plus vite. Alors elle pivota sur elle-même, pressée de remplir sa valise et de filer.

Soudain, elle perdit l'équilibre alors qu'une grande main s'abattait sur sa bouche, la poussant à la renverse. C'était fini, ici et maintenant ; elle était sa prochaine victime. Le petit mot parlait bien d'elle…

La panique la saisit quand quelque chose glissa sur sa tête, recouvrant son visage, la capuche d'un sweatshirt peut-être. Elle n'avait pas envie de mourir. Pas du tout. S'imposant de se calmer, de se souvenir de ce qu'on lui avait appris à l'entraînement, elle se força à respirer régulièrement mais le tissu recouvrant son visage absorbait l'air. Le souffle chaud de son agresseur lui balayait le visage, sa bouche était toute proche, ses mains sur son corps.

Ce contact lui donna la chair de poule, lui serra le ventre. Il n'avait pas parlé… elle voulait entendre le son de sa voix, savoir si elle le connaissait. Il l'attira contre lui avec une telle force que le choc la fit gémir.

Une seconde plus tard, elle sentit son dos heurter le matelas.

Non ! Elle se débattit, refusant d'être piégée, donnant des coups de pied et de poing. Mais il était sur elle, une de ses jambes enroulée autour de sa jambe gauche, ses mains emprisonnant ses poignets au-dessus de sa tête. Sans lui laisser le temps de coincer son autre jambe, elle ramena son genou vers son ventre et le frappa à l'entrejambe. Il en eut le souffle coupé, et le temps d'un éclair il la lâcha, et ce fut suffisant. Elle tendit la main vers la table de nuit, saisissant son téléphone pour le frapper à la tête. Il se mit à brailler pendant qu'elle roulait hors du lit, arrachant fiévreusement la capuche de sa tête.

Elle n'avait qu'une idée en tête, s'emparer de son arme, sans lui accorder un regard, sans se soucier de découvrir son identité. Il lui fallait son revolver à tout prix. Elle avait atteint la porte de la chambre quand ses pieds glissèrent sous elle. Il serrait si fort sa cheville qu'elle poussa un hurlement. Elle s'écroula à terre, les paumes à plat, la secousse la parcourant de la tête aux pieds. Pivotant sur elle-même, avec l'intention de décocher un coup de pied en plein visage de son agresseur, elle se figea de stupeur.

C'était Garth.

Il rit, la stupéfaction de Lindsey l'amusant visiblement. Sa main remontait le long de sa jambe. La lueur diabolique qui étincelait dans ses yeux la ramena à la réalité. De toutes ses forces, elle lui envoya un coup de pied au visage, son talon aiguille en avant.

— Salope, cria-t-il alors que le sang jaillissait de son front.

Il voulut saisir son pied libre, pour l'empêcher de remettre ça.

Elle s'empara d'une lampe d'appoint et la lui lança à la tête tout en lui assenant un autre coup de pied. Dès qu'il lâcha sa jambe, elle rampa pour lui échapper. Mais il était rapide. Il écarta la lampe d'un geste, la saisit à deux mains aux épaules.

— Ça me plaît que tu te débattes, Lindsey.

Elle le sentit se presser contre elle, ses hanches calées dans le creux de ses reins. Elle eut envie de vomir.

— On va bien s'amuser tous les deux.

Elle secoua la tête, luttant pour maîtriser ses émotions, sa peur.

— Pourquoi ? Pourquoi tu fais ça ? murmura-t-elle entre ses lèvres tremblantes.

— Parce que je te veux, railla-t-il, ses lèvres contre son oreille. Et je vais t'avoir. Je t'attends depuis des siècles. J'ai même essayé de te remplacer, mais les autres femmes n'étaient pas assez bonnes.

Il lécha le côté de son visage. Elle tremblait tout en cherchant à l'arrêter. Quelque chose lui disait qu'il se nourrissait de sa peur.

— Tu n'es qu'un malade, murmura-t-elle.

— Non, je suis malin. Tu n'as pas réussi à deviner qui j'étais. Admets-le.

Ses mots étaient si pleins d'une fierté maladive que Lindsey en eut le tournis.

— Tu as relié les meurtres entre eux, mais jamais à moi.

Elle tenait à connaître la vérité.

— Las Vegas ? Comment tu as fait pour commettre ces crimes en vivant à New York ?

Il sourit.

— Ah, mais je n'étais pas là. J'ai pris un congé pour aller m'occuper de ma pauvre grand-mère malade au Texas.

Lindsey ferma les yeux.

— Et Hudson, tu as maquillé les preuves ADN.

— Ah ouais, pas mal l'indice de première main, hein ?

Elle prit appui sur le sol. Il fallait qu'elle s'échappe.

— Tu ne vas pas t'en tirer comme ça.

— J'ai pourtant réussi jusque-là.

Il bougea, se leva et elle remercia le ciel de ne plus l'avoir sur elle. Il la força à se redresser et la plaqua contre le mur, les mains sur sa tête.

— J'espère que tu vas brûler en enfer, cracha-t-elle tout en luttant pour échapper à l'étau de ses jambes.

Il rit.

— Tu m'as fait de la peine, Lindsey. Je crois que tu devrais m'embrasser pour me consoler.

Malgré tous ses efforts pour calmer la panique qui grondait en elle, et la nausée qu'elle éprouvait à l'idée de ses lèvres sur elle, elle n'y arrivait pas. Elle tourna la tête sur le côté, et il fourra une main dans ses cheveux pour lui tirer la tête en arrière.

— Non, non, je veux mon bisou.

Les larmes lui montèrent aux yeux quand sa bouche approcha de la sienne. Elle avait envie de disparaître sous terre. Pourquoi n'avait-elle pas écouté les conseils de Mark qui ne voulait pas qu'elle sorte seule ? Lorsque sa bouche la toucha, son instinct de conservation prit le dessus. Dès que sa langue franchit la barrière de ses dents, elle mordit le plus fort possible.

— Aïe ! hurla-t-il, s'écartant tout en portant la main à sa bouche.

Il la gifla du plat de la main.

— Je saigne, espèce de salope.

De sa main libre, Lindsey le frappa au visage et se tortilla pour lui échapper. Il lui tira les cheveux et la gifla encore. Plus fort, cette fois.

— Arrête de te débattre comme ça, tu te fais du mal pour rien.

La tirant par les cheveux, il la ramena sur le lit. Lindsey hurlait avec l'impression qu'il lui arrachait les cheveux à la racine. Elle lui donna d'autres coups de pied, il la frappa encore. Elle souffrait tellement de la joue et de l'œil qu'elle grelottait de la tête aux pieds. Ou peut-être que c'était à cause de la peur combinée à l'adrénaline. Quand des points noirs dansèrent devant ses yeux, elle crut qu'elle allait sombrer dans le néant.

Dans sa tête, elle criait. *Non !*

Elle n'était pas prête à mourir.

Devant le tribunal, moite de sueur, Mark composa le numéro de portable de Lindsey en s'appliquant à rester calme.

C'était sa troisième tentative, sans réponse. Arpentant le trottoir, il se sentait tendu, agité, terrifié. Il se passait quelque chose, quelque chose de très grave. Il le sentait jusque dans les moindres recoins de son être. Maggie lui avait confirmé que Lindsey était partie voir Steve, mais Steve ne l'avait pas vue.

Il le rappela.

— Elle ne répond pas au téléphone, ni sur son fixe ni sur son portable. J'ai un terrible pressentiment.

Steve jura.

— Je vais faire un saut chez elle, ce n'est qu'à quelques rues d'ici. Mais…

— Vas-y, on se rejoint sur place. Sois prudent. Je devrais y être dix minutes après toi.

Mark raccrocha et se mit à courir, le sang aux tempes. En seulement dix minutes, qui lui parurent une éternité, il arriva chez elle. Il grimpa l'escalier quatre à quatre, sans perdre de temps à appeler l'ascenseur.

Une fois devant sa porte, il s'apprêta à frapper mais se ravisa. Il essaya de l'ouvrir, fit tourner la poignée, et eut la certitude que quelque chose n'allait pas. Il s'interdit de débouler en hurlant le nom de Lindsey à pleins poumons. Se glissant à l'intérieur, il tendit l'oreille, à l'affût du moindre bruit.

Soudain Lindsey cria.

Mark se rua en direction de la voix, submergé par l'urgence de la trouver au plus vite. Il explosa de rage en voyant l'homme sur elle. Plongeant sur lui, il le saisit par son tee-shirt pour le tirer en arrière et la libérer.

— Fils de pute ! cria-t-il en le jetant à terre.

Il haleta en découvrant le visage meurtri de Lindsey, son cœur se brisa.

Un grognement sourd ramena son attention vers l'agresseur. Quand il le reconnut, l'amertume se mêla au reste.

— Garth ?

Celui-ci éclata d'un rire cruel, en se redressant pour bondir sur Mark. Ses bras s'enroulèrent autour de sa taille, il le poussa en arrière, tentant de le renverser. Mark réussit à passer les bras sous ceux de Garth, et à le soulever. Garth voulut répondre d'un coup de poing mais Mark parvint à le bloquer.

Seule l'adrénaline animait Lindsey, désormais. Une seule idée en tête. *Revolver. Dans sac, près porte*. Il fallait à tout prix qu'elle aille le chercher. Elle se répétait cet objectif en boucle, craignant de succomber à tout moment au vertige. Titubant, luttant contre le tournis, elle parvint à traverser la pièce, chancela, tomba à genoux, les larmes inondant ses joues. Poursuivant son chemin en rampant, elle trouva son sac et en renversa le contenu.

La porte d'entrée s'ouvrit à la volée et Steve surgit. Il s'agenouilla devant elle.

— Oh, mon Dieu ! Ça va ?

Elle fit oui de la tête, ravalant un sanglot en s'agrippant à son bras.

— Aide Mark. C'est Garth, Steve. C'est Garth.

Steve fronça les sourcils, mais il passa lentement à l'action, sans se précipiter, comme il l'avait appris à l'entraînement, dégainant son arme et progressant dans le couloir d'un pas furtif. Il rangea son arme dans son étui dès qu'il vit les deux hommes se battre à main nue. Pas question de risquer de blesser Mark. La seule solution était d'agir sans arme.

Il s'approcha dans le dos de Garth, le tira en arrière juste au moment où Mark lui envoyait un crochet du droit. Garth bascula par-dessus Steve, le faisant s'écrouler. En une fraction de seconde, Garth roula sur lui-même et extirpa l'arme de Steve de son étui.

Pointant le pistolet sur Steve, il rit :

— Pas assez rapide, cracha-t-il. Debout ! (Après un coup d'œil à Mark, il ajouta :) Un seul geste, et il est mort.

— Lâche ce pistolet, Garth, dit Lindsey depuis l'entrée, son revolver pointé sur lui.

Elle sentit le regard de Mark sur elle.

— Lindsey...

— Ça va, Mark.

Mais elle allait mal, et elle le savait.

Garth eut un rire narquois.

— Non, ça ne va pas, chérie. Tu saignes. Viens donc me donner ton flingue et poser ton joli petit cul par ici. Papa va venir lui faire des bisous et ça ira mieux, tu verras.

Mark esquissa un pas vers Garth.

— Sale fils de...

— Calme ton chien, Lindsey, l'avertit Garth. Ou Steve est un homme mort.

Il colla le canon du pistolet sur la tempe de Steve.

Mark se figea sur place.

— Garth, dit Lindsey en allant droit vers lui. Ton petit jeu est terminé. Lâche cette arme.

— Sinon quoi, chérie ?

— Je tire.

— J'en doute.

— Si tu t'imagines que j'hésiterais à tirer, tu te trompes.

Il rit encore, ce qui fit frémir Lindsey.

— On va bien voir. Et si on jouait à la poule mouillée ? (Il poussa Steve.) Va là-bas, à côté de Mark.

Lindsey gardait son arme pointée sur Garth.

— Je parie que j'arrive à en abattre un avant que tu aies eu le temps de me tirer dessus. (Il sourit.) Tu choisis lequel vivra et lequel mourra.

Garth pointa le pistolet entre Steve et Mark. Lindsey continuait à le viser. Elle savait qu'il n'hésiterait pas à tirer sur l'un des deux hommes. Peut-être sur les deux. Il était fou. Elle devait lui tirer dessus avant qu'il ne fasse feu. Mais... elle avait l'esprit embrumé. Du mal à réfléchir. Le devait-elle vraiment ?

— La partie a commencé, Lindsey, dit calmement Steve.

Lindsey entendit ses mots, se pénétra de leur sens. Il lui disait quoi faire. Elle appuya sur la détente, sans hésiter. Garth s'effondra.

Lindsey l'avait abattu.

Les paroles de Steve revinrent à l'esprit de Mark. Il lui avait rappelé sa formation, la seule solution. Elle devait tirer en premier. Et Steve savait qu'elle ne faiblirait pas sous la pression.

Le regard de Mark alla de Garth à Lindsey tandis qu'elle s'appuyait contre le mur et se laissait glisser sur le sol. Mark accourut près d'elle, la prit dans ses bras. Elle avait fait preuve d'un courage formidable, mais surtout il était fier. Elle était extraordinaire, à la fois vulnérable et forte. Elle était la femme qu'il aimait et il remerciait le ciel qu'elle soit en vie. La perdre aurait été un cauchemar. Lui caressant les cheveux, la berçant, il lui murmurait des paroles de réconfort.

— Il est mort, déclara Steve.

C'était fini.

Enfin, après des heures à l'hôpital, Mark entra chez lui avec Lindsey dans ses bras, la tête appuyée contre son épaule. Il l'avait conduite aux urgences dès l'arrivée des renforts. Elle souffrait d'une commotion et d'un tas de bosses et d'égratignures. Mais le pire était le traumatisme causé par cette expérience.

Lindsey avait remis son arme aux autorités, elle serait soumise à une enquête interne. La procédure standard, même si elle était en congé. Toutefois, ça déplaisait à Mark. Il n'avait pas envie que cette histoire s'éternise. Elle méritait de tourner la page.

Avec une délicatesse infinie, il l'installa sur le lit. Elle battit des paupières avant d'ouvrir les yeux.

— Où sommes-nous ? demanda-t-elle.

— À la maison, mon trésor, dit-il en se penchant pour l'embrasser sur le front.

Elle cligna des yeux et le regarda entre ses paupières boursouflées.

— J'ai mal partout.

— Je sais. Tu as des analgésiques à prendre, dit-il. Je vais te chercher à boire pour les avaler et nous te déshabillerons.

Elle hocha la tête. Il s'apprêta à se lever.

— Mark ?

Il la regarda d'un air interrogateur.

— Tu m'as sauvé la vie.

Il s'assit au bord du lit.

— Et tu m'as rendu la pareille, si je me souviens bien.

Ses lèvres se mirent à trembler.

— J'aurais dû t'écouter.

Il déposa un baiser sur sa main, craignant de lui faire mal en l'embrassant ailleurs.

— C'est fait, n'en parlons plus. Je suis heureux de ne pas t'avoir perdue et c'est tout ce qui compte. (L'émotion lui serra la gorge.) Repose-toi. Je vais chercher tes cachets.

— Merci, murmura-t-elle en fermant les yeux. Je suis tellement fatiguée. Tellement, tellement épuisée.

— Salut, Maggie. Vous avez vu Mark ?

— Il est sorti un moment, mais je ne sais pas où il est allé. (Elle observa Lindsey.) Le coquard commence à disparaître.

Lindsey porta la main sous son œil gauche.

— Oui, enfin. On dirait plutôt une vilaine tache de naissance maintenant.

— Pour une fois, donnez-nous notre chance, à nous autres simples femmes, dit Maggie avec un sourire malicieux.

Lindsey eut un petit rire.

— C'est ça. Trop marrant.

Mark apparut au bout du couloir.

— Que mijotez-vous, toutes les deux ?

Lindsey rit.

— C'est notre secret, à toi de deviner.

Mark se rapprocha, conscient que son pouls était trop rapide, la tension crispant tous ses muscles. Il avait quelque chose d'important à dire à Lindsey.

— Viens dans mon bureau, je vais essayer de t'arracher les vers du nez.

Amusée, Lindsey le suivit. Une fois dans son bureau, Mark ferma la porte et la prit dans ses bras.

— J'ai les moyens de te faire parler.

Lindsey déboutonna sa veste et plongea les mains en dessous.

— S'il te plaît, fais-moi parler.

— En fait, j'ai quelque chose à te dire. (Il recula d'un pas, lui prit la main.) Viens t'asseoir avec moi.

Mark disposa deux chaises face à face. Il avait fait un grand pas. Un pas destiné à aider Lindsey à se détacher du passé. Il pouvait espérer avoir fait le bon choix. Il l'aimait. Il était certain de désirer passer le restant de ses jours avec elle.

Lindsey posa la main sur la joue de Mark.

— Dis-moi tout.

Il souffla.

— J'ai beaucoup réfléchi à nous deux, et au cabinet, dit-il. (Elle écarquilla les yeux.) Je sais que tu ne souhaites pas diriger Paxton, et je suis revenu pour une durée déterminée.

Lindsey confirma d'un signe de tête.

— Je sais, et je te suis reconnaissante de ce que tu as fait pour moi.

Mark sourit, repensant à tout ce qui avait changé entre eux. Il voulait seulement qu'elle tourne la page. Qu'elle puisse choisir d'être avec lui par envie, sans avoir la pression du cabinet sur les épaules.

— Tu as un travail qui t'attend à Washington.

Elle répondit d'une voix faible.

— Oui mais tu as ton cabinet de conseil juridique à faire tourner.

— Si je partais, tu serais obligée de reprendre les commandes ici, et tu m'en voudrais. Je ne veux pas de ça.

Il était sincère. Ça pouvait anéantir tout espoir d'un avenir commun.

Le regard de Lindsey s'assombrit.

— Mais ce n'est pas juste pour toi, si tu restes et que tu délaisses ton propre cabinet. Je comprendrais que tu aies besoin de quitter Paxton.

Il caressa le dos de sa main de son pouce. Autant cracher le morceau.

— J'ai fait une offre de rachat du cabinet, et cette fois ton père l'a acceptée.

Lindsey battit des paupières, muette de stupéfaction.

— Quoi ?

Il hocha la tête.

— Je ne veux pas que tu partes, mais au fond de moi je sais que tu n'as pas envie de rester ici. Je serais très heureux que tu travailles comme avocate chez Paxton, à mes côtés. Mais ce serait égoïste de te le demander. Je tiens suffisamment à toi pour ne souhaiter que ton bonheur.

Lindsey se leva et alla se poster devant la fenêtre, tournant le dos à Mark.

— Alors on se dit au revoir, dit-elle sans se retourner.

Il dut faire appel à toute sa volonté pour ne pas aller la rejoindre.

— J'espère que non. J'ai envie que tu restes. Mais je ne me berce pas d'illusions. Tu es déjà partie d'ici une fois, et même si tu es revenue, ce n'était pas dans l'intention de rester. Dans un sens comme dans l'autre, je ne peux pas gagner.

Tout en regardant au-dehors, Lindsey répondit d'une voix tremblante :

— Tu aurais dû m'en parler.

— Peut-être, admit-il, mais j'y ai tellement réfléchi que j'ai failli perdre la boule. C'était la seule solution pour que tu puisses faire ton choix librement. Maintenant, tu as le choix. Reste ou pars, mais écoute ton cœur.

Il l'entendit prendre une inspiration avant de se retourner vers lui.

— Je ne sais pas quoi dire.

— Dis-moi ce que tu penses.

— Tu es un homme bon, Mark.

Mark voulut sourire mais n'y parvint pas. Elle avait l'air distante, le corps raide. Il avait l'impression que son cœur venait d'éclater en mille morceaux. Un homme bon. Pas assez bon, manifestement. Il avait espéré si fort qu'elle aille vers lui. Qu'elle fasse le choix de vivre à ses côtés.

— Tu es une femme libre, Lindsey.

Puis, craignant d'en dire trop, il se leva et quitta la pièce. Jamais comme en cet instant il n'avait eu autant besoin de prendre l'air.

14

Trois mois plus tard

Lindsey se faufila entre les portes de l'élégant musée new-yorkais avec une appréhension qui la faisait vibrer du sommet du crâne à la pointe de ses orteils fraîchement vernis.

La soirée organisée pour fêter le départ en retraite de son père battait son plein. La piste de danse était bondée, les tables prises d'assaut. Le rétablissement de son père était stupéfiant, quasi miraculeux. Lindsey parlait souvent avec lui au téléphone. Il avait même fait amende honorable avec Mark, et ne tarissait pas d'éloges sur le travail qu'il accomplissait au cabinet. Son revirement était déconcertant, mais bienvenu. Leur relation père-fille était en voie de guérison, et cela l'emplissait de joie.

Mais il lui restait une personne à revoir.

Mark.

Elle avait passé trois longs mois à Washington, loin de lui, se languissant de lui à chaque minute. Tous les jours, elle avait espéré recevoir un coup de fil. Mais il n'avait pas appelé. Elle avait composé son numéro un nombre incalculable de fois, pour raccrocher à la dernière seconde.

Elle continuait à faire les mêmes cauchemars. De sombres images la réveillaient toujours la nuit, la laissant bouleversée et pétrifiée. Mais à présent, elle les comprenait. Ils n'avaient jamais évoqué les meurtres. Ils représentaient sa peur. Celle de se perdre, de perdre sa vie, et son amour… Mark.

Elle déposa son manteau au vestiaire, le cherchant aussi discrètement que possible. Elle lissa sa robe fourreau de satin noir, craignant de ne pas être impeccable. Elle s'était habillée avec soin, prenant le temps de s'arranger, pour paraître au meilleur de sa forme.

Elle avait fini par prendre la décision de changer de vie. Elle espérait qu'elle n'arrivait pas trop tard. Mark était l'amour de sa vie, et elle voulait être avec lui. Elle se sentait aussi nerveuse qu'une jeune fille qui a un coup de cœur.

S'accordant plusieurs longues inspirations, elle prit le temps d'admirer les lieux. Elle avait toujours aimé ce musée, et explorer ses charmes l'aidait à se détourner de son anxiété. Lindsey avait passé des heures au téléphone avec Maggie pour organiser cette fête. C'était réjouissant de constater que le résultat était magnifique. Admirant la salle avec fierté, elle contempla le haut plafond et l'éclairage intime. Le cadre était élégant, la musique douce et apaisante, les tables garnies de mets appétissants.

Elle aspira une longue goulée d'air et se força à esquisser un pas. Elle en avait à peine fait un deuxième que Maggie surgit.

— Lindsey, dit-elle avec un sourire chaleureux, avant de la serrer affectueusement contre elle, vous nous avez manqué.

Lindsey lui rendit son étreinte, émue plus qu'elle ne l'aurait cru.

— C'est bon de savoir qu'on manque à quelqu'un.

Maggie s'écarta.

— Vous avez vu Mark ?

Lindsey fit non avec appréhension. Maggie, tel l'ange qu'elle était, s'était fait un devoir de lui donner régulièrement des nouvelles de Mark. Lindsey ne posait jamais de questions, mais elle buvait toujours ses paroles. Maggie n'était pas idiote. Elle savait que Lindsey était pendue à ses lèvres.

— Non, pas encore. Je viens d'arriver.

Maggie l'observa, reculant pour évaluer sa tenue.

— Les yeux vont lui sortir de la tête quand il va vous voir dans cette robe, ma douce.

Lindsey voulut sourire, mais n'y parvint pas tout à fait.

— Nous verrons bien, dit-elle avant de changer de sujet, sa nervosité empirant de minute en minute. Quelle charmante fête. Vous avez merveilleusement bien travaillé.

— Nous avons merveilleusement bien travaillé, corrigea-t-elle. Venez, allons dire bonjour à votre père.

Ensemble, elles fendirent la foule pour traverser la salle. Lindsey continuait à chercher Mark du coin de l'œil, mais à sa grande déception il n'était nulle part. La table de son père se trouvait sur l'avant de la salle. Lindsey le vit en premier, ce qui lui laissa le temps d'assimiler son incroyable transformation. Il avait repris sept bons kilos, et il avait bonne mine, arborant un sourire heureux.

Dès qu'il vit Lindsey, son regard s'éclaira et il se leva. Maggie tira sur le bras de Lindsey pour attirer son attention.

— Je vous laisse tous les deux. On se voit tout à l'heure.

Lindsey hocha la tête et se dirigea vers son père. Il la serra dans ses bras tout en la berçant.

— Tu m'as manqué, dit-il tendrement.

Lindsey leva les yeux vers lui, ravalant ses larmes. Elle avait du mal à croire qu'il ait aussi bonne mine.

— Toi aussi tu m'as manqué, papa.

— J'aimerais te présenter Elizabeth, dit-il en indiquant une petite brune, qui se leva en souriant.

Elle lui disait quelque chose… Lindsey se souvint.

— Vous n'êtes pas infirmière au centre de soins ?

Elle approuva en riant, l'air amical et joyeux.

— Oui, je suis la seule qui arrivait à supporter votre père.

Lindsey rit et se détendit légèrement.

— Eh bien, ça fait de vous une sainte.

Edward se joignit à l'éclat de rire des deux femmes.

— Lindsey, Elizabeth a accepté de m'épouser.

La surprise fut telle qu'elle se laissa choir sur une chaise.

— Te… t'épouser ?

Elizabeth tapota la main de Lindsey tandis qu'Edward reprenait sa place à table.

— Oui, mais je sais que je ne pourrai jamais remplacer votre mère et d'ailleurs je ne vais même pas essayer. J'aime énormément votre père, et je vous promets de bien m'occuper de lui.

Lindsey regarda Elizabeth puis son père. Il avait changé et elle était prête à parier que sa compagne n'y était pas pour rien.

— Je suis très heureuse pour vous deux, dit-elle. (Elle marqua une pause.) Sincèrement.

— Tant mieux, car nous sommes heureux ensemble, dit Edward en souriant à Elizabeth.

Lindsey les observa, souriant elle aussi. À n'en pas douter, ils étaient amoureux. Sa mère aimerait les savoir heureux. Une vague d'émotions menaça de l'envahir. Avec Mark, elle avait eu une relation unique. Mais elle avait laissé ses peurs prendre le dessus.

— Si vous voulez bien m'excuser, je dois faire quelque chose.

Edward lui saisit le poignet.

— La dernière fois que je l'ai vu, il était au bar.

Lindsey déglutit et hocha la tête. Elle n'avait pas besoin de demander comment il savait qui elle cherchait. Maggie avait dû lui en toucher deux mots.

— Merci, papa, dit-elle tendrement.

Planté devant le bar, Mark se comportait comme un asocial. Discuter avec les invités était le dernier de ses soucis. D'ailleurs, si ça n'avait pas été impoli, il ne serait pas venu à la fête.

Merde. C'était un fichu mensonge. Ça le rongeait de savoir qu'elle était à New York, surtout qu'elle ne lui avait pas téléphoné. Elle l'avait chassé de sa vie comme un mauvais souvenir, et ça lui faisait une peine atroce. Il avait même cru qu'il finirait par tourner la page, jusqu'à ce qu'il apprenne qu'elle était revenue. Toutes les émotions qu'il avait soigneusement étouffées s'étaient ranimées, et refusaient de se taire.

Comment allait-il faire pour la croiser, et feindre l'indifférence, il n'en avait pas la moindre idée.

Comment avait-il pu croire qu'une relation avec Lindsey puisse être une bonne idée ? Portant son verre à ses lèvres, il le vida cul sec. Comme s'il avait eu le choix. Elle l'avait hypnotisé dès le premier regard. Il était pitoyable. Son cœur n'avait pas eu la moindre chance d'obtenir ses faveurs. À cette idée, il commanda un autre verre. Ce n'était pas un grand buveur, mais ce soir, c'était différent. Tout pourvu que ça atténue la souffrance qu'elle lui avait infligée en lui plantant dans la poitrine un couteau qu'elle ne cessait de remuer. Sa situation tout entière était ironique – non, une blague, une mauvaise blague. Paxton était un cabinet florissant désormais, et il s'entendait de mieux en mieux avec Edward. Il était même devenu un ami proche de Steve. Avoir frôlé la mort avec quelqu'un favorise les liens d'amitié, en général. Même Greg avait quitté la ville la queue entre les jambes. Tout s'était arrangé pour le mieux, mais il n'était pas heureux.

Parce que Lindsey lui manquait.

Il était seul, incroyablement craquant dans son smoking. Alors elle sut que sa fascination pour lui, son besoin d'être avec lui, n'était pas le fruit de son imagination. Un flot de désir passionné, chaud et féroce, afflua dans ses veines. Mais ça ne s'arrêtait pas là.

Elle avait besoin de lui de toutes les manières possibles.

Sa bouche devint sèche et les battements de son cœur redoublèrent. Son estomac était noué de nervosité. Il lui avait tellement manqué… Quand il sentit son regard sur lui, il leva la tête, et leurs regards se croisèrent. Ah, ses yeux. Ils l'attiraient par leur douceur – ils étaient si perspicaces et si incroyablement séduisants. Un seul regard lui avait toujours suffi pour que ses genoux se mettent à trembler. Ses yeux glissèrent le long de son corps, l'examinant lentement – un long moment brûlant et intime.

Un instant, toutes sortes d'émotions traversèrent ses yeux, peut-être même de la colère, mais elle disparut aussitôt. Il baissa le rideau, lui bloquant l'accès à ses sentiments. Parfaitement immobile, il l'observait : sans sourire, sans lui souhaiter la bienvenue. Évidemment, à quoi s'était-elle attendue ? Elle l'avait repoussé à maintes reprises. C'était à elle de faire un pas vers lui. C'était son tour de se révéler, de risquer d'être rejetée.

Mais le jeu en valait la chandelle.

Elle se dirigea lentement vers lui, sans le quitter du regard une seconde, et ne s'arrêta qu'une fois devant lui.

— Salut, murmura-t-elle, le souffle court.

Malgré les incertitudes, des éclairs électriques saturaient l'espace autour d'eux.

Le visage de Mark s'assombrit, et brièvement, elle crut qu'il allait la repousser. Le lourd silence dura une éternité, lui sembla-t-il. Elle avait oublié qu'il était aussi imposant, grand et large d'épaules, et follement masculin. Enfin, il répondit :

— Salut.

Sa voix était sourde et mélancolique, lisse comme du velours au point de la faire frémir.

Elle avait envie de le toucher – non, besoin de le toucher. C'était inévitable – un besoin physique, aussi réel que la faim. Elle tendit la main, effleura le revers de sa veste, ce qui ne fit qu'embraser son désir.

— Tu es très élégant.

Et terriblement sexy.

Sa main recouvrit celle de Lindsey, son regard s'alourdit de désir. Ce geste réchauffa son corps entier, jusqu'à la douleur.

— Et toi, tu es la tentation incarnée, dit-il d'une voix caressante.

Une légère pointe d'apaisement s'infiltra dans son esprit. Au moins il ne cherchait pas à nier qu'il la désirait physiquement. C'était tout l'encouragement dont elle avait besoin pour se rapprocher de lui. Saisissant les deux revers de sa veste, elle dit :

— Ah oui ?

Quand il la prit par la taille, sa voix se fit suave.

— Oh oui.

Elle avala sa salive, humecta ses lèvres. Quand le regard de Mark tomba sur sa bouche, elle sut qu'il avait envie de l'embrasser. Et avec quelle force elle le désirait aussi. Ça faisait beaucoup trop longtemps qu'elle n'avait pas senti ses lèvres sensuelles sur sa bouche.

— Tu m'as manqué, Mark.

Sa voix se brisa sous le coup de l'émotion.

Il avait la tête penchée vers elle, si belle, l'incarnation parfaite de tout ce qu'il attendait de la vie. Mais finirait-elle par le quitter encore, prendre peur et filer en douce ? Le prenait-elle pour un coup facile, une occasion de tromper la solitude d'une nuit pendant qu'elle était à New York ? Il lui avait manqué. Les mots résonnaient dans sa tête, encore et encore. Son absence avait duré plusieurs mois, sans un appel, et tout à coup, il lui manquait.

Il avait trop souffert de sa perte. Plus jamais il ne la regarderait le quitter. Même s'il mourait d'envie de l'emmener à l'écart, de céder à la passion, mieux valait garder ses distances. À cette idée, ses bras retombèrent le long de son corps.

Sa voix devint glaciale.

— Tu as une étrange manière de le montrer.

— Mark…

Lindsey s'apprêtait à défendre sa cause quand une voix résonna dans le haut-parleur.

L'annonce de Maggie emplit la salle.

— C'est à présent l'heure des discours. Si vous voulez bien vous réunir tous devant l'estrade. (Elle se tut pendant que les invités se regroupaient.) Lindsey et Mark, si vous voulez bien venir me rejoindre ?

Lindsey se mordit la lèvre. Une lueur de désespoir traversa son regard.

— Attends, dit-elle, surprenant Mark en posant les deux mains sur son torse. Promets-moi d'écouter ce que j'ai à te dire avant la fin de la soirée.

Il la fixa, cherchant à faire le tri dans ses sentiments.

— S'il te plaît, Mark.

Il n'avait jamais vu Lindsey exiger aussi vivement qu'on l'entende. Quelque chose dans sa voix, dans son attitude, le toucha au plus profond. Ça ne coûtait rien d'écouter, après tout. Sa décision prise, il lui prit la main sans un mot, appréciant le contact de sa peau douce dans sa paume rugueuse. Il indiqua la scène du menton et l'entraîna d'un pas rapide vers Maggie.

Lindsey n'était plus en état de respirer ni de penser. Son seul lien avec la réalité était sa main possessive. Ce contact lui procurait du réconfort et de l'espoir, et elle s'y raccrocha comme à une source vitale.

Une heure plus tard, elle descendit de l'estrade en compagnie de Mark. À son grand soulagement, il lui reprit la main.

— Viens danser avec moi, dit-il avec douceur.

Lindsey n'avait pas envie de danser ; elle voulait partir avec lui, tout de suite. Elle s'immobilisa et le tira par la main. Se retournant, il la regarda, l'air interrogateur.

— Allons-nous-en, dit-elle avant d'ajouter plus fermement : Maintenant.

Lentement, un sourire séduisant se dessina sur ses lèvres, alors qu'il l'attirait vers lui d'un mouvement sensuel.

— Tu ne vas quand même pas déserter la soirée de ton père… Allons d'abord danser le temps de quelques morceaux.

Lindsey déglutit.

— Et après nous partirons ?

Il passa une main dans la chevelure de Lindsey, une douce caresse qui ne fit que décupler sa faim de contacts intimes.

— Oui, dit-il. Ensuite nous partirons.

— Ensemble ? demanda-t-elle, car elle avait autant besoin de sa confirmation que de respirer.

Mark gloussa.

— Oui, ensemble.

Lindsey poussa un soupir et ses épaules se relâchèrent.

— Alors d'accord. Allons danser.

Il l'entraîna vers la piste, et elle se nicha entre ses bras, avide de sa chaleur, de sa proximité. Il enfouit son visage dans ses cheveux.

— Tu sens bon, lui chuchota-t-il à l'oreille.

Elle passa les bras autour de son cou et plaqua son corps contre lui, aussi langoureusement que possible dans un lieu public.

— Toi aussi, dit-elle, regrettant de ne pas pouvoir oublier la fête et se noyer dans tout ce qu'il était.

Ils restèrent les yeux dans les yeux. Pour la première fois, la facilité avec laquelle il la bouleversait la troubla. En un seul regard elle s'enflammait. Elle désirait tout ce qu'il était, tout ce qu'ils pouvaient être ensemble, malgré les dangers de la vie de couple. Il fit descendre ses mains jusqu'à sa taille, ce geste éveillant en elle un désir fiévreux, lui faisant oublier où ils se trouvaient.

— Quand repars-tu ? demanda-t-il, déchirant la brume sensuelle créée par la musique et leur proximité physique.

Elle s'humecta les lèvres, levant les yeux vers lui, cherchant la bonne réponse. Ce n'était ni le moment ni l'endroit. Avec délicatesse, sa main suivit le contour de sa joue.

— Mark…

Le père de Lindsey surgit près d'eux.

— J'aimerais danser avec ma fille.

Elle regarda Mark, l'air désemparé. Il lui répondit d'un sourire rassurant.

— Je ne vais pas disparaître. Danse avec ton père.

Elle ouvrit la bouche mais Mark posa un doigt sur ses lèvres.

— Je reste là.

Elle hocha la tête, cherchant à se rassurer, et fit un grand sourire à son père en changeant de bras.

— Tu es très élégant, papa.

Il l'examina attentivement.

— Je ne voulais pas vous interrompre. Je sais que vous avez besoin de discuter tous les deux, mais je voulais être sûre d'avoir crevé l'abcès. (Il se tut.) C'est quelqu'un de bien, Lindsey. Je me suis comporté comme une vieille tête de mule en le flanquant à la porte.

Lindsey rit.

— Oui, dit-elle. C'est vrai.

— Je voulais juste m'assurer que rien de ce que j'ai pu dire n'a influencé tes relations avec Mark.

Sa sollicitude lui alla droit au cœur. Lindsey sourit.

— Je te remercie, papa. Ça me touche énormément. Tu n'imagines pas à quel point. (Elle se tut, le temps de se demander ce qu'il était judicieux de partager avec lui.) C'est peut-être trop tard pour tout résoudre.

— Il est dingue de toi, la rassura-t-il.

Elle comptait sur lui pour lui apprendre quelque chose.

— Mais ce n'est pas pour autant qu'il est prêt à me donner une seconde chance.

Il ramena une mèche de cheveux derrière son oreille.

— Est-ce que tu l'aimes ?

Son visage s'adoucit.

— Oh oui, je l'aime énormément.

Edward cessa de danser.

— Alors va le lui dire. Emmène-le ailleurs. Dans un lieu privé, intime, et fais tout ton possible pour qu'il te croie.

Se hissant sur la pointe des pieds, Lindsey déposa un baiser sur sa joue.

— Merci, papa.

Elle le regarda, abasourdie par les changements qu'Elizabeth avait provoqués en lui. Avant, il se sentait seul. Comme elle. L'amour avait fait de lui un autre homme.

— Souhaite-moi bonne chance.

Alors qu'elle se tournait vers la foule, elle ne trouva pas Mark. La panique l'envahit. Son cœur se mit à battre de plus en plus fort dans sa poitrine. Et soudain il apparut, l'attirant vers un couloir sombre. Mark. L'homme qu'elle aimait. Une seconde plus tard, leurs bouches s'unissaient avec une fougue et une émotion si intenses qu'elle crut se consumer sur place. Leurs langues et leurs mains s'exploraient tandis que leurs corps se pressaient l'un contre l'autre avec un abandon passionné.

Il s'écarta trop rapidement, si bien qu'elle le regarda avec étonnement, hors d'haleine.

— J'ai envie de toi, confia-t-il d'une voix éraillée.

Elle savait déjà qu'il la désirait, mais l'aimait-il ? Fermant les paupières, elle prit son courage à deux mains. Elle rouvrit les yeux et le regarda, droit dans les siens.

— Tu m'as posé une question, dit-elle. (Son attention s'aiguisa mais il ne dit rien.) Tu m'as demandé quand je repartais. (Elle se tut, le temps de deviner chez lui un feu qui couvait et une note d'impatience.)

Avant je me sentais chez moi à Washington, mais maintenant, chez moi, c'est là où tu es.

Il s'adossa au mur, rejetant la tête en arrière, et ferma les yeux. La peur serra le cœur de Lindsey comme dans un étau. Il ne voulait plus d'elle. Son recul soudain lui fit l'effet d'une gifle. Bien entendu, elle méritait qu'il la rejette, mais elle refusait que ça devienne un fait. Sentant les larmes lui monter aux yeux, l'afflux de sentiments douloureux près de la submerger, elle tourna les talons.

Mark la rattrapa, sa main lui saisit le poignet. En se retournant, elle se retrouva face à un masque impassible.

— Pourquoi maintenant ? demanda-t-il d'une voix presque irritée.

Sa première réaction fut de libérer son bras, mais elle n'en eut pas la force. Elle avait besoin d'être seule pour réfléchir et pleurer.

— Laisse-moi partir, murmura-t-elle.

Il prit alors un air fermement déterminé.

— Oh, non, ma douce, tu ne vas pas t'en tirer comme ça, dit-il en la ramenant contre lui.

Lindsey refusait de le regarder, préférant concentrer son attention sur son torse.

— Regarde-moi, Lindsey, exigea-t-il.

— Non, s'entêta-t-elle. Lâche-moi.

— C'est vraiment ce que tu veux ? demanda-t-il sévèrement, avant de se radoucir. Dis-moi, Lindsey.

Elle abandonna sa tête contre son torse au moment où une larme roulait sur sa joue. Agacée par son manque de retenue, elle l'essuya d'un geste rageur.

— Non, murmura-t-elle, le visage contre sa chemise.

Puis elle s'obligea à lever la tête vers lui et continua :

— Ce n'est pas ce que je veux, mais manifestement, c'est ce que toi tu veux. Je t'ai dit que je voulais être avec toi et tu m'as repoussée. (Elle essuya une autre larme avec colère.) Je t'ai ouvert mon cœur, et Dieu sait combien c'est difficile pour moi, et toi…

— Tu m'as ouvert ton cœur ? demanda-t-il. Et moi, alors ? C'est toi qui m'as quitté, Lindsey. (Il avait le regard noir et troublé.) Je ne veux pas compter sur toi… non, je ne compterai plus sur toi si tu dois encore me tourner le dos. Je n'aurai pas la force de vivre ça une seconde fois. Plus jamais.

Alors elle comprit. Il la croyait toujours indécise. D'une voix apaisée, elle reprit :

— Tu te souviens de mes cauchemars ? (Il hocha la tête, l'air interrogateur.) Ils n'avaient rien à voir avec les crimes. Je les refais toutes les nuits depuis que je suis retournée à Washington. Au début, j'ai cru que nous n'avions pas arrêté le bon criminel, que mon subconscient me prévenait que le vrai coupable courait toujours.

Elle baissa les yeux, et chercha à calmer sa voix tremblante en respirant à fond. Quand elle s'en sentit capable, elle reporta son regard sur lui et poursuivit :

— Et c'étaient bien des avertissements, mais rien à voir avec l'affaire. Depuis le début, ils me parlaient de nous. De ma peur que tu ne me quittes.

Il expira longuement.

— Que cherches-tu à me dire, ma douce ? Parce qu'il faut que tout soit clair entre nous. Pas de devinettes ni de peut-être.

Ses lèvres tremblèrent alors qu'elle s'exprimait du fond du cœur.

— Je veux dire que je t'aime, Mark Reeves. Je t'aime tellement que chaque minute sans toi est un supplice.

Mark prit son visage entre ses mains.

— Pas de demi-mesure cette fois. Tu en es sûre ?

Ses joues ruisselaient de larmes.

— Je t'aime, Mark. Et je veux passer chaque jour de ma vie auprès de toi. Je veux même travailler à tes côtés, si tu es d'accord. Tu avais raison, tu sais ? Je suis avocate. C'est ce que je veux faire depuis toujours, mais c'est grâce à toi que je l'ai compris.

Il l'embrassa, avec une tendresse infinie, un amour si complet que Lindsey en eut le vertige. Avant même qu'il ne prononce les mots, elle savait. Elle le savait depuis longtemps, mais elle avait eu peur. Il leva la tête, caressa doucement sa joue, les yeux vibrant d'émotion.

— Je t'aime, Lindsey Paxton.

Elle sourit à travers ses larmes.

— Tu n'as pas idée à quel point je suis contente de t'entendre dire ça. Je craignais d'avoir trop attendu. Comme j'ai été sotte, Mark. (Il lui prit la main, l'embrassa.) Je suis désolée.

— Je sais comment tu peux te faire pardonner, s'amusa-t-il.

Elle rit, le visage baigné de larmes, admirant la facilité avec laquelle il lui redonnait le sourire.

— Eh bien j'espère que c'est le sexe que tu as en tête.

— C'est la meilleure manière de s'excuser qu'on m'ait jamais proposée.

Mark passa les bras autour de sa taille, l'émoi assombrissant son regard.

— Épouse-moi, Lindsey, dit-il tendrement. Passe le restant de tes jours avec moi, et fais de moi l'homme le plus heureux du monde.

Elle noua les bras autour de son cou.

— J'en serai honorée.

Il l'embrassa, d'un long baiser qui scellait leur avenir.

— Enfuyons-nous, dès ce soir. Retournons à Las Vegas.

Lindsey posa sur lui des yeux ronds. Un sourire se dessina lentement sur ses lèvres.

— J'aime bien Las Vegas, et je t'aime toi, alors c'est parti !

AVENTURES & PASSIONS

4 février

Maggie Robinson

Dans les bras d'une héritière

Inédit

Jeune héritière, Louisa Stratton décide de rentrer chez elle à Rosemont. Seul problème, ses parents insistent pour qu'elle leur présente son mari. Or, ce dernier n'est que pure invention. Louisa doit trouver de toute urgence un mari pour un mois. Pourquoi pas le capitaine Charles Cooper ?

✦

Sabrina Jeffries

Les hussards de Halstead Hall - 2 - L'aventurier

Inédit

Pour éviter d'être déshérité, lord Jarret Sharpe accepte de s'occuper de la brasserie familiale. Pourtant, joueur invétéré, il ne peut résister longtemps au défi que lui lance la jeune et charmante Annabel Lake. Si elle gagne aux cartes, il accepte de l'aider, si elle perd, elle passera une nuit avec lui…

✦

Brenda Joyce

Une enquête de Francesca Cahill - 2 - Un suspect embarrassant

À vingt ans, Francesca Cahill n'est toujours pas décidée à se marier. Elle veut être détective. Sa prochaine affaire risque d'être passionnante : elle doit élucider un meurtre. Et surtout, cela va lui permettre de revoir Rick Bragg, le préfet de police, qui la trouble toujours autant. N'ont-ils pas échangé le plus brûlant des baisers ? Hélas, Bragg feint de ne plus s'en souvenir !

Robin Schone

L'amant de mes songes

Autrefois, Michel des Anges était un célibataire des plus convoités. Sa vie bascule lorsqu'un incendie le défigure à jamais. Toutes les femmes le fuient, excepté Anne Aimes. Très vite, il découvre chez la jeune femme les trésors d'une volupté insoupçonnée. Pourtant, Anne joue avec le feu, car Michel prépare depuis des années son effroyable vengeance...

18 février

Karen Hawkins

Journal intime d'une duchesse - 2 - Lily

Inédit

Pour sauver sa famille de la ruine, Lily Balfour décide de faire un beau mariage. Quand la duchesse de Roxburghe lui présente le comte de Huntley, elle voit son rêve se réaliser. Mais, lorsque le prince Pietr Wulfinski lui lance un regard brûlant, Lily est troublée. Doit-elle écouter son cœur ou sa raison ?

✦

Monica McCarthy

Les chevaliers des Highlands - 8 - Le brigand

Inédit

De tous les chevaliers de Robert de Bruce, Robert Boyd est le plus compétent. Il est le tueur à gages sans scrupule de la Garde et déteste les Anglais. Alors, lorsque la sœur de son ennemi, lady Rosalind Clifford, tombe entre ses mains, il tient enfin sa vengeance. Tout serait parfait s'il n'était pas attiré par les charmes de la jeune femme.

✦

Eloisa James

Les sœurs Essex - 3 - Le duc apprivoisé

Imogène Essex est veuve et part vivre chez son tuteur, le duc de Holbrook, Raphaël. Si la jeune femme n'envisage pas de se remarier, la perspective de prendre un amant la séduit plutôt. À Holbrook Court, elle fait la connaissance du demi-frère de Raphaël, Gabriel. Voilà l'homme qu'il lui faut ! Mais ses désirs se heurtent à la réprobation et à la jalousie de Raphaël.

BEST FRIEND

4 février

J.M. Bronston
L'amour retombe toujours sur ses pattes
Inédit

Bridey Berrigan, a passé quelques années en cuisine en tant que chef. Elle a bien besoin d'un répit. Cette annonce qui offre la possibilité d'occuper un appartement fabuleux sur Central Park, muni d'une cuisine quasi professionnelle, est pour elle ! En échange, elle devra prendre soin de deux chats Bleu de Russie, Silk et Satin, qui ont hérité de la fortune de leur maîtresse (!)... Mack Brewster, homme d'affaires fortuné, vit en face, avec son chien Scout. Il adore les femmes glamour et ultra sophistiquées. Tout ce que n'est pas sa nouvelle voisine. Les délicieuses effluves qui s'échappent de la cuisine de Bridey sont irrésistibles. Et les deux chats espiègles ne cessent de provoquer des rencontres entre les deux voisins. Mack et Bridey vont-ils s'entendre comme chats et chien ? Ou bien...

PROMESSES

18 février

Heather Webber
Lucy Valentine - 3 - Absolument
Inédit

Lucy Valentine, forte de son don de double vue qui lui permet de retrouver des objets perdus et, par extension, des personnes disparues, enquête sur tous les fronts !
Pour tenter de retrouver l'amour d'enfance de Meaghan, pour élucider cette mystérieuse affaire de cet homme qui distribue des milliers de dollars dans la ville, pour aider sa chère grand-mère excentrique, à remettre la main sur un de ses amis volatilisé...
Comment, dans ce tourbillon, peut-elle se consacrer à son amoureux, le beau Sean Donahue, quand, en plus, plane la malédiction de Cupidon qui poursuit sa famille ?

Passion intense

4 février

J.L. Mac

Jusqu'à toi - 1 - Altérée

Inédit

Depuis le décès de ses parents survenu un an plus tôt, Josephine se montre indifférente à tout ce qui l'entoure. Pourtant, sa rencontre avec l'énigmatique Damon bouleverse son univers. Prisonnière de son désir pour lui, elle est hantée par son visage. Aussi, malgré ses peurs, elle fait tomber ses dernières défenses. Mais c'est sans compter sur les démons du passé qui, bientôt, menacent son fragile équilibre. La passion la délivrera-t-elle pour toujours ?

✦

Cari Quinn

Juste de l'amour - 0,5 - Avec ou sans robe...

Inédit - Exclusivité numérique

Après des années de flirt et de rendez-vous en tout genre, Noelle en a assez de s'amuser. Place désormais au couple, au vrai ! S'il y a justement un homme qui la fait rêver, c'est Jake Conroy, le meilleur ami de son grand frère. Et puisque Jake est de retour en ville, c'est le moment de lui prouver quelle femme elle est devenue ! Le soir du nouvel an, Noelle se rend chez la sœur de ce dernier, qui organise une soirée. Une robe sexy et tout ce qui s'ensuit pour une nuit de folie, elle a tout prévu…

18 février

Cari Quinn

Juste de l'amour - 1 - Avec ou sans fleurs...

Inédit

Tout semblait sourire à Alexa avant que sa boutique de fleurs ne fasse faillite. Remisant ses rêves de côté, elle s'installe dans un appartement délabré qui surplombe son magasin. C'est un gros coup dur, et Alexa frôle la dépression nerveuse. Mais quand elle croise sur son palier le plus beau spécimen masculin qu'elle ait jamais vu, elle en tombe des nues. Cet homme sexy au possible ne devrait-il pas atterrir dans son lit…?

10923

Composition
FACOMPO

Achevé d'imprimer en Italie
par GRAFICA VENETA
le 21 décembre 2014.

Dépôt légal : décembre 2014
EAN 9782290085516
OTP L21EPSN001250N001

ÉDITIONS J'AI LU
87, quai Panhard-et-Levassor, 75013 Paris

Diffusion France et étranger : Flammarion